LE DOMAINE D'EASTERLEIGH HALL

MARGARET GRAHAM

LE DOMAINE D'EASTERLEIGH HALL

Traduit de l'anglais
par Perrine Chambon

EDITIONS PRISMA

Titre de l'édition originale :
EASTERLEIGH HALL

ISBN : 978-2-266-32898-2
Dépôt légal : février 2023

Pour les « petits », Mabel, Josie et Megan

Chapitre un

Village minier d'Easton,
gisements de houille de Durham
Samedi 3 avril 1909

— Est-ce que tu veux que je te mouille le dos ou que j'asperge ta grosse tête ? demanda Evie Forbes, qui souriait tout en tirant la lourde bassine d'eau chaude à l'extrémité de la cuisinière.

— Attends, attends, je demandais simplement si c'était prêt, ma petite, la taquina Jack, qui se retint de rire.

Elle replia les torchons qu'elle avait enroulés autour des poignets pour ne pas se brûler.

— Frotte le dos de ton frère, ma fille, pendant que je monte la garde. Ça éveillera moins les soupçons, lui avait conseillé sa mère.

Celle-ci devait être postée sur le perron de leur maison mitoyenne de mineurs, enveloppée dans son châle pour se protéger du vent en ce début avril. Elle devait faire semblant de guetter le retour à la maison du jeune Timmie, chaussé de ses bottes, après sa journée de travail en surface à Auld Maud, la mine d'Easton.

En réalité, elle attendait d'intercepter Miss Manton, la patronne d'Evie, susceptible de venir annoncer une nouvelle que la fille et sa mère attendaient, et qui allait semer la pagaille à la maison. Elle avait dit qu'elle passerait vers quinze heures quarante-cinq, mais la ponctualité n'était pas son fort.

Evie jeta un coup d'œil autour d'elle, dans la pièce. Son père avait déjà enfilé sa tenue du samedi soir, assis dans le fauteuil à gauche de la cuisinière, plongé dans la lecture d'un vieux numéro du *Times* qu'il récupérait gratuitement à la bibliothèque tous les samedis. Jack était debout dans la baignoire en zinc, de l'eau à mi-mollets. Il attendait sa sœur. Les deux hommes n'avaient pas l'air de soupçonner quoi que ce soit.

— C'est prêt ? demanda Jack.

Evie saisit les poignées.

— Juste à point pour faire bouillir des homards, donc parfait pour toi ; tu vas être tout rose, mais tu n'es pas obligé de crier. Et imagine un peu, mon garçon, quelle fille voudra qu'on la voie avec un mineur tout rose un samedi soir ?

Elle souleva la bassine posée au bord de la cuisinière, sentant son poids peser sur ses épaules, ses bras, son dos. Non seulement la vapeur lui piquait les yeux, mais elle faisait friser ses cheveux. Elle serait tout ébouriffée ce soir à la fête des mineurs d'Easton et de Hawton, mais elle ne pouvait pas s'occuper de ça pour l'instant, car Jack la pressait :

— Allez, Evie. J'ai des choses à faire et des gens à voir.

Il souriait et ses dents blanches ressortaient sur son visage noir de suie. La baignoire en zinc ne se trouvait qu'à quelques pas de la cuisinière, mais c'était bien assez loin.

— Ne va pas trop vite, ma fille, lui conseilla son père. Prends ton temps et fais attention.

Il était moins bavard qu'à son habitude, et paraissait encore plus fatigué.

— Oui, papa, répondit-elle en titubant sous le poids.

Jack tendit les bras et saisit la bassine comme si elle ne pesait rien, ses mains de mineur indifférentes à la chaleur.

— Tiens, donne-moi ça, Evie.

Il la vida dans la baignoire, dont l'eau restant après le bain de son père était déjà noire. Autour de sa taille, un morceau de grosse toile dissimulait ses bijoux de famille. « Allons bon, disait toujours leur mère à ce sujet, tout ce qui est petit est mignon. » Jack répliquait toujours qu'il se trouvait en effet très mignon, et on lui donnait un coup avec le torchon, qu'un optimiste aurait appelé « gant de toilette ».

Ah, elle aimait tout ça : la famille, la complicité, les rires. Pourrait-elle supporter de les quitter, s'il le fallait ? Est-ce que Miss Manton allait passer ? Quelles nouvelles lui apporterait-elle au sujet de l'entretien d'embauche qu'Evie avait passé pour devenir cuisinière assistante à Easterleigh Hall ?

Jack lui rendit la bassine avant de prendre le gant de toilette suspendu au séchoir posé à côté du bain. Il était beau garçon et il n'était pas seulement son frère : c'était aussi son meilleur ami. Son amour pour lui était encore plus grand que celui qu'elle vouait à Simon Preston, et ce qu'elle avait fait pouvait modifier leur relation, elle le savait. Mais elle ne voulait pas penser à ça, elle ne supportait pas d'y penser.

— Alors, est-ce que tu vas retrouver Simon ? la taquina Jack en s'installant dans le bain.

— Non, arrête de dire des bêtises. Je le connais à peine, répondit-elle brusquement.

Elle apporta la cuvette dans l'arrière-cuisine en espérant apercevoir Simon, mais cela dépendait de la volonté toute-puissante de Lord Brampton, décidé ou non à libérer ses serviteurs de leur cage. *Ne parle pas si vite, ma fille*, se dit-elle, parce que si l'entretien était concluant, elle pourrait bien se retrouver dans cette même cage la semaine prochaine. Elle secoua la tête. Non, il ne fallait même pas l'imaginer, au cas où ça n'arriverait pas.

À cette pensée, elle se sentit presque soulagée, parce que si elle ne décrochait pas ce poste, elle pourrait rester ici avec sa famille et continuer à travailler pour sa fantastique patronne, Miss Manton, qui lui expliquait tellement de choses, l'amenait aux réunions des suffragettes tous les mois et la tirait vers le haut. À cette pensée, elle secoua de nouveau la tête. Si elle voulait progresser, il lui fallait devenir la cuisinière qu'elle, sa mère et Miss Manton rêvaient de la voir devenir, la cuisinière qui gagnerait suffisamment pour aider sa famille tout en faisant carrière dans le milieu hôtelier.

Elle essuya la bassine. Il faisait froid et humide dans la petite arrière-cuisine. Jack l'appela :

— Allez, Evie, arrête de rêvasser. Je suis pressé. J'ai des choses à faire avant la fête. J'ai une vie, tu sais.

Elle pivota sur ses talons pour revenir rapidement dans la chaleur de la pièce, mains sur les hanches.

— Et pas moi, peut-être ? Je suis juste bonne à te frotter le dos, à vous nettoyer, toi et papa, sans oublier Timmie, c'est ça ? Hein ? Eh bien, attends un peu et tu verras.

Elle souriait, le regard braqué sur son frère, prête à esquiver.

Il l'éclaboussa, mais elle fut plus rapide que lui.

— Ah, mon garçon, il va falloir être plus vif que ça.

Elle entendit son père rire en même temps qu'eux, puis le rire se muer en toux. L'espace d'un instant, Jack et elle échangèrent un regard, mais à quoi bon laisser s'installer ce petit pincement au cœur ? Ils détournèrent les yeux au même moment. Evie attrapa le savon de crésol sur le porte-savon. Il était encore glissant après que son père l'eut utilisé.

Assis dans le bain, genoux relevés, Jack pencha la tête en avant. Le morceau de toile flottait dans l'eau crasseuse. Evie approcha, il lui tendit le gant, et elle lui lava le dos. Elle détestait l'odeur du charbon autant que celle du savon, et même si celui-ci ôtait la poussière graisseuse, les cicatrices, d'un bleu nuit aussi profond que le crépuscule, demeuraient, trop ancrées dans la peau pour disparaître. C'était comme l'ombre de cette satanée mine qui ne les quittait jamais, aussi imposante que les terrils luisants et puants, ou les machines d'extraction et les engins qui surplombaient le village.

Elle frotta plus fort ; *va-t'en, sale crasse*, songea-t-elle. Son frère remua les épaules.

— Doucement, ma grande, laisse-moi un peu de peau.

Elle vit qu'elle avait ôté quelques petites croûtes qui se formaient quand les mineurs s'égratignaient la colonne vertébrale sur les plafonds bas de la veine.

Le sang était d'un rouge sale. Son père toussa de nouveau. Cicatrices bleutées, poumons noirs, sang sale. Mais non, son père n'était pas encore malade, même si cela finirait par arriver, sauf si elle parvenait à les sortir de là.

Elle passa le gant plus doucement.

— Désolée, Jack.

Sur la peau irrégulière, délicatement autour des blessures sanguinolentes, la peur lui serrant un peu plus le cœur.

Tous les jours, elle espérait qu'ils quittent la mine, et un jour, c'est grâce à elle que cela arriverait. D'après Miss Manton et ses amies aux réunions des suffragettes, les femmes pouvaient faire n'importe quoi tant qu'elles l'avaient décidé, et lorsqu'Evie avait assisté à la première réunion quelques mois plus tôt, un tout nouveau monde s'était ouvert à elle.

L'eau refroidissait et devenait encore un peu plus sale. Pauvre Timmie… C'était comme ça dans une maison de mineurs : d'abord le père, puis l'aîné, et enfin le plus jeune. Au moins, Timmie travaillait à la surface où il triait l'argile du charbon, si bien qu'il était inutile de s'inquiéter pour lui, à ce stade.

Jack chantait tout en s'aspergeant le torse et les jambes, où d'anciennes cicatrices avaient laissé leurs traces bleu nuit. Il en avait une plus récente sur la cuisse. Elle était rouge, bleu-noir, vilaine. Après tout, ils étaient tous en colère, dans le fond. Son père toussa de nouveau dans ce qui lui servait de mouchoir. Elle jeta un coup d'œil vers lui. C'était devenu comme un tic nerveux du mineur, ce rapide coup d'œil, dès que quelqu'un toussait. Mais il ne crachait pas de mucus noir, pas encore.

— Qu'est-ce que ta mère fabrique sur le perron ? demanda-t-il.

— Elle attend le petit frère, répondit Jack en s'essuyant le visage pour enlever la poussière de charbon.

— Tu parles, elle bavarde avec la voisine, plutôt. Elle sait bien qu'il va rentrer par-derrière, comme d'habitude.

Les deux hommes se mirent à rire.

— Comment vont les pigeons, papa, et qu'est-ce qu'il y a dans le journal ?

Tout était bon pour faire dévier la conversation. La ruse fonctionna. Son père répondit :

— Tu vas le lire toi-même dans un moment, quant aux oiseaux, je me fais du souci pour Alfie, marmonna-t-il au grand soulagement d'Evie.

Elle donna une tape à Jack dans le dos.

— C'est fini.

Chaque jour, sa mère insistait pour qu'on sorte la baignoire. Il fallait donc qu'Evie porte des seaux remplis au robinet communal de la venelle quand elle revenait du travail, mais cela économisait les draps. Sa mère refusait d'entendre des excuses ridicules telles que « pour garder sa force, il ne faut jamais laver son dos ».

— Foutaises ! disait-elle. Allez, saute dans le bain.

Evie sourit à cette pensée. Sa mère les forçait aussi à lire le journal avant de le passer aux voisins, et partageait avec Miss Manton la conviction que l'éducation et la formation étaient les seuls moyens de s'élever dans la société. Evie essora le gant et l'étendit sur le bord de la baignoire.

— Maintenant que tu es propre comme un sou neuf, tu peux te préparer pour la fête, mon garçon. Quelle pauvre fille va t'accompagner sur les balançoires ce soir ?

Elle se redressa en s'étirant le dos, ravie que Miss Manton ait accepté de la former comme cuisinière et non femme de ménage, sans quoi elle aurait fini à quatre pattes à ramasser les miettes et aurait passé sa vie à souffrir du dos. Miss Manton était une femme bien, une vraie chrétienne, d'après sa mère, qui ajoutait toujours qu'elle était bien obligée, vu les sermons de son frère pasteur.

Jack se sécha avec la toile tandis qu'elle ramassait ses vêtements par terre. Ils étaient tellement imprégnés de charbon et de crasse qu'ils tenaient debout tout seuls, et elle alla les empiler sur ceux de son père dans l'arrière-cuisine. C'était bien d'avoir cette fête pour occuper les esprits. Voilà sur quoi elle allait se concentrer, puisque s'inquiéter ne faisait jamais avancer les choses, comme disait sa mère. Ces proverbes risquaient un jour de les rendre tous dingues, mais aujourd'hui, cela lui donnait plutôt les larmes aux yeux. Elle n'avait pas envie de partir. Comment le pourrait-elle ? Elle regarda les vêtements des hommes, qui avaient encore la forme des corps qui les avaient portés. Elle saisit les souliers cloutés de Jack qu'elle avait nettoyés et graissés tout à l'heure, et les porta près de la cuisinière. Elle mit la main sur son pantalon propre, posé sur le séchoir.

— Tes vêtements sont tout chauds, mon grand.

Sa voix tremblait, elle le savait. Personne ne s'en rendit compte. Elle tapota le séchoir en détournant les yeux pour laisser Jack s'habiller en toute intimité, et regarda les peintures de la côte de Northumbrie réalisées par Ben, l'ami de son père. Depuis l'école, ils étaient inséparables, répétait sa mère. Ben faisait partie d'un groupe de peinture pour les mineurs, qui se réunissait dans une cabane non loin de là. Ça changeait un peu des poireaux, des lévriers et des pigeons. Elle regarda les lampes à huile et le buffet où étaient exposées les plus belles assiettes de sa mère que l'on n'utilisait qu'à Noël, le tapis natté devant la cuisinière. Elle adorait leur maison, mais ce n'était pas vraiment la leur. Elle appartenait à la mine, en d'autres termes, à Lord Brampton.

Elle écouta le feu craquer, cracher et siffler. Comme les autres mineurs, ils recevaient chaque mois une tonne de charbon gratuitement en complément de leur salaire. C'était du charbon sale, trop mélangé à l'argile pour être vendable, néanmoins, on ne pouvait pas refuser ce qui était donné. Elle attisa de nouveau le feu dans la cuisinière, même si ce n'était pas nécessaire. Son père la regardait, mais c'était comme s'il ne voyait rien.

— Papa, est-ce que ça va ?

Son père se contenta de retourner à son journal en le faisant bruisser. Elle poursuivit :

— Le vent est vif aujourd'hui, papa. Le pasteur est allé à Fordington et a dit qu'il y avait de grosses vagues.

Derrière son journal, son père répondit :

— Bien, ça va charrier le charbon de mer. On sortira la charrette demain après dîner. Le grossiste sera là, il fait de bons prix, donc on pourra ajouter un peu aux économies. On doit se rappeler que tout ce qu'on fait, c'est pour les économies, dit-il d'une voix soudain forte, et étrange. Est-ce que tu viens avec Timmie et moi, Jack ?

Il regarda par-dessus son journal son fils qui s'était remis à chanter en enfilant ses bretelles. La voix de son père n'était pas habituelle. Est-ce qu'il était au courant pour son entretien d'embauche ? Elle se concentra entièrement sur Jack.

— Comme d'habitude, répondit Jack en tendant la main vers sa chemise pour l'enfiler puis la boutonner. Mais dans l'immédiat, je file chez *Numpies* me faire raser.

Il passa la main sur sa barbe naissante avec un semblant de sourire dans ses yeux marron foncé. Les jeunes allaient chez *Numpies*, les plus âgés se rasaient tout seuls. Pendant la semaine, personne ne se rasait.

Tandis que Jack chaussait ses bottes, Evie alla déposer le gant de toilette dans l'arrière-cuisine, en jetant un coup d'œil à l'horloge posée à gauche de la cuisinière. Elle donnait toujours l'heure exacte et pouvait s'avérer utile pour le mont-de-piété. Quinze heures trente. *S'il vous plaît, n'arrivez pas tout de suite, Miss Manton. Attendez que les hommes soient partis, Jack chez le barbier, papa dans son pigeonnier au fond de la cour.* Ensuite, si elle avait décroché le poste, elle attendrait que les hommes reviennent de la fête et soient plus disposés à entendre qu'elle allait travailler pour le propriétaire qu'ils haïssaient. Elle franchissait une ligne, c'était une trahison, mais c'était nécessaire car c'était la seule institution susceptible de lui apporter la formation qu'elle voulait à proximité de la maison, de sa famille. Et pourquoi ne pas faire payer cette ordure de Brampton pour les sauver de cette satanée mine de charbon ?

Elle ouvrit la porte de derrière pour secouer vigoureusement le gant. Elle tapa à plusieurs reprises les chemises contre le mur, ainsi que les guêtres et pantalons courts des mineurs imprégnés de charbon, sans cesser de tousser à cause de la poussière. Le ciel était bleu, mais le vent vif. Plus loin sur le mur à droite, des clous étaient plantés afin de suspendre leurs vestes de travail et elle leur fit subir le même sort. Ses mains étaient toutes noires. Qu'en était-il de leurs poumons ? Elle s'occuperait des vêtements de Timmie à son retour. Ce serait peut-être la dernière fois.

Tout en s'affairant avec les vêtements, elle se repassait en mémoire l'entretien d'embauche. Mrs Moore, l'ancienne cuisinière de Miss Manton, travaillait à Easterleigh Hall, et elle avait promis à cette dernière de l'avertir si un poste se libérait pour Evie, en tant qu'aide de cuisine ou, mieux encore, cuisinière adjointe. Durant la semaine, la cuisinière adjointe avait découvert qu'elle était enceinte et avait été renvoyée dans sa famille qui l'avait gentiment recueillie. Miss Manton avait conduit Evie dans sa calèche pour un entretien avec Mrs Moore, après quoi elle avait vu le majordome, qui avait à son tour conduit Evie à l'étage, jusqu'à Lady Brampton.

Evie n'avait jamais vu de tapis et de rideaux pareils, ni tant d'opulence. Elle n'avait jamais entendu personne s'adresser à elle avec autant de dédain. Pendant un moment, Lady Brampton l'avait rabaissée, et fait douter de son projet. Mais ça n'avait duré qu'un moment. Avant l'entretien, Miss Manton l'avait prévenue qu'elle devrait sortir du salon à reculons, sans quoi Lady Brampton serait offensée qu'elle lui tourne le dos. Evie s'était alors promis qu'un jour, quand elle aurait terminé ce qu'elle considérait comme une formation rémunérée, elle prendrait grand plaisir à offenser madame la comtesse comme elle le méritait.

Miss Manton devait lui apporter la réponse avant la fête. Si elle était acceptée, elle commencerait le lendemain après-midi, les recommandations de Miss Manton et Mrs Moore étant jugées suffisantes.

— Qu'est-ce que tu en penses, Evie ? Assez beau pour séduire ces dames ?

Jack se tenait à l'entrée de l'arrière-cuisine. Evie s'interrompit et sourit.

— Je te l'ai dit, tu es un beau garçon.

Elle remarqua le sac qu'il portait et son cœur se serra. Il allait donc combattre à mains nues ce soir, elle aurait dû s'en douter. Comme c'était soir de fête, la récompense serait élevée. Elle le regarda.

— Sois prudent, murmura-t-elle.

— T'inquiète, répondit-il tout bas. Il y a une récompense de cinq guinées. Une fortune. Les paris viennent de partout. Il faut que je participe.

Elle comprenait ce qu'il voulait dire. Toute la famille économisait pour acheter l'une de ces trois maisons que possédait le fermier, Mr Froggett, tout au bout du village. Celle qu'ils visaient était toute petite et, par conséquent, moins chère que les autres. Accéder à la propriété était la seule façon de reprendre possession de leurs vies et de permettre à Jack de soutenir librement Jeb, le représentant syndical, sans risquer de se faire expulser de leur maison actuelle, qui appartenait à la mine. Chaque penny qu'ils touchaient et qui ne servait pas à payer le loyer ou la nourriture était économisé. Cela incluait les combats à mains nues de Jack, l'argent du charbon de mer, le potager partagé, les revenus d'Evie, les tapis nattés de sa mère, tout.

— Sois prudent, rapide et fort, lui recommanda-t-elle, toujours à voix basse.

Son père lança :

— Qu'est-ce que vous manigancez, tous les deux ? Je suis pas sourd comme un pot, vous savez. Ta casquette est ici sur le séchoir, mon garçon.

L'espace d'un instant, Jack regarda sa sœur. Ils secouèrent la tête en même temps.

— Je lui disais que le jeune Preston devrait être là ce soir, répondit Jack, libéré du jardin du manoir pour quelques heures par nos propriétaires tout-puissants et tout-puants. Comment ce garçon peut supporter de travailler là-bas, ça me dépasse. Il m'a dit qu'il serait au stand de tir à dix-neuf heures si je veux le croiser, ou si n'importe qui d'autre veut le voir.

Jack adressa un clin d'œil à Evie qui rougit, partagée entre son désir de voir Simon et sa crainte face à la réaction de Jack quand il apprendrait le résultat de l'entretien.

— N'oublie pas ton écharpe, rétorqua-t-elle.

Jack lui sourit et déposa son sac près de la porte de derrière avant de se diriger vers le séchoir. Elle le suivit, ne souhaitant pas qu'il s'attarde. Il était quinze heures quarante-cinq.

Il saisit son écharpe sur le séchoir, ainsi que sa casquette. Leur père se tenait à présent debout devant la cuisinière, son journal soigneusement plié sur le fauteuil. Il était adossé contre le foyer, pipe à la main, mais comme son tabac n'était pas tassé correctement, il s'échappait de sa pipe.

Habituellement, il n'en gâchait pas une miette. Il avait cette attitude qu'il prenait quand les enfants avaient fait des bêtises et devaient être grondés. Evie lança un regard à Jack et sentit la tension lui parcourir l'échine. Est-ce qu'il était au courant, pour Easterleigh Hall ? Ou bien c'était à cause du combat ? Depuis qu'il était rentré, il avait agi bizarrement. Tout ce qu'elle entendait, c'était le tic-tac de l'horloge, les craquements du feu dans la cuisinière.

— Qu'est-ce qui se passe, papa ? demanda-t-elle d'une voix suraiguë.

Elle toussota et reprit, un ton plus bas :

— Est-ce que tout va bien ?

À côté d'elle, Jack était devenu silencieux. Comme il le faisait toujours, avant de savoir à quoi s'en tenir.

Leur père avait la mâchoire serrée, les yeux plissés. Sa main tremblait. Il fit tomber encore un peu de tabac. Ce détail, doublé du regard dans ses yeux, fit monter la panique en elle. Cela n'avait rien à voir avec elle ou Jack. C'était le même regard que le jour où il leur avait annoncé, six ans plus tôt, qu'il avait perdu son emploi, avec la fermeture de la mine de Top End. Ils avaient fait leurs valises et pris la route jusqu'au village de la sœur de sa mère, dans l'espoir de trouver une place à la mine de Hawton. Il n'y en avait pas. Pendant des mois, ils avaient arraché les chardons dans les champs des fermiers, ramassé du charbon de mer, fait n'importe quoi pour pouvoir manger. Ils dormaient tous dans l'appentis de tante Pat, car c'était le seul espace qu'elle avait. C'était ça ou le Foyer, mais son père avait fini par trouver un emploi à Auld Maud. Elle vit sa panique se refléter dans les yeux de Jack quand il se tourna vers elle, avant de regarder de nouveau leur père.

— Papa ? demanda-t-il. Est-ce que tu as perdu ton emploi ? Pourquoi tu ne nous as rien dit ? Pourquoi tu es resté assis là à lire le journal comme si de rien n'était ?

Il avait perdu son calme, il bouillait, sa colère emplissant toute la pièce. Il faisait les cent pas et rugissait. Il jeta son écharpe et sa casquette par terre.

— Je vais les tuer, ces ordures !

Le feu devait rugir lui aussi parce que Evie avait très chaud. Terriblement chaud.

La maison qu'ils habitaient était au nom de leur père. Comme Jack n'était pas marié, il ne pouvait pas prétendre à un logement de la mine. Ils allaient être expulsés et elle aurait beau cuisiner pour tout le monde, elle ne pourrait pas l'empêcher. C'était trop tôt. Elle avait envie d'appeler sa mère, mais la nervosité de Jack la retenait. Elle tremblait des pieds à la tête.

— Arrête, arrête ! cria-t-elle pour elle-même.

Jack se tourna vers elle et lui dit :

— Tout va bien, ma petite. Je suis désolé. Tout va bien.

Elle l'éloigna d'un geste de la main, honteuse.

— Pas toi… moi. Il faut que j'arrête de trembler. Il le faut.

Elle pouvait à peine parler.

Jack avança pour la prendre dans ses bras.

— Tout ira bien. Crois-moi, Evie. Ne t'inquiète pas. Je vais nous trouver un toit quelque part, je travaillerai plus pour payer. J'ai dix-neuf ans, je suis un bon piqueur, fort, je suis aussi bon que les autres au front de taille.

Sa voix à lui tremblait aussi à présent, et ce n'était plus un jeune homme fort, mais un petit garçon effrayé qui voyait leurs vies et leurs espoirs ruinés, une fois de plus.

Elle le laissa la serrer un moment avant de se redresser.

— Je peux aider davantage, je vais travailler à…

Son père l'interrompit :

— Écoutez-moi.

Il se tourna à moitié, posa sa pipe sur la cheminée sans les regarder. À côté de la boîte en fer où sa mère conservait l'argent du loyer, la lampe à huile était barbouillée de suie. Evie avait oublié de la nettoyer. Il fallait qu'elle le fasse, sans tarder. Dorénavant, elle devait tout faire correctement, pour leur porter chance. Elle allait nettoyer la lampe. Son père répéta :

— Écoutez-moi. Je suis votre père, je suis responsable, alors taisez-vous. Je n'ai pas perdu mon emploi, j'en ai changé. Vous m'entendez ? J'ai changé de travail.

Seulement à ce moment-là, il se tourna vers eux.

Jack lâcha sa sœur ; ils ne comprenaient pas. Comment pouvait-il changer de travail ? C'était un piqueur compétent. Leur père toussa comme pour confirmer ses dires, puis baissa les yeux vers ses mains vides. Il reprit sa pipe sur la cheminée, la tint dans sa paume, les jointures de ses doigts toutes blanches tellement il la serrait fort.

Jack s'approcha de lui, lui saisit le bras et le secoua tellement vivement que du tabac s'échappa encore pour tomber sur le tapis. Il regarda son père droit dans les yeux. Celui-ci resta silencieux un moment, ils restèrent tous silencieux, et Evie ne comprenait pas ce qui se passait entre le père et le fils.

— On m'a proposé…, essaya d'articuler son père d'une voix rauque, avec difficulté.

— Dis-nous, l'encouragea Jack, le visage presque aussi pâle que sa poitrine qu'il avait lavée peu de temps auparavant.

Les mineurs avaient la poitrine pâle parce qu'ils ne voyaient jamais le soleil. Evie se demanda pourquoi des pensées aussi bêtes lui venaient à l'esprit dans un moment aussi terrible. Elle vit son père se dégager de l'emprise de Jack comme s'il ne supportait pas qu'on le touche, puis il leva la main.

— C'est pour la famille. J'ai juste accepté un emploi qui va nous aider, c'est tout.

Il avait la même posture que Jack avant le début d'un combat : campé sur ses deux pieds, alerte, exactement la même. Celle de son frère était identique. Elle était exclue, hors du ring.

— Qu'est-ce que tu as fait ? demanda Jack qui semblait déjà connaître la réponse, ou craignait de la connaître.

Son visage n'était plus qu'à quelques centimètres de celui de son père, maintenant.

— Qu'est-ce que tu as fait, bon sang ? rugit-il de nouveau. Le seul emploi à pourvoir est celui de porion. Tu n'aurais pas pu accepter ça. Un Forbes n'irait pas travailler dans le camp des Brampton. Non, papa. Non.

Il s'éloigna d'un bond, donnant un coup de pied nu dans le séchoir puis dans la baignoire en zinc. Il recommença et Evie le tira en arrière, loin de son père. Jack se dégagea. Elle lui attrapa de nouveau le bras et le tint contre elle, heureuse à présent que sa mère soit dehors et n'assiste pas à cette scène.

— Non, Jack. Laisse papa parler, lui ordonna-t-elle d'une voix ferme. Laisse-le parler.

Elle se mit à faire les cent pas entre eux deux. Elle était à bout de souffle. C'était dû à la peur et au choc, parce que dans le silence grandissant, Evie avait vu la honte dans les yeux de Bob Forbes qui avait en effet changé de camp ; dans les mines de Brampton, les porions, responsables de la sécurité, ne se joignaient pas au syndicat, ils appartenaient à la Brampton Lodge, le « cénacle » de l'équipe de direction. C'était ainsi que Brampton gérait ses mines. Il montait les mineurs les uns contre les autres pour les affaiblir, il les divisait pour mieux régner.

Son père reprit la parole, serrant sa pipe aussi fort que tout à l'heure :

— Le poste a été proposé quand Fred Scrivens a perdu ses jambes. Ça paie bien, et ce n'est pas vraiment un poste de direction, Jack. Je serai responsable de votre sécurité et, je le répète, ça paie bien. Avec ce poste, on pourra peu à peu changer la façon dont Brampton nous dirige. Je créerai un pont entre la direction et les mineurs. En plus, on a tous besoin de cet argent le plus vite possible, parce qu'on ne sait pas ce qu'on va nous proposer quand les journées de huit heures vont être mises en place. Tout ce que je sais, c'est que ça se fera pas dans le calme, et tu le sais aussi.

Il s'interrompit. Les deux hommes restèrent silencieux pendant une bonne minute. Aucun d'eux ne bougea. Evie savait qu'elle n'oublierait jamais ce moment : deux statues face à face devant le feu, flanquées par le fauteuil de leur père et celui de leur mère. On n'entendait que le tic-tac de l'horloge, le feu craquer, cracher et siffler. Les flammes éclairaient le séchoir, la baignoire, le tapis, le buffet trouvé sur la plage en même temps que du bois flotté et du charbon de mer, et le vaisselier.

— Réfléchis, mon garçon, l'année prochaine, nos journées de douze heures vont passer à huit, et est-ce qu'on nous a consultés sur les modalités ? Les responsables syndicaux ont pris la responsabilité de négocier un accord. Est-ce que tu as entendu parler des négociations ? Est-ce que quelqu'un a entendu quoi que ce soit ? On est exclus et on annonce même une grève à cause de ça. Qui sait combien de temps on pourra tenir cette grève, et comment on économisera pour notre maison ? Qui sait combien de temps j'aurai pour essayer de mettre en place des discussions, si j'y arrive ? Il y a beaucoup de travail.

Il marquait chacun de ses mots par un mouvement de sa pipe vers son fils. Jack gardait la tête tendue en avant comme s'il avait du mal à se contenir, mais il laissa son père continuer :

— Cette ordure de Brampton se frotte les mains parce qu'il va tourner ça à son avantage. C'est un propriétaire, et ils feront tous plus ou moins la même chose, tu le sais bien. Oui, il appliquera la loi, fera tourner une nouvelle équipe, mais il n'augmentera pas les salaires pour compenser les pertes, il réduira même les dépenses, comme ils l'ont tous fait par le passé. On va tous en pâtir. Je pourrai être au courant de tous ces changements avant les autres. J'essaierai de faire en sorte que les autres porions traitent les hommes moins brutalement, qu'ils contrôlent la sécurité correctement. On perd trop d'hommes, beaucoup trop. J'y pense depuis un moment.

C'était le plus long discours qu'Evie l'ait jamais entendu prononcer dans sa vie, et le souffle lui manquait. Jack fit un pas en avant. Evie le tira en arrière. Il cria :

— Tu penses que les gars et moi, on ne sait pas tout ça ? Alors essaie pas d'arriver comme un sauveur. Rien ne fera changer Brampton et sa fichue direction, et oui, on fera sans doute la grève parce que je ne m'attends pas à un miracle. Et toi, tu seras où ? Eh bien, tu ne seras pas avec nous, tu seras du côté des briseurs de grève, parce que tu as changé de camp. Tu nous fais honte, papa. Tu nous fais honte, bon sang.

Evie se tourna vers son frère.

— Écoute-le, il veut utiliser Brampton. Écoute-le. Il utilise les patrons pour obtenir ce qu'il veut, tant que c'est encore possible. Il les utilise pour améliorer la sécurité.

Jack secoua la tête, ramassa sa casquette et son écharpe par terre, et se dirigea vers la porte.

— Il nous a trahis, voilà ce qu'il a fait. Notre propre père nous a trahis. C'est un homme de Brampton, maintenant, un vendu.

Il partit en claquant la porte. Evie et son père échangèrent un regard. Il secoua la tête.

— Toi, tu comprends. À seize ans, tu comprends. Je serai dehors aux côtés des collègues quand il y aura une grève, et de nouveau à la mine après ça. Mais Evie, je peux peut-être améliorer les choses. Mon ami Ben, il me comprend. Il s'est associé à son frère et ils ont avancé.

Elle hocha la tête.

— Tout ce qu'on peut faire, c'est utiliser les Brampton, papa. C'est tout. Je parlerai à Jack pendant la fête.

Son père se laissa tomber dans un fauteuil et toussa avant de reprendre son souffle.

— Oui, il se défendra bien au combat. Il sera tellement en colère qu'il va pulvériser ses adversaires. On devrait parier, dit-il avec un rire sans joie.

— Tu sais qu'il se bat ce soir ? Pourtant à Noël tu avais dit : ça suffit…

Son père leva la tête.

— Je suis au courant de la plupart des choses qui se passent dans cette maison, et je sais aussi qu'on fait tous du mieux qu'on peut. Fais ce que tu veux, ma fille, mais ne dis pas à ta mère que je le sais, elle aime bien penser qu'elle a des secrets.

Il esquissa un sourire fatigué et tendit vers elle une main calleuse aux ongles noircis. Elle la serra fort.

— Je vais parler à Jack, papa, lui assura-t-elle.

Son père répondit, en riant à travers sa toux :

— Ça va être dur pour lui, qu'on parte toi et moi du côté des méchants.

Mais ses yeux, eux, ne riaient pas.

— Je n'aurai peut-être pas le poste, répondit-elle.

— Mais un jour tu l'auras.

Chapitre deux

Le champ d'Old Bert ne se trouvait qu'à dix minutes à pied, et Evie entendit la locomotive à vapeur faire retentir sa musique dès qu'elle sortit dans la cour par l'arrière-cuisine. La soirée était magnifique, et toute cette excitation l'aurait fait sourire, si tel n'avait pas déjà été le cas. Elle toucha ses cheveux. Il y avait peu de vent et elle espérait pouvoir conserver les boucles qu'elle avait sauvées en enroulant ses mèches autour de morceaux de tissu, la tête au-dessus de la cuisinière.

Elle sortit par le portillon de derrière et se hâta dans la ruelle, s'interrompant quand Mrs Grant la héla depuis le robinet communal.

— Amuse-toi bien, Evie. Profite de cette dernière journée. Contente que tu aies le poste. Cette Miss Manton est une bonne personne, et une très bonne patronne, alors qu'elle est toute jeune. Elle doit pas avoir plus de vingt-sept ans, peut-être moins.

Evie éclata de rire.

— Pas besoin de télégraphe dans le quartier !

— Eh non, ma fille, on a tous de grandes oreilles, par ici. Tu vas nous manquer, mais ne t'inquiète pas pour Jack. Il va finir par comprendre ce qui est bon pour toi, et pour ton père.

Son tablier en toile était couvert d'éclaboussures sombres, provenant de l'eau du bain de son mari. Elle était toute maigre, mais solide comme un bœuf et avait porté six enfants sans problème, bien que l'un d'entre eux ait trouvé la mort l'année précédente, dans la mine. Depuis ce jour, les cernes sous ses yeux s'étaient creusés un peu plus.

Evie secoua la tête.

— Je ne l'ai pas encore annoncé à Jack, Mrs Grant. Je ne veux pas qu'on lui dise avant moi.

— On tiendra notre langue, je te le promets. Et c'est le meilleur moment pour toi : savoir que tu as ce travail sans avoir commencé à relever tes manches ni à te faire remettre à ta place du matin au soir, dit-elle avant de rire et d'ajouter : Ah, ne m'écoute pas. Je suis jalouse, c'est tout.

Evie repartit en accélérant le pas. Miss Manton était arrivée dix minutes seulement après le départ de Jack, furieux. Sa mère avait d'abord jeté un œil dans la cuisine et avait chassé son père pour qu'il aille s'occuper de ses pigeons. Il avait adressé un clin d'œil à Evie en passant. Miss Manton était entrée tout de suite après, ses cheveux s'échappant de son chapeau, comme toujours, et elle avait tendu les mains vers Evie.

— Bravo à toi, l'avait-elle félicitée. Il va falloir que je trouve une nouvelle cuisinière, mais ce sera difficile de t'égaler.

Miss Manton avait serré les mains d'Evie, ses gants de cuir doux, mais froids à cause du vent.

— Tu es en route, ma chère petite. N'oublie pas ce que je t'ai dit sur Mrs Moore : ses mains sont dans un tel état qu'elle ne peut pas faire son travail correctement. Elle a aussi des rhumatismes dans le dos et les jambes, et elle a besoin de toi si elle veut conserver sa place, mais elle ne le sait pas. Tu comprends ce que je veux dire ?

Sans laisser à Evie le temps de répondre, elle avait continué :

— Bien sûr que tu comprends, et de cette façon, tu apprendras plus vite. J'ai peur qu'elle ne se soit mise à boire pour atténuer la douleur. Sois attentive, sois gentille. Protège-la. Travaille dur, deviens quelqu'un. Ton frère finira par comprendre.

Sur ce, elle pivota sur ses talons.

— Maintenant, je dois filer. Je vais à la fête, et Edward dit la bénédiction. Je vais lui annoncer que tu ne travailles plus pour nous. Crois-moi, mon frère va être abattu, il aime tellement ton carré d'agneau, sans parler de ton jambon rôti au miel !

Elle s'arrêta et sortit une enveloppe de la poche de son manteau en tweed. Elle se retourna une fois de plus.

— Pour toi, Evie, en remerciement de tout ce que tu as fait pour nous. J'espère te voir aux réunions des suffragettes un dimanche, ou même le mercredi après-midi, si tu peux t'échapper. Fais-moi passer un message et je te retrouverai avec la calèche au croisement près d'Easterleigh Hall. On pourra parler français pendant le trajet. Je trouve ça très important de parler une langue étrangère, tu le sais, surtout quand on veut diriger un hôtel, comme toi un jour. Tu es une force de la nature, ma petite, n'est-ce pas, Mrs Forbes ? Elle finira au

Claridge's du nord-est, croyez-moi. Mrs Moore connaît plus de français qu'il n'y paraît, alors si tu as l'occasion… Allez, au revoir.

Elle disparut, tourbillonnante comme à son habitude, toujours à courir d'un endroit à un autre. Elle aurait fait une merveilleuse épouse, avait-elle dit un jour, si elle avait eu l'intention de se marier. Mais elle voulait être indépendante, et le serait, quand elles obtiendraient le droit de vote.

Quand Evie atteignit le champ d'Old Bert, il était rempli de monde, de musique et de rires, et on sentait l'odeur du cochon qui rôtissait lentement au-dessus du feu. La bannière de la mine d'Easton et Hawton trônait près de l'entrée. Elle avait été cousue des dizaines d'années plus tôt par des femmes du village et avait dû être bénie par Edward Manton et le pasteur méthodiste au début des festivités. Ils la bénissaient à tour de rôle d'une année sur l'autre, ce qui faisait rire sa mère.

— Pourquoi ils ne peuvent pas simplement la bénir ensemble, allez savoir. Même dans la religion, il faut qu'il y ait un gagnant.

Evie tâta sa poche. Miss Manton lui avait donné deux guinées, qu'elle avait déjà déposées dans le pot à économies, mais elle avait également touché son salaire, dont elle allait dépenser un shilling ce soir.

Les bras serrés autour d'elle, elle se fraya un chemin entre amis et voisins, tous sur leur trente et un avec leurs chaussures bien cirées. Elle avait hâte de leur annoncer que bientôt, elle serait une cuisinière de renom. L'herbe avait été broutée par des moutons prêtés par Froggett, si bien qu'il y avait pas mal de crottes, mais tout le monde s'en fichait car cette soirée était faite pour s'amuser. Elle se repassa son plan en tête. Elle travaillerait cinq ans pour Lord Brampton, apprenant toutes les compétences possibles, puis elle finirait sa formation dans un hôtel. Sa famille pourrait vendre la maison qu'entre-temps ils auraient achetée et emménager dans leur propre hôtel. Sa cuisine attirerait de nouveaux clients et les hommes n'auraient plus jamais à descendre dans la mine.

Elle rit tout haut. Jusqu'à aujourd'hui, tout cela avait semblé être un rêve, mais à présent ça allait devenir réel. Elle s'apprêtait à faire ce premier pas et personne ne pourrait l'en empêcher, pas même Jack. Elle allait devoir lui faire entendre raison, à son sujet et au sujet de son père. Il n'y avait pas d'autre moyen.

Elle courait presque maintenant, en direction du stand de tir, car c'était là que devait se trouver Simon Preston, d'après ce qu'avait dit Jack. Elle évita Mr Burgess par la droite. Comme d'habitude, sa veste était trop étroite et les boutonnières étaient serrées sur son gros ventre. Il lui lança :

— Hé, petite Evie, ça fait plaisir de te voir ! Où est ton père ? Je veux lui payer une pinte. Pour fêter la victoire de Jack.

Elle ralentit, se retourna et lui répondit sans s'arrêter :

— Il est avec les pigeons. Derrière la buvette, je crois.

Donc son frère avait gagné, mais elle n'en avait pas douté.

Elle repartit à toute vitesse à travers la foule, ralentissant uniquement à l'approche du stand de tir. Elle aplatit son chapeau, tripota ses boucles, tira sur son corsage, maudissant son corset comme toujours. Elle redonna du volume à sa jupe, examina ses bottes luisantes et avança lentement, regardant partout sauf en direction du stand, en laissant sa respiration s'apaiser. Elle espérait que Simon Preston était là, mais n'osait pas le chercher. La soirée de printemps s'assombrissait à mesure que les nuages s'amoncelaient. Allait-il pleuvoir ? Elle espérait que non.

— Evie.

Jack avança vers elle depuis la buvette, jouant des épaules pour passer, soulevant sa casquette pour s'excuser. Son visage était tuméfié, son œil gonflé, son nez paraissait cassé et saignait. Il avait bu et tanguait légèrement. Quand il passait, chacun lui donnait une tape dans le dos. Il était assez proche d'elle maintenant pour qu'elle sente son haleine chargée de bière.

— Evie, tu aurais dû parier sur moi.

— Est-ce que ça va ? Papa a parié sur toi. Il croit en toi. Depuis toujours. Tu devrais croire en lui aussi.

Il lui passa un bras sur l'épaule. Il l'attira à lui et murmura :

— Je lui faisais confiance.

Il était dégoulinant de sueur. Elle recula.

— Evie, entendit-elle.

Simon marchait d'un pas tranquille vers eux, depuis le stand de tir.

— Evie, Jack m'a dit que tu serais peut-être là.

Ses cheveux roux brillaient et son visage était bronzé comme jamais un mineur ne pourrait l'être. Le jardinage lui allait bien, la lumière du jour aussi. Il était beau. Jack se retourna en chancelant légèrement.

— Tiens, Simon Preston, il était temps que tu t'échappes d'Easterleigh Hall pour venir boire une bière.

Il passa un bras autour des épaules de Simon en adressant un clin d'œil à Evie.

— Ou bien est-ce que tu préfères passer quelques minutes avec Evie, parce que tu n'as pas beaucoup de liberté ?

Simon fit mine de donner un coup de poing à Jack.

— Tu as gagné ! J'avais aucun doute. J'ai vu la fin, dis donc, tu étais en furie.

Jack regarda Evie.

— On se demande bien pourquoi, lâcha-t-il sèchement.

— Jack, rétorqua Evie d'un ton réprobateur en le repoussant pour qu'il rentre à la maison avant de céder une nouvelle fois à la colère.

— Alors dis-moi, Evie, tu commences quand ? Mon père m'a appris la nouvelle. Demain, c'est ça ? demanda Simon avec un large sourire. Encore une qui change de camp, comme on dit. Tous les domestiques ne parlent que de ça.

Evie eut soudain froid puis très chaud. Elle attrapa Jack par le bras.

— Je vais le ramener chez maman, Simon. Je te retrouverai plus tard.

Elle ne prêta pas attention au regard d'incompréhension de Simon. Jack se balançait sur place, fronçant les sourcils. Il se laissa entraîner sur quelques mètres avant de se dégager et de se jeter sur Simon en le saisissant par les épaules.

— Quand est-ce qu'elle commence quoi ? Où ? Quels domestiques ?

Simon regarda Evie qui secoua la tête, la bouche sèche, et il comprit. Elle leva vaguement une main, mais sans effet. Elle ne pouvait plus l'arrêter, à présent.

Jack secoua Simon.

— Qu'est-ce qui se passe, bon sang ?

Evie avait l'impression que la musique était devenue assourdissante, tout comme les cris des mineurs autour d'eux. Des petits groupes s'étaient formés, pour échanger quelques mots ou parier sur l'issue de la dispute en jetant quelques pièces. Certains les observaient en silence. Un homme, Martin Dore, l'ami et collègue de Jack, avança d'un pas incertain vers eux, le visage rougi par la boisson. Il avait un verre à moitié plein à la main.

— Jack, pas ici, l'intima Evie en le tirant vers elle, éloignant Martin d'un geste de la main.

Les gens se remirent à bavarder entre eux et la musique continuait de jouer. Jack hésita, puis se retourna vers Simon. Elle lui tira le bras et lui dit avec urgence :

— J'ai un autre travail, c'est tout. Je vais être assistante cuisinière pour les Brampton. J'ai un projet. J'ai besoin d'Easterleigh Hall. Je vais me servir d'eux. Je veux suivre une formation, pour nous. Je t'expliquerai, mais pas ici. Viens.

Simon s'avança pour l'aider. Elle l'arrêta.

— Laisse, Simon. Laisse-moi faire.

Elle leva également une main à l'intention de Martin qui approchait de nouveau. Il s'arrêta, incertain. Elle avait l'impression de diriger un troupeau de moutons.

Elle pensa avoir réussi à le convaincre, parce qu'il se laissa emmener loin du stand de tir, à travers la foule. Des hommes qu'ils croisaient fumaient des roulées, des enfants mangeaient des pommes d'amour. L'odeur du caramel se mêlait à présent à celle du cochon grillé.

En approchant des balançoires, Jack la laissa passer un bras dans le sien, mais dans la lumière qui diminuait, il s'arrêta, se redressa en chancelant, se dégagea pour lui faire face, la regarda et lui cracha au visage. Il s'essuya la bouche du revers de la main.

— Toi aussi, mon Evie. Toi aussi. Et en plus, je l'ai appris par quelqu'un d'autre.

Il tangua de nouveau. Son nez saignait vraiment, à présent. Il l'essuya, mais il continua à saigner.

Quand il reprit la parole, ses dents étaient sanguinolentes :

— Au moins, papa a eu le courage de me le dire en face. Tu vas les servir, leur remplir la panse. Tu aurais pu travailler n'importe où, mais tu as choisi cette ordure. Moi je n'ai pas le choix, mais toi si. Tu pourrais la faire n'importe où, ta... « formation », lâcha-t-il d'un ton plein de dédain.

— Non, je ne peux pas aller ailleurs, l'interrompit-elle. Je dois tellement à Miss Manton. Je lui ai promis...

D'un geste de la main, il la réduisit au silence, arracha sa casquette et la tordit en boule dans son autre main.

— Tu sais ce que je pense d'eux. D'abord papa, et maintenant toi. Vous ne comprenez pas que vous m'avez coincé, tous les deux ? Comment est-ce que je vais me battre contre les patrons, maintenant ? Si je le fais, tu perdras ta place parce que tu t'appelles Forbes, et papa aussi. On sera expulsés, dit-il avant de reprendre sa respiration pour poursuivre, d'une voix calme et froide : Je te déteste, Evie Forbes. Je suis content que tu t'en ailles. Tu as le choix, papa aussi. Moi, j'ai rien du tout.

La salive qu'il lui avait crachée au visage coulait sur sa joue, sa mâchoire, son cou, son col. Elle l'essuya et, par habitude, vérifia qu'elle n'était pas noire. Elle était claire. Simon arriva en courant et s'interposa entre eux deux, haletant.

— Ça suffit, Jack.

Il paraissait mince à côté de son frère, large d'épaules.

— Ça suffit. Va cuver ta boisson.

Jack la regarda longuement, les yeux brillants de larmes, avant de s'éloigner, tête haute, en marchant droit sans la moindre hésitation. Elle lui lança :

— J'ai déjà pensé à mon nom, c'est réglé. J'ai dit que je m'appelais Anston. Papa t'a déjà expliqué ce qu'il fera en cas de grève. Il démissionnera. Tu pourras continuer avec le syndicat.

Jack ne ralentit pas, il continua à marcher en lui tournant le dos. La foule s'écartait sur son passage et se refermait derrière lui. Martin le suivit en trébuchant, le rattrapa et passa un bras sur son épaule. Jack le repoussa, mais Martin n'y prêta pas attention. Ils étaient amis. Ils travaillaient côte à côte dans la mine. Ils étaient inséparables. Il reposa son bras sur l'épaule de Jack et, cette fois-ci, il ne fut pas rejeté.

Dans la foule, personne ne regardait Jack ou Evie. Ils les laissaient tranquilles parce qu'ils étaient leurs amis et voisins. La musique continuait de retentir, l'atmosphère était chargée de rires.

Elle avait envie de l'appeler, de lui courir après, mais elle sentit le bras de Simon sur son épaule. Il lui essuya la joue avec sa manche, son visage tout près du sien. Elle sentit son haleine contre sa joue quand il lui dit :

— Laisse-le pour l'instant. Je vais le suivre pour être sûr que tout va bien pour lui et Martin. Ils sont tellement saouls qu'ils vont finir dans un fossé s'ils ne font pas attention. Je vais essayer de lui parler. Je suis désolé, j'aurais dû y penser, mais ne t'inquiète pas, à Easton personne ne va te dénoncer. Tu seras Evie Anston. La plupart des domestiques ne viennent pas d'ici, et les autres, je les avertirai.

Il souriait, ses yeux bleus remplis de douceur, mais Evie n'arrivait à penser à rien. Ni au manoir, ni à son nom – le nom de jeune fille de sa mère –, ni à l'hôtel, à rien de tout ça. Jack, son frère adoré, lui avait craché au visage et lui avait tourné le dos. Elle avait l'impression que son cœur se brisait lentement en mille morceaux.

Chapitre trois

Evie passa la soirée du samedi assise dans le fauteuil. C'était au tour de sa mère de dormir dans le lit, puisque les hommes n'allaient pas travailler et qu'il n'y avait pas besoin de cuisiner ou de préparer le bain pour les mineurs allant et venant à toute heure. Evie n'avait pas fermé l'œil, mais avait attendu Jack, qui ne s'était pas montré, et voilà que le matin était arrivé. Elle savait que Simon et Martin veillaient sur lui, et quand Simon devrait retourner au manoir, quelqu'un d'autre prendrait le relais. Les gens étaient comme ça par ici. Mais elle voulait voir Jack. Elle voulait lui parler avant que son père ne l'emmène dans la charrette, à onze heures. Ils allaient se faire un petit plaisir et manger des sandwichs au jambon en route ; du jambon que sa mère avait fait bouillir, provenant du porc élevé dans leur jardin ouvrier. Ensuite, son père aurait le temps de faire demi-tour en direction de Fordington pour aller ramasser le charbon de mer sur la plage.

Pour la première fois, elle ne serait pas avec eux, à sentir le vent froid lui fouetter les joues, faire claquer sa jupe et son tablier en toile de jute qui serait tout noir en rentrant à la maison. Est-ce que Jack allait accompagner leur père ? Elle regarda l'horloge. Huit heures. Tout le monde dormait. C'était comme ça, le dimanche matin, et d'autant plus après la fête.

Elle alla chercher des seaux d'eau au robinet communal, manquant de peu Mrs Grant qui entrait dans son arrière-cour, un seau dans chaque main. Elle se glissa aussi discrètement que possible dans le débarras pour enfiler ses plus beaux vêtements. Elle se prépara du porridge qu'elle avala. Elle ressortit dans la cour en s'emmitouflant dans son châle. La malle prêtée par Miss Manton contenait tous ses uniformes, ainsi que ses tabliers blancs et de toile. Elle s'assit sur le banc que son père avait construit avec du bois flotté et qu'il avait installé contre le mur de briques en face du pigeonnier pour voir et entendre ses oiseaux adorés.

Elle sentait le soleil du printemps sur son visage et se fichait qu'il puisse le brunir. La famille se leva, mangea, vaqua à ses occupations. Personne ne vint la voir. Personne ne mentionna Jack. Elle resta assise seule à écouter les bruits de la rue, à regarder les moineaux picorer les miettes que sa mère jetait tous les soirs. « Pour le petit déjeuner des oiseaux », disait-elle toujours. Dans combien de temps Evie reviendrait-elle ici, au sein de sa famille ? Pourrait-elle y retrouver sa place, si Jack la détestait ?

Après la matinée la plus lente de sa vie, l'horloge sonna onze heures. Sa mère avait emballé des boîtes d'appâts pour elle et son père, qui allait chercher Old Saul, le poney de Galloway qu'ils partageaient avec Alec Preston, le père de Simon. Il allait atteler leur charrette commune dans leur jardin partagé avant de revenir ici. Il allait protéger la malle à l'aide de sac en toile, pour ne pas la salir. Evie faisait les cent pas dans la cour, mais aucun signe de Jack.

Son père se présenta à la porte arrière, une couverture sur le bras pour éviter de salir sa jupe sur la banquette de la charrette.

— C'est l'heure, ma petite, dit-il.

Le soleil était chaud, le vent doux. Cela aurait dû être une belle journée. Timmie entra dans la cour, arracha sa casquette et accourut vers elle. Il la serra si fort dans ses bras qu'il lui coupa le souffle. Elle le tint contre elle en riant. Il était à l'image de Jack et de son père, jusqu'aux cheveux noirs et au port de tête fier, tandis qu'elle était le portrait craché de sa mère avec les mêmes boucles châtain foncé. Ils avaient tous les mêmes yeux cependant, noisette foncé. Elle se pencha pour le regarder droit dans les yeux. Il avait tellement grandi. Il avait à peine treize ans.

— Je serai de retour dans deux semaines, mon petit, pour mon après-midi de congé. Donc je serai là très vite pour ramasser le charbon sur la plage avec toi.

— Je ne veux pas que tu partes, Evie, dit-il.

— Il le faut, Timmie, tu sais qu'on doit économiser pour acheter la maison de Froggett.

Il s'éloigna, donnant des coups de pied dans la terre.

— Je vais bientôt descendre dans la mine et je gagnerai plus, alors tu n'auras pas besoin de partir.

Elle soupira. Mr Davies, le directeur de la mine, avait depuis longtemps annoncé à tous les mineurs qu'ils perdraient leur maison si leurs fils ne devenaient pas mineurs à Easton. C'était cela, ainsi que la liberté pour Jack de faire pression sur la direction afin d'obtenir de meilleures conditions de travail, qui l'avaient décidée à partir.

Ensuite, sa mère la serra contre elle, son corps dodu plus affectueux que jamais.

— Rappelle-toi ce que t'a dit Miss Manton et occupe-toi de Mrs Moore, ma chérie. Ne t'inquiète pas pour Jack, cet écervelé sait qu'il a tort. Tout ira bien, crois-moi.

« Tout ira bien », c'était un dicton familial, mais cela voulait-il dire quelque chose ?

Son père attendait sur la charrette. Tous les voisins étaient alignés dans la rue, saluant le vieux Saul qui passait sur les pavés, les secouant d'un côté et de l'autre. Les terrils coniques qui les surplombaient bouillonnaient et fumaient, les moteurs tournants étincelaient au soleil, et l'odeur du soufre planait dans l'air. Elle saluait et souriait, mais au fond d'elle, elle était vide parce que la personne qu'elle cherchait n'était pas venue.

Ils quittèrent Jennings Street, tournèrent dans Norton Street. Son père plaça sa main sur la sienne. Elle garda le sourire affiché sur son visage.

— Où allons-nous manger les sandwichs, papa ?

Il ne répondit pas, sourit et indiqua la route d'un signe de tête. C'était Jack, qui marchait vers eux, les bras tendus, faisant signe à la charrette de s'arrêter. Sans un regard pour sa sœur, il s'approcha de son père.

— Je vais l'emmener, papa.

C'était un ordre. Son père la regarda et elle hocha la tête, la gorge serrée parce que Jack était pâle et triste, ses yeux noirs semblaient légèrement exorbités, son nez était tordu et sa lèvre fendue. Elle n'avait pas remarqué ça, la veille. Peut-être qu'il s'était battu plus tard. Il ne lui adressa pas un seul regard.

Les deux hommes échangèrent leur place. Jack lança à son père une petite bourse.

— Gagné au combat.

Ils se saluèrent d'un signe de tête, ce qui était le mieux qu'on puisse souhaiter. Les épaules d'Evie se détendirent de soulagement. Il secoua les rênes.

— Avance, canasson.

À la froideur de son ton, Evie se tendit de nouveau. Ils empruntèrent la route principale pour sortir du village, vers le nord. Elle était goudronnée pour le confort des voitures des Brampton. Le long de la route, la rivière Tyne coulait à flots et était bordée de canards. Le voyage prendrait une heure au rythme tranquille du vieux Saul. C'était un poney peu enclin à l'action à moins qu'on ne lui donne une bonne claque sur la croupe. Jack tenait simplement les rênes et regardait devant lui. Ils allaient devoir sortir de la vallée, franchir la colline jusqu'à la colline suivante sur laquelle se trouvait le manoir d'Easterleigh Hall. Le vieux Saul longea en clopinant la haie d'aubépines qui se terminait au carrefour de Cross Trees. Il y avait trois arbres, et c'était le plus grand épicéa, celui du milieu, où les bandits de grand chemin et les braconniers étaient autrefois pendus. À ce moment-là, Jack tira sur les rênes et bifurqua à gauche.

— On doit rester sur la route, dit Evie.

Jack regardait toujours droit devant lui.

— Pas si on va au ruisseau. On va manger.

Ils allaient souvent là-bas. Sa voix était calme et lasse, maintenant. Il retroussa ses manches, qui se balancèrent au rythme de la charrette, ses mains mobiles sur les rênes. Les jointures de ses doigts étaient couvertes de plaies et enflées, son bras aussi. Son oreille était couverte de bleus. Elle avait mal pour lui. Il ne devrait pas avoir à faire ça, son travail était suffisant, pour l'amour de Dieu. Il devait sortir de la mine, absolument. Elle posa la main sur sa joue où sa salive avait atterri.

— Pardonne-moi, dit-il.

— Toujours, répondit-elle.

Ils descendirent la colline par à-coups, entrant et sortant des ornières creusées par les charrettes précédentes. De chaque côté, il y avait des champs où paissaient des moutons, des champs que sa famille et elle désherbaient si nécessaire. Froggett refusait d'abord leur aide, parce qu'ils travaillaient déjà si dur. Tout cela aidait à financer la maison. Elle se retourna. Les terrils se profilaient derrière eux. Qu'y avait-il ici avant la mine et le village ? Des champs comme celui-ci. Le vieux Saul souffla, la roue glissa hors de l'ornière une nouvelle fois. Se cramponnant au côté du siège, elle hésita avant de murmurer :

— Pardonne-moi.

— Toujours, répondit-il tout bas.

Le ruisseau n'était plus qu'à dix minutes. Au bout du chemin, près des buissons d'ajoncs, il s'arrêta et sauta de la charrette, attachant le vieux Saul à la clôture. Evie commença à descendre de son côté, mais il l'arrêta d'une voix forte :

— Non, attends.

Elle obéit. Il vint la soulever en la portant sur son épaule.

— Hé ! s'écria-t-elle.

— On va pas te laisser aller chez les bourgeois avec de la boue jusqu'aux chevilles, n'est-ce pas ?

Il attrapa le panier en osier contenant leur déjeuner dans la charrette, ainsi que la couverture sur le siège avant. Il porta sa sœur aussi facilement qu'il aurait porté un sac de charbon, avec aussi peu d'élégance. Elle se mit à rire et il l'imita. Tout était presque redevenu comme avant. C'est seulement après avoir jeté la couverture sur la rive et l'avoir aplatie avec sa botte qu'il la laissa tomber. Ils se regardèrent un moment.

— Je ne te ferai jamais de mal délibérément, mon frère, dit-elle.

— Moi non plus. Je ne boirai plus jamais comme ça. Je ne traiterai jamais quelqu'un comme je t'ai traitée.

Il s'était lavé, quelque part. Il avait dormi un peu, mais pas beaucoup, probablement chez Martin.

— Tu reboiras, dit-elle.

Il sourit.

— Je ne traiterai personne comme ça.

— Je le sais. On t'a fait du mal. C'est fini maintenant.

Ils s'assirent côte à côte et il passa son bras autour de son épaule. L'eau claire et propre ruisselait par le barrage qu'ils avaient construit des années auparavant, créant un bassin assez profond pour y nager. Sur l'autre rive, les saules trempaient leurs feuilles dans l'eau et les moineaux chantaient.

— Miss Manton a dit qu'elle pourrait me faire entrer à Easterleigh Hall et que sa vieille cuisinière m'apprendrait tout ce qu'elle sait. Je dois y aller parce que j'ai promis de protéger Mrs Moore, qui a les mains pleines de rhumatismes, aussi longtemps que possible, pour remercier Miss Manton. Je veux y aller aussi parce que j'ai besoin de vous voir tous le plus souvent possible. Et parce que sans l'influence de Miss Manton, j'aurais dû attendre beaucoup plus longtemps pour obtenir un poste comme celui-ci. Et aussi parce que je veux que vous sortiez tous de la mine, Jack. J'aimerais bien qu'on prenne un hôtel, tu le sais. Je veux qu'on soit en sécurité. Je peux le faire. Je peux cuisiner…

Jack posa sa main sur la bouche d'Evie.

— Ça suffit.

Il riait. Puis il devint plus sérieux, comme jamais elle ne l'avait vu auparavant.

— J'avais tort. C'est ta vie. Je déteste que tu travailles pour les Brampton, mais tu sais que je ne te déteste pas. J'étais juste en colère et j'ai reçu une bonne correction de la part de maman.

Il se frotta l'oreille.

— Bon sang, elle gagnerait n'importe quel combat de poings avec une main attachée dans le dos. Le fait est, Evie, que je veux rester dans la mine. C'est ce que je suis, un homme de la mine. Mes amis sont des mineurs. C'est chez moi. C'est ma famille autant que vous l'êtes.

Il retira sa main de sa bouche et elle tenta de l'interrompre, mais il poursuivit :

— En plus, c'est mon devoir. Grâce à maman, papa et Jeb, je peux prendre la parole quand il le faut, pour m'assurer que les hommes soient traités correctement, que la mine soit aussi sécurisée que possible, et que nos salaires soient décents. Il y a tellement de choses à faire et je ne peux pas, je ne veux pas m'éloigner de ça, mais je ne veux pas non plus que Timmie descende dans la mine, donc tu as raison. Il nous faut cette maison.

Il prit la couverture. Les moineaux volaient au-dessus des saules. Le ciel était bleu et les nuages glissaient dans la brise. Elle voulait parler, mais savait qu'il n'avait pas terminé.

— Je sais pourquoi papa a fait ce qu'il a fait, et s'il peut changer le comportement de la direction, c'est super, mais je n'y crois pas. En plus, il se met en danger. Il va devoir enlever ces fichus supports en bois qu'ils ont installés pour soutenir la veine afin de les réutiliser, et même s'il fait attention, tout peut s'écrouler. Tu le sais. Moi aussi. Je ne veux pas qu'il soit blessé. Sa santé est déjà assez mal en point sans qu'il ait à s'inquiéter davantage.

— Il le sait aussi, alors il fera attention, sans quoi il aura affaire à maman, et à choisir, tu sais lequel des deux il préférerait !

Ils rirent, mais le cœur n'y était pas. C'était trop sérieux, et c'étaient aussi leurs adieux. Ils ne pourraient plus avoir une telle conversation à l'avenir, parce que leurs chemins se séparaient. Elle n'était plus une enfant et ils allaient vivre chacun leur vie. Elle se contenta de répéter :

— Je veux que tu sortes de la mine.

Il secoua la tête.

— Un jour peut-être… Mais c'est drôle vraiment, nous sommes tous les deux dans la fosse aux lions, maintenant, ma sœurette. Toi comme moi.

Elle le regarda fixement. Oui, c'était vrai, et elle eut une idée. Elle lui attrapa le bras.

— Écoute, Jack, je peux être attentive aux ragots en rapport avec la mine. Je peux les utiliser de cette façon aussi.

Jack se détourna de la digue pour la regarder, puis hocha la tête pensivement.

— Oui. Mais sois prudente. Je ne veux pas qu'on t'enlève ton rêve.

Ils regardèrent un martin-pêcheur descendre en piqué et remonter le ruisseau vers la source. Elle avait nagé ici un nombre incalculable de fois, avec Jack, avec Simon et avec Timmie. La vie pouvait emporter un rêve, mais pas le passé. Elle se mit à pleurer, et Jack aussi. La tête posée contre son épaule, elle murmura :

— Dans cinq ans, je veux travailler au *Vermont* de Newcastle, pour apprendre à gérer un hôtel et qu'on ait le nôtre, un jour.

Elle regarda autour d'elle, cherchant le martin-pêcheur, pendant que Jack lui disait que l'Irlande se préparait à une guerre entre protestants et catholiques, que l'Allemagne montait des armées pour défier la domination mondiale britannique, et ce n'était pas tout : les travailleurs britanniques avaient compris qu'ils avaient du pouvoir.

— Incroyable, nous avons un parti politique, maintenant. Tu te rends compte, le Parti travailliste indépendant, et un jour ça va exploser. Il pourrait même y avoir une révolution. Tu dois profiter de chaque jour, Evie, car nul ne sait de quoi l'avenir est fait.

Elle lisait les journaux aussi, mais n'arrivait pas à croire à cette idée.

— Il ne peut pas y avoir la guerre, on ne serait pas aussi stupides, et de toute façon, si elle se produit, ce sera entre les catholiques et les protestants en Irlande, ou si l'Allemagne s'en prend à nous, ce sera un combat entre armées, les gens ne seront pas concernés. Il n'y aura pas de révolution. Je ne pense pas que les travailleurs soient suffisamment en colère. Tout ce qui m'importe, c'est que toi, papa et Timmie restiez en sécurité à Auld Maud.

Elle lui attrapa le bras.

— Continue ton travail syndical, mais surtout, sois bien prudent.

Jack haussa les épaules.

— C'est une question de chance.

Renonçant à observer le martin-pêcheur, elle plongea son regard dans le ruisseau, bercée par le bruit de l'eau qui gargouillait à travers les rochers du barrage, et murmura :

— Il faut être prudent et s'échapper de la mine avant que le plafond ne s'effondre. Il ne faut pas prendre de risque. Et oui, c'est aussi une question de chance. Alors garde la chance de ton côté.

Ils mangèrent tout ce qu'il y avait pour le déjeuner.

Ils arrivèrent à temps au manoir d'Easterleigh Hall. Il avait été construit à l'époque de George III, un monarque très décrié selon Miss Manton, qui lui avait expliqué qu'il n'était pas exactement fou, mais qu'il souffrait d'une sorte de maladie. Easterleigh Hall avait été conçu par un jeune architecte italien qui s'était enfui à Florence avec la dame du manoir, après quoi le seigneur l'avait vendu à son cousin avant de se retirer à Londres. Cette lignée s'était éteinte, et les Brampton l'avaient acheté cinq ans plus tôt.

Le jeune architecte était peut-être volage, mais il avait un sens du style remarquable, avait pensé Evie le jour de son entretien, et de nouveau quand Jack avança avec la charrette sur le chemin de service. C'était un chemin dissimulé derrière des haies d'ifs parce que, apparemment, sa vue offensait Lady Brampton autant que la vue d'une domestique de dos. L'allée gravillonnée, qu'on apercevait à travers la haie, longeait l'immense pelouse au centre de laquelle poussait un cèdre. Il avait été planté par l'architecte italien et l'on aurait pu penser que le mari trompé l'aurait abattu pour en faire du bois de chauffage.

— Moi, c'est ce que j'aurais fait, murmura-t-elle à Jack qui gloussa doucement.

Au bout de la piste, ils arrivèrent dans la cour de l'écurie, où les lads couraient de-ci de-là sans faire attention à eux, puis ils traversèrent en clopinant la cour pavée de la cuisine, à l'arrière de la grande maison. Simon les attendait pour descendre la malle de la charrette, ce qu'il fit rapidement, de sorte que Jack, sa casquette bien enfoncée, put faire demi-tour et repartir avant que quelqu'un ne le voie et ne le reconnaisse comme étant Forbes, l'agitateur. Jack se pencha et chuchota :

— Si tu entends quoi que ce soit qui puisse être utile au syndicat, dis-le à Simon.

Puis il se redressa et lança d'une voix forte :

— Au revoir, Evie Anston.

De la tête, Simon indiqua les marches qui descendaient vers une porte qu'elle avait prise pour une cave quand elle était venue le jour de son entretien.

— Tu connais le chemin, ma belle. Tu t'es réconciliée avec Jack, à ce que je vois.

Evie hocha la tête, trop nerveuse pour parler. Elle était enfin là, et son courage lui manquait. On aurait dit que ses pieds ne voulaient pas bouger.

À droite, sous le porche, les garçons d'écurie couraient toujours en tous sens. L'un d'eux avait un grand sac de foin sur le dos, un autre une bride sur l'épaule qui s'entrechoquait par-dessus le bruit de ses sabots alors qu'il avançait à grands pas. Derrière elle, les garages bordaient la totalité de la cour de la cuisine et y projetaient leur ombre. Elle regarda la charrette de Jack s'éloigner.

Simon tourna de nouveau la tête vers les marches, peinant visiblement sous le poids de la malle.

— Ce n'est pas exactement léger comme une plume. On peut entrer, pour que je puisse la poser ? demanda-t-il sur un ton faussement affecté, en souriant.

Elle jeta un dernier regard à Jack alors qu'il disparaissait le long du chemin et, emboîtant le pas à Simon, descendit les marches en pierre. Elle lui ouvrit la porte, reculant alors qu'il se débattait dans le couloir avec la malle, la laissant tomber dès qu'il le pouvait. Elle devrait être rendue à Miss Manton dans la semaine, avait insisté sa mère. « On rend toujours ce qu'on emprunte », avait-elle rappelé.

Simon avait promis de s'en occuper. Evie pénétra dans l'obscurité du sous-sol.

Il y avait des rangées de cloches sur la gauche, avec les noms des pièces imprimés dessous. Le sol était fait de dalles de pierre. Il était impeccable. Il y avait un texte composé au point de croix sur le mur. Evie ne lisait pas les textes, qu'ils soient bibliques ou édifiants, car ils n'avaient guère de sens dans la mesure où les bourgeois vivaient en haut, et elle en bas.

La première personne qu'elle vit fut une fille de son âge, qui portait un uniforme bleu foncé, un tablier blanc et un joli petit bonnet blanc.

— Bonjour Simon, dit-elle en s'appuyant sur son balai à l'entrée de la cuisine.

— Elle n'est pas d'ici, elle vient du Lancashire, chuchota Simon à Evie avant d'ajouter plus fort : Lil, je te présente Evie… Anston.

L'hésitation avait été brève et la fille n'avait rien remarqué. Simon ajouta :

— Evie est là comme cuisinière.

Lil éclata de rire.

— Ça, c'est ce qu'elle croit. Madame a décidé de faire des économies, vu l'augmentation des taxes depuis que les libéraux sont au pouvoir.

Lil esquissa une moue de dégoût et haussa les sourcils pour exprimer une pitié feinte. Evie la regarda avec attention.

— Qu'est-ce que tu veux dire ?

Lil se retourna, lui faisant signe d'entrer dans la cuisine où Evie avait passé son premier entretien quelques jours plus tôt.

— Viens, Mrs Moore t'attend. Dépêche-toi. Elle m'a demandé de faire le guet. À plus tard, Simon.

Elle disparut.

Simon toucha le bras d'Evie.

— Tout ira bien. Rappelle-toi, tu es là pour apprendre, et je ne suis pas loin, dans le cottage au bord du lac avec les autres jardiniers assistants. Chaque jour, l'un d'entre nous apporte des fleurs pour la maison, et parfois des légumes. Je vais essayer de m'en charger aussi souvent que possible. Lil n'est pas trop méchante, vraiment, et tu trouveras Annie dans l'arrière-cuisine.

Lil réapparut et s'appuya sur son balai. Des mèches blondes qui s'étaient échappées de son bonnet encadraient son visage.

— Tu viens ou pas ? Il va falloir que tu t'actives plus que ça avec la gouvernante, Mrs Green, qui fait le guet. Tu l'as vue quand tu es venue l'autre jour ?

— Brièvement, répondit Evie en avançant d'un pas.

— Mrs Moore est d'une humeur massacrante. Elle veut que tu prépares la soupe claire directement après le thé.

Evie hésita. Elle n'avait préparé de la soupe claire que quelques fois dans sa vie. Elle pensait qu'on allait lui demander de sortir les ustensiles et de couper les légumes, le temps qu'elle trouve ses marques.

Simon lui saisit le bras.

— Tu es là pour apprendre, lui répéta-t-il à l'oreille. Apprendre et te former.

Elle sentit son souffle, sa main et se détendit. Oui, bien sûr. Elle était ici pour apprendre. Ce n'était pas pour toujours. Il lui sourit.

Elle aimait ses yeux, d'un bleu si profond. Elle aimait tout chez lui, depuis toujours. Il avait été dans la classe de Jack, dans la bande de Jack. Du moins, après s'être battu avec eux parce qu'ils se moquaient de ses cheveux roux. Après ça, ils avaient arrêté de le taquiner. Qu'est-ce que les gens avaient contre les cheveux roux ? Et qu'est-ce qui la chamboulait autant, dans ces yeux si bleus ? Tout la chamboulait chez lui, voilà tout.

Une fois dans la cuisine, elle ressentit de nouveau l'émerveillement qu'elle avait éprouvé le jour de son entretien. La pièce était immense, avec de grandes cuisinières sur le côté gauche rayonnant de chaleur, et à droite des fenêtres intérieures donnant sur le couloir central. De l'autre côté du sous-sol se trouvait l'énorme réfectoire des domestiques avec des fenêtres similaires donnant sur le même couloir. Bien sûr, songea-t-elle en grimaçant, on ne réservait aucune intimité aux domestiques.

Une longue table en bois occupait le centre de la cuisine. Les casseroles et les poêles étaient suspendues à des crochets au-dessus de la table. Elles étaient en cuivre, sous la responsabilité de la cuisinière ou de la fille de cuisine, mais en tout cas ce n'était pas la sienne et elle s'en réjouissait. Ce genre de petites récompenses lui faisait penser à Jack, et à la maison. Elle se concentra plutôt sur les assiettes qui ornaient le buffet, contre le mur de l'arrière-cuisine. Il y avait aussi des tasses, d'une blancheur immaculée. Dans les placards qui faisaient le tour de la pièce se trouvaient, elle le soupçonnait, bien d'autres ustensiles ainsi que des couverts pour le personnel. L'argenterie, cependant, les jolis verres et les services se trouvaient dans le garde-manger du majordome.

On lui avait montré le nettoyeur et l'aiguiseur de couteaux, rangés dans un coin, la dernière fois. L'aiguiseur ressemblait plus à un bidon de lait du vieux Dan. Il flottait dans la pièce l'arôme d'une marmite qui bouillonnait.

Assise à table, sur un tabouret, dos aux fourneaux, se frottant les yeux tandis que ses lunettes reposaient sur son livre de recettes, se trouvait Mrs Moore. Depuis le seuil de la pièce, Evie pouvait voir ses articulations enflées et la douleur gravée sur son visage.

— Pas trop tôt, dit-elle dans un grognement qu'Evie ne pouvait pas lui reprocher. Eh bien, ne reste pas plantée là comme un piquet. Lil, aide-la à monter sa malle dans sa chambre. Elle dort avec Annie. Evie, tu te mettras en uniforme, puis tu reviendras directement en bas. Tu rencontreras les autres domestiques pour le thé, que tu prépareras. Nous avons plus à faire que je ne le pensais. Madame est rentrée tôt. Dieu merci, Monsieur n'est pas encore revenu. Nous allons cuisiner pour trois en haut, quatre quand Monsieur reviendra. Mr Auberon est de retour de l'université, il semble que ce soit pour de bon. Lady Veronica est toujours là. Madame va et vient, mais tu le sais, si tu te rappelles notre entretien.

Son visage rond était rouge, ses yeux larmoyants.

Lil se précipita dehors, Evie sur ses talons. Elles saisirent chacune une poignée de la malle, Lil ouvrant la voie dans le couloir où se trouvaient les cloches jusqu'à l'escalier de service. Elles grimpèrent une première volée, puis la suivante, bifurquant sur chaque palier. Au début, les escaliers étaient en pierre, puis à partir du premier étage, en bois. Lil resta silencieuse jusqu'à ce qu'elles atteignent le troisième étage, où elle murmura :

— C'est Annie qui aurait dû faire ça, pas moi. Je m'occupe de la maison, pas de la cuisine.

Evie détendit ses épaules et continua à avancer, en disant simplement :

— Je suis désolée.

— J'espère bien.

Elles gravirent la volée suivante avec effort. Une marche grinça. En haletant, Lil lui dit :

— C'est celle-là qui peut te trahir si tu rentres tard. Enjambe-la. Une ancienne femme de chambre a fait une marque.

De la tête, elle indiqua une marque basse sur le mur.

— J'espère que tu es douée en pâtisserie. Mrs Green a un faible pour les gâteaux au gingembre, et Mr Harvey aussi. C'est ce qu'il préfère.

Evie percevait dans son phrasé l'accent du Lancashire.

Comme Mr Harvey était le majordome, il fallait lui faire plaisir. Ce serait donc du gingembre, mais la gouvernante faisait habituellement les gâteaux pour le thé à l'étage et au rez-de-chaussée, alors pourquoi devait-elle s'en charger ?

Elles atteignirent le quatrième étage. D'un mouvement de tête, Lil indiqua une porte qui donnait sur le petit palier.

— Les toilettes et la salle de bains où tu vides le bac en fer-blanc, et assure-toi de bien le nettoyer ainsi que la baignoire proprement dite après.

— La baignoire ? demanda Evie.

Lil se pencha pour tirer la malle un peu plus haut. Evie sentit le poids supplémentaire peser sur ses bras et sa nuque.

— Un bain, chaque semaine, dans ta chambre. Tu devras aller chercher l'eau à la cuisine. Seules la femme de chambre en chef et la femme de chambre de Lady Brampton peuvent utiliser la vraie baignoire.

Enfin, elles gagnèrent le dernier palier desservant deux pièces, sombre comme de la poix, puisqu'il n'y avait même pas d'œil-de-bœuf comme dans les étages inférieurs. Lil laissa tomber son extrémité de la malle sur le plancher.

— Bon sang, tu me dois une fière chandelle, Evie Anston, alors sois reconnaissante envers moi.

Puis elle enjamba la malle et se mit à redescendre l'escalier. Evie la héla :

— Attends, je vais où maintenant ?

— Eh bien, ouvre la porte où une femme est dessinée. Celle avec un homme, c'est pour les garçons. Tu es bête ou quoi ?

Elle continua de descendre.

— Et ensuite ? demanda Evie avant d'ajouter pour elle-même : Espèce de petite peste.

— Ta chambre est la deuxième à gauche.

La voix de Lil devint faible comme elle descendait à toute vitesse, mais Evie pouvait encore l'entendre.

— C'est ma pause. Je n'aurais pas dû faire ça, j'ai envie d'une cigarette. Tu n'as pas le droit de montrer quoi que ce soit de personnel. Nous sommes invisibles, nous autres. Nous ne sommes pas des personnes, nous sommes des choses. Mrs Green viendra vérifier.

— Merci pour le conseil, lança Evie, en traînant la malle jusqu'à sa chambre.

Manifestement, le lit d'Annie se trouvait sur la gauche. Sa chemise de nuit était soigneusement pliée sur l'oreiller. Il y avait quelques patères pour suspendre les vêtements et une commode de tiroirs à partager. Les deux derniers étaient vides. Il y avait une couverture par lit, et le matelas semblait dur comme de la pierre. Elle le tâta.

— Du crin de cheval bosselé, constata-t-elle le cœur serré.

Elle enfila l'uniforme bleu pâle de la cuisine, attachant ses cheveux qui s'étaient échappés de son chignon pendant le trajet. Voilà, elle y était, c'était leur échappatoire, elle devait juste se le rappeler. Elle sentit de nouveau la main de Simon sur son bras et celle de Jack autour de ses épaules, et sourit, épinglant son bonnet, puis lissa son tablier blanc avant d'en prendre un autre en toile de jute, juste au cas où. Avant de sortir, elle regarda par la fenêtre du grenier. Le ciel était gris et agité et, au loin, elle pouvait voir l'écume de Fordington.

Les vagues déferlaient et allaient rejeter le charbon de mer que sa famille irait ramasser dès le retour de Jack. La pensée qu'elle pouvait voir où ils seraient la réchauffait. Il n'y avait pas grand-chose d'autre qui pouvait la réchauffer dans ce grenier glacial. Il y avait une cheminée, mais elle était dépourvue de charbon. Elle n'était pas surprise. Pourquoi cette ordure de Brampton gaspillerait-il son charbon pour des domestiques ?

Elle contempla un moment le magnifique paysage, mais n'apercevait pas Easton, ni Auld Maud et ses déchets miniers rougeoyants, cachés dans les plis de la colline. Mais ils étaient là. Ils n'étaient pas loin.

Elle dévala l'escalier à son tour, et pénétra dans la chaleur de la cuisine. Elle avait apporté son livre de recettes avec elle. Mrs Moore leva les yeux.

— Bien, tu as eu le bon sens d'apporter tes recettes et je les connais bien, je dois dire. Cette Miss Manton est un bon professeur.

Elle se frotta encore les yeux et Evie espérait qu'elle se laverait les mains avant de commencer à cuisiner.

— C'est moi qui lui ai tout appris, tu sais. J'étais la cuisinière de sa mère. Mais cette fille, Grace Manton, m'a aussi appris quelques petites choses. J'ai l'impression que c'était il y a cent ans.

Evie hocha la tête.

— J'imagine.

Mrs Moore la dévisagea.

— Tu peux imaginer que je sois centenaire ?

Evie rit, mais voyant que Mrs Moore ne se joignait pas à elle, elle rectifia :

— Non, ce n'est pas ce que je voulais dire. Je voulais juste dire que ça fait long, de cuisiner pendant tout ce temps.

Elle se tut. Elle était en train de s'enfoncer.

Mrs Moore tapota son livre.

— J'espère que tu as bien creusé ce livre, lança-t-elle par-dessus ses lunettes.

Evie acquiesça.

— Oui, Mrs Moore. J'ai creusé tellement profond que je ne vois même plus le ciel. On dirait un mineur déguisé en cuisinière.

Il y eut un moment de silence, puis Mrs Moore rit.

— Allez, au travail. Peut-être que nous allons nous entendre. Certaines choses ont changé depuis ta dernière visite, Evie. Comme tu le sais, Charlotte, la cuisinière, ne donnait pas satisfaction et elle a dû partir. Donc toi, tiens-toi tranquille, s'il te plaît. Et Madame a décidé de nommer Edith, la fille de cuisine, comme bonne. Donc, désolée, mais tu vas devoir jouer également les filles de cuisine. Voilà ta liste de tâches.

Elle retira ses lunettes et pointa du doigt deux pages d'écriture qui se trouvaient à côté du bol à mélanger sur la table, en face de la cuisinière.

— Apparemment, elle veut faire des économies, expliqua-t-elle d'un air sombre. Je ne pense pas qu'ils en fassent beaucoup à l'étage, par contre.

Evie cramponna son livre de recettes. Fille de cuisine, en plus de cuisinière ?

Sans mot dire, elle alla consulter la liste. Cela commençait par l'allumage du feu à cinq heures trente du matin, sans oublier le pare-feu, puis il fallait récurer le sol de la cuisine, réveiller Mrs Moore avec une tasse de thé ainsi que Mrs Green et Mr Harvey. Puis le nettoyage des poêles en cuivre de la veille – même si elles devaient normalement être propres, avait ajouté Mrs Moore. Ça, c'était pour aider Annie. Evie devait préparer le petit déjeuner des domestiques et aider Mrs Moore pour celui de l'étage, avant de se consacrer à toutes les corvées imaginables, et plus encore. Elle devait également préparer les légumes pour les repas de l'étage et cuisiner tous les autres repas pour les domestiques.

— Je ne peux pas faire tout ça, dit-elle en posant son livre sur la table, en croisant les bras et en s'arc-boutant comme elle avait vu Jack le faire tant de fois.

Mrs Moore leva les yeux vers elle.

— Non, ma petite, alors on va se débrouiller toutes les deux, avec la petite Annie, l'autre fille de cuisine, jusqu'à ce qu'ils retrouvent la raison. Ces aristocrates, tu sais, ils protègent leur estomac comme ils protègent leurs fortunes. On devra juste faire quelques économies de notre côté et ils vont se mettre au pas, dit-elle en lui adressant un clin d'œil. Ils disent qu'on devrait s'effacer totalement devant eux. Eh bien, ils peuvent dire ce qu'ils veulent, je m'en fiche. On va s'en sortir, et très bien avec ça.

Ses cuisses dépassaient du tabouret, ses doigts dodus tapotaient sur la table, les ongles impeccables, ses cheveux gris étaient serrés en chignon, sa casquette bien ajustée, son estomac tendait son tablier, sa robe bleu pâle était tachée de farine et ses manches retroussées.

En observant Mrs Moore, mâchoire serrée, Evie sentit chaque muscle de son corps se détendre. Cette femme était une héroïne, et Evie savait qu'elle se prosternerait à ses pieds et donnerait tout pour elle. Est-ce que Miss Manton avait influencé Mrs Moore, ou était-ce l'inverse ? Elle aurait largement le temps de le découvrir.

Mrs Moore tapota le tabouret à côté d'elle.

— Assieds-toi, ma fille, et dis-moi quels gâteaux tu feras pour le goûter du personnel, puis je te ferai visiter le réfectoire des domestiques, que tu devras préparer pour quatre heures. Ne t'énerve pas et ne prends pas ombrage quand le personnel arrivera en courant, sans t'adresser un mot, mais n'en pensant pas moins. Rappelle-toi juste qui tu es. Tu es ma cuisinière et sans nous, tout le navire sombrerait. Alors redresse-toi et allons faire de la pâtisserie. Annie est allée chercher des herbes pour le dîner des jardiniers, mais elle reviendra pour son gâteau, crois-moi sur parole.

Evie sourit, sachant que même si elle pouvait sentir l'haleine alcoolisée de Mrs Moore, ce serait un privilège de la protéger.

Elle demanda où était conservé le gingembre. Mrs Moore se leva d'un bond, en grimaçant.

— Pour quoi faire ?

— Pour les gâteaux. Lil a dit…

Mrs Moore secoua la tête.

— Quelle rancunière, celle-là. Mrs Green et Mr Harvey ont une aversion particulière pour le gingembre, dit-elle en indiquant le livre d'Evie. Je crois que tu as une bonne génoise à la confiture là-dedans. Le père de Miss Manton était l'un des meilleurs boulangers de Newcastle et il lui a appris quelques petites choses. Sa mère était partie depuis longtemps quand je suis arrivée, elle était française et élégante. Elle a transmis à notre Grace une attirance pour les gens qui parlent les langues étrangères. Elle avait probablement raison. Son frère, Edward, a toujours été destiné à l'Église et ne reconnaîtrait pas une bonne génoise si elle lui arrivait sur le nez. Un homme bien, mais pas de ce monde. Je ne suis pas sûre qu'il sache traverser la rue tout seul.

Evie était partagée entre l'amusement et l'intrigue, Miss Manton ne parlait pas de choses aussi intimes, seulement de la vie à laquelle les femmes devraient aspirer. Mrs Moore l'observait.

— C'est une femme bien. Elle veut surtout que tu réussisses et c'est pour cela qu'elle m'a demandé de te prendre sous mon aile. Elle veut réussir. Est-ce qu'elle va toujours à ces réunions de femmes ?

Evie cherchait de la farine et du sucre dans les récipients en faïence alignés sur une série d'étagères au bout de la cuisine, et elle hocha la tête.

— Oui.

— Alors, tu y vas aussi, à ces réunions ? demanda Mrs Moore.

Evie se dirigea vers l'arrière-cuisine pour se laver les mains et fit comme si elle n'avait pas entendu. Elle ne savait pas à quel point elle pouvait faire confiance aux gens, et les patrons n'aimaient pas que leurs domestiques parlent des droits civiques, encore moins qu'ils participent à ce type de réunion. Mrs Moore rit doucement, son doigt suivant une ligne sur son propre livre de recettes.

— J'ai ma réponse. Je te montrerai quelle fenêtre tu peux déverrouiller si tu es en retard pour rentrer. Les portes ferment à neuf heures. Il y a une marche qui grince et alertera la nouvelle gouvernante, très à cheval sur ce genre de choses. Maintenant, finissons-en avec le goûter, nous avons juste assez de temps. Ceux d'en haut ne commencent pas leur dîner avant huit heures, et en bas à sept heures. J'ai prévu deux belles tourtes au jambon et au poulet pour les domestiques, et que tu pourras faire. On y ajoutera les restes du déjeuner de l'étage. J'ai besoin que tu fasses la soupe claire pour leur dîner. Tu peux ?

Son regard était vif. Les armoires vitrées reflétaient ses mouvements.

Evie hocha la tête.

— Oui, bien sûr, Mrs Moore.

Elle en était sûre, maintenant.

Les gâteaux qui cuisaient sentaient bon. Elle transporta un plateau rempli d'assiettes et de couverts dans le réfectoire des domestiques. Son dos hurla sous le poids, mais bien qu'il y ait plusieurs personnes assises dans des fauteuils et des canapés, certains lisant des magazines, d'autres cousant, d'autres encore ronflant, personne ne lui proposa de l'aide. Les vieux canapés étaient éventrés, laissant entrevoir la bourre à l'intérieur. Certaines servantes étaient assises sur des bancs à la table pour rapiécer leurs chaussettes même si la lumière était mauvaise. À quoi pouvait-on s'attendre quand on vivait au sous-sol ? Deux valets de pied étaient vautrés à l'autre bout de la table, jouant aux cartes. Personne ne la salua.

À quatre heures, les lampes à gaz furent allumées et le personnel s'installa à table. Il y avait l'électricité à l'étage, contrairement au grenier et au sous-sol. Personne ne dit mot, même quand Evie entra avec le plateau de gâteaux. Mr Harvey présidait au bout de la table, Mrs Green à l'autre extrémité. Mrs Moore était assise à côté de Mrs Green. Lil sourit à Evie, caressa ses cheveux blonds et ajusta sa casquette. Evie plaça un gros morceau de génoise à la confiture devant Mr Harvey et un autre devant Mrs Green. Elle en plaça trois autres sur la table rectangulaire. Elle déposa un petit gâteau au gingembre devant Lil. Cette dernière le regarda, les lèvres pincées.

Mrs Green versa le thé tandis qu'on distribuait les tranches de gâteau. Simon entra avec les cinq autres jardiniers assistants. Les hommes se poussèrent sur le banc pour faire de la place. Au total, vingt-quatre personnes étaient rassemblées autour de la table. Simon lui sourit. Elle s'assit entre Annie et Mrs Moore. Celle-ci lui donna un coup de coude et lui sourit. Personne ne pipa mot jusqu'à ce que les premières bouchées soient avalées, et tout le monde fixait des yeux Mr Harvey qui savourait sa part. Evie s'attendait presque à ce qu'il la recrache comme le faisaient les experts en vin. Simon lui souriait toujours. Pouvait-il lire dans ses pensées ?

Elle retint sa respiration quand Mr Harvey se tapota la bouche avec sa serviette.

— Merveilleux, commenta-t-il. Comment est ton gâteau au gingembre, Lil ?

Tout le personnel éclata de rire, sauf Lil. Mrs Moore tapota la jambe d'Evie.

— Dépêche-toi de manger, maintenant. Nous avons un dîner à préparer.

Chapitre quatre

Le lundi matin, 5 avril, Jack passa sur son épaule la musette contenant son casse-croûte, prit son pic et sa pelle puis gagna la ruelle en traversant l'arrière-cour, avec son père. Ils étaient dans l'équipe de huit heures à vingt heures, et cette matinée de printemps ressemblait davantage à l'hiver. La neige avait été abondante de décembre à mi-mars et ils avaient pelleté pour atteindre la mine, presque toujours dans le froid, à l'exception de quelques bons jours. Le vent d'est soufflait des steppes russes et ça, on ne pouvait pas s'y tromper.

Il sentait non seulement le poids de ses outils, mais aussi la tension ambiante. La fête avait été une célébration joyeuse, mais les hommes allaient-ils se retourner contre son père, maintenant qu'ils retournaient à la mine en ce lundi matin glacial ? À mesure qu'ils avançaient dans la ruelle, les mineurs sortaient les uns après les autres en grommelant, avec leurs outils et leurs musettes, et les rejoignaient pour gagner Auld Maud, se contentant d'incliner leur chapeau en guise de salut, comme toujours. Jack se détendit peu à peu, mais en regardant son père qui marchait à côté de lui, il pouvait voir qu'il avait d'autres préoccupations.

— Je dois vérifier les pompes. Elles sont vieilles et fonctionnent mal, mon garçon.

— C'est de toi-même que tu parles, bougre d'âne ? lança George qui venait de se joindre à eux, en traînant les pieds comme d'habitude.

C'était terrible de marcher derrière lui dans la mine, tant il soulevait la poussière. Son père rit et Jack se détendit un peu plus.

Martin, son ami, sortit de l'arrière-cour de son oncle, au 6 Trelawney Way, laissant le portail se refermer derrière lui, et donna à Jack une tape sur l'épaule avant de s'incliner devant son père. Le sien était mort de la maladie du poumon noir, l'année précédente.

— Cher Bob, notre représentant, notre Dieu, prends bien soin de nous et des pompes, mon vieux, et nous prendrons bien soin de toi.

Bob Forbes éclata de rire.

— Toujours, Martin. Toujours.

Jack sourit. Jusqu'ici, tout allait bien, et ce fut seulement à ce moment-là qu'il perçut la douleur dans son nez, que sa mère avait bandé la veille au soir, pour le redresser, mais qui saignait encore un peu. Ses yeux étaient boursouflés, mais il pouvait voir, et dans la mine on se guidait à tâtons, de toute façon. Ils furent rejoints par Ben, le vieil ami de son père, qui s'était associé à son jeune frère Sam.

— Tu as peint d'autres jolis tableaux, dis, Ben ? demanda Bob Forbes.

Ben donna à Bob sa traditionnelle tape dans le dos, et tous avancèrent jusqu'à la mine comme à leur habitude, en écoutant Ben exposer les difficultés de dessiner en plein vent sur la plage. Ils connaissaient bien ce vent parce qu'ils allaient si souvent chercher du charbon de mer, mais ils le laissèrent raconter car personne n'avait envie de parler sur le chemin d'Auld Maud un lundi, sauf lui. Ils se laissaient bercer par la familiarité de ses paroles.

Jack, Alec Preston et Bob avaient bien travaillé sur la plage la veille et Timmie avait rempli la charrette même s'il aurait préféré épauler son père, au bord de l'eau. Mais il fallait bien que quelqu'un s'occupe du chargement. Ils avaient tout vendu au grossiste qui venait presque tous les dimanches avec plusieurs charrettes. C'était plus pratique que de tout ramener à la maison pour le vendre ensuite.

— Alec a juste eu le temps de mettre le vieux Saul à l'écurie avant de partir rejoindre l'équipe de nuit. Où tu étais, toi ? demanda Jack à Martin.

— C'était l'anniversaire de mon père et ma mère voulait mettre des fleurs sur la tombe.

Tout le monde, y compris Ben, poursuivit son chemin vers la mine en silence. On n'entendait que le vent qui s'engouffrait dans le mécanisme d'enroulement. Une fois arrivés en haut du puits, ils attendirent car ils ne pouvaient monter dans la cage que par groupes de dix. Ce fut bientôt leur tour de prendre une lampe dans la cabine, et un jeton qu'ils rendraient à la fin de leur service, pour indiquer qu'ils étaient bien remontés. Leur tour arriva. Après que le receveur eut frappé trois fois, ils s'entassèrent à l'intérieur.

Dans la cage, tous serrés comme des sardines, Jack sentait toujours sa poitrine se contracter. Après le deuxième coup, ils étaient presque prêts pour le départ vers le fond. Il déglutit.

Il finirait peut-être par s'habituer, un jour. Il n'aurait peut-être plus le souffle coupé, mais il n'était pas prêt à le parier. À côté de lui, Martin fredonnait. Comme toujours. Au début, cela mettait Jack sur les nerfs, mais maintenant il aurait eu du mal à s'en passer. Chacun trouvait sa façon de supporter ce moment. Il attendit le dernier coup. Il retentit. Il se prépara et la descente commença dans la cabine grinçante et brinquebalante. Ben lâcha sa musette contenant son casse-croûte, se cognant contre Jack.

— Désolé, s'excusa-t-il, mais ses paroles furent presque noyées sous les craquements et les grincements.

Bientôt, ils seraient au fond, en sécurité l'espace d'un instant. Ils arrivèrent dans une secousse, un nuage de poussière et une vague de chaleur. C'était son monde. C'était ce qu'il connaissait. Il savait décrypter Auld Maud, le grincement de ses boisages en pin, le charbon, le plafond, le mouvement de l'air, il pouvait presque goûter ses humeurs. Il sentait l'odeur de la crasse. Les autres étaient comme lui. Ils étaient une bande de frères.

Ils attendaient que le receveur du bas vienne ouvrir la barrière. Jack tenait la lampe à la main.

Certains échangèrent des paroles, d'autres se raclèrent la gorge pour expulser le charbon. D'autres encore restaient silencieux. Est-ce que, comme lui, ils se répétaient des mantras quand ils parvenaient sous terre ? Il gagnait bien sa vie, il avait un coéquipier et ami qu'il ne pouvait pas abandonner, et d'autres camarades dans ce groupe qu'il ne laisserait jamais tomber, sans quoi il ne pourrait plus dormir sur ses deux oreilles en sachant qu'ils étaient là-dessous, sous les vagues, sous les champs. À chaque descente, ces pensées tournaient dans sa tête, et jusqu'à maintenant il ne lui était rien arrivé.

Eric, le receveur du bas, ouvrit la barrière et Martin donna un petit coup de coude à Jack.

— Eh ! est-ce que tu as entendu que ce petit morveux d'Auberon Brampton est de retour ? Il s'est mis dans de beaux draps, il a raté ses exams parce qu'il buvait trop et qu'il jouait. Allez, Eric, on n'est pas payés tant qu'on n'est pas à notre poste, ouvre-moi donc cette barrière !

Eric grogna, puis sifflota comme à son habitude, sans pour autant accélérer le pas. Les hommes piétinaient sur place.

— Eric, dépêche-toi, bon sang ! renchérit Sam.

La barrière s'ouvrit.

— Pas trop tôt, murmura Ben en poussant Eric du coude.

Ils avancèrent péniblement vers la mine et, à ce moment-là, Jack entendit Eric lancer :

— Y en a qui s'en font pas, qui deviennent délégués. Il existe un mot pour ça.

Jack s'arrêta. Son père lui dit :

— Laisse courir.

Ben lui rentra dedans, le poussant en avant.

— Allez, avance, mon gars. Laisse Sam gérer ça.

Jack entendit Sam, l'un des derniers à quitter la cage, répondre :

— Oh, pardon Eric, je t'ai donné un coup de pied ? J'ai dû entendre quelque chose qui m'a déplu. Ça te ferait pas de mal de te la fermer et de t'ouvrir un peu l'esprit.

Jack décocha un regard en coin à Martin, qui marmonna :

— De quel droit il se permet de juger ? On a besoin d'un délégué dans notre camp, ça c'est sûr, alors ne t'occupe pas de lui, lui dit-il avant de lever la tête pour crier : T'entends ça, Eric ?

Ils étaient tous dans le même bateau, et Jack sourit, sincèrement, pour la première fois depuis qu'il avait ouvert les yeux ce matin-là. Ils se plaquèrent tous contre les parois quand les wagonnets remplis de charbon passèrent pour gagner les cabines, conduits par de jeunes charretiers sur leurs poneys de Galloway. C'était la fin du service pour certains, le début pour d'autres. Bientôt, Timmie serait l'un des leurs, mais avant cela il occuperait le poste de trappeur au niveau des portes, pour contrôler le flux d'air. À cette pensée, le sourire de Jack s'évanouit. Les trappeurs pouvaient s'endormir dans le noir car ils n'étaient éclairés que par la faible lueur de leur lampe. S'il s'endormait, il pouvait risquer d'être écrasé par un chariot isolé, ou une charrette fonçant dans la porte fermée. Il allait falloir que Jack lui parle de nouveau, pour qu'il prenne garde à ouvrir les portes au bon moment.

Leurs lampes n'éclairaient que leurs alentours immédiats. Les rats se faufilaient autour d'eux, la poussière s'élevait, le plafond suintait, les hommes s'alpaguaient en criant par-dessus le bruit des chariots, le hennissement des poneys, le brouhaha incessant. Quand ils s'approchèrent du vieux bureau de Fred Scrivens à son poste de travail, à deux kilomètres du front de taille, Jack hocha la tête à l'intention de son père.

— À plus tard, papa.

Son père portait une scie et devait couper de nouveaux supports de bois pour le soutènement, ou en réparer d'autres. C'était le poste le plus dangereux dans une mine, et c'était comme ça que Fred avait perdu ses jambes : il avait ôté un support pour le réutiliser, et le plafond s'était effondré. Un hercheur l'avait traîné jusqu'à un chariot ; c'était encore un gamin et il avait vomi tout le long. Jack fit une grimace. Plus vite ce garçon s'habituerait à la mine, mieux ce serait.

Fred s'éteignait à petit feu à l'infirmerie, mais tant qu'il était en vie, sa famille aurait un toit, alors il s'accrochait malgré la douleur.

— Est-ce que la femme de Scrivens a emménagé chez sa famille ? demanda Jack sans s'adresser à personne en particulier.

Sam répondit par-dessus le brouhaha :

— D'après ce que je sais, son frère les héberge, elle et les enfants, à Gosforn.

Fred Scrivens allait donc bientôt mourir.

Son père ne s'était pas arrêté au niveau du bureau et continuait à avancer.

— Tu t'es perdu, Bob ? lança Ben derrière lui tandis qu'ils poursuivaient après le virage.

— Non, je vous accompagne, Ben. À partir de maintenant, personne ne prend son poste sans que j'aie contrôlé d'abord. Comment est-ce que je peux écrire mon compte rendu si je n'ai rien vu de mes yeux ?

Il indiqua son poste de travail, d'où il écrirait ses rapports quand il ne serait pas en train de vérifier les boisages, contrôler le gaz et l'arrivée d'air, garder un œil sur l'eau et les pompes, veiller à ce que les trappeurs soient éveillés pour s'occuper de l'ouverture et la fermeture des portes rapidement afin d'assurer un flux d'air constant.

Jack agrippa le bras de son père.

— Si tu dois déplacer des supports en bois, fais bien attention au plafond. Ne meurs pas juste parce que cette ordure veut faire des économies. On ne devrait pas avoir à enlever les vieux supports qui tiennent bien, il le sait. Ce n'est jamais prudent. Ils n'ont pas été installés là par hasard, c'est évident, lui rappela-t-il avant de tousser à cause de la poussière. Arrête de taper des pieds, Mart, bon sang.

— Tais-toi un peu, grommela Martin.

— Ne t'en fais pas pour les supports, mon garçon. C'est comme ça, lui répondit son père.

Les lampes projetaient de longues ombres sur leurs visages sépia.

Ils continuèrent à progresser sous terre pendant un peu plus d'un kilomètre. Son père allait être un bon porion, même s'il avait encore du mal à digérer la nouvelle. Mart devait avoir lu dans ses pensées.

— Alors Bob, est-ce que tu as rejoint la Brampton Lodge ?

— Il va bien falloir, non ? grogna son père dans le silence qui s'était installé. Je serai au courant de ce qui se passe et des projets que mijote la direction.

Les autres hochèrent la tête puis se remirent à parler pigeons, jeu de palets, chiens ou peinture, tandis que Martin et lui discutaient des négociations en cours pour la journée de huit heures qui devait être mise en place dès janvier 1910.

— Tu verras, Brampton va réduire les salaires en plus de réduire les heures, lui dit Jack à voix basse.

Il attend la première occasion pour le faire. Je ne sais pas pourquoi ils hurlent contre les libéraux et leurs impôts, vu qu'ils vont répercuter leur manque à gagner sur nous. Si les impôts leur permettaient à eux de gagner de l'argent, et non à payer nos retraites et notre couverture maladie, ce serait une autre histoire. Enfin tout ça, c'est seulement si la nouvelle loi sur la santé est votée, mais elle sera probablement rejetée. Ou devrais-je dire « abrogée » avec un accent aristocratique ?

— On verra ça en temps voulu, mon ami. Pour le moment, c'est notre temps de travail qui compte le plus, répondit Martin. Le gouvernement veut aider les travailleurs en réduisant les heures, mais on a besoin de garder le même salaire. Tant mieux si ton père peut assister aux discussions. On apprendra peut-être des informations importantes à transmettre à Jeb.

Jack hocha la tête.

— Et ensuite, Jeb pourra les transmettre au syndicat. Ce sont eux qui gèrent les négociations.

— Oui, mais ils nous consulteront avant de se mettre d'accord, tu ne crois pas ?

Jack haussa les épaules.

— Qui sait ? Si ce n'est pas le cas, est-ce qu'on se mettra en grève, par principe ? Et si on fait grève, est-ce qu'on gagnera ? Tu parles !

Ils s'arrêtèrent, le temps que Bob accompagne Thomas et George à leurs postes, et s'accroupirent pour patienter. Jack posa sa lampe et toucha son nez. Il avait de la poussière sur ses paupières enflées, mais pas dans les yeux.

Martin murmura :

— Tu ne crois pas que cette ordure de Brampton va supprimer l'affectation des postes ?

Il s'adossa au mur de charbon. Il s'assit au lieu de s'accroupir car un support de bois lui avait écrasé la jambe deux années plus tôt, et elle demeurait raide, si bien qu'il avait besoin de la détendre dès que possible. Bob revint, ils se remirent debout en maugréant et poursuivirent leur avancée, Jack cheminant à côté de Martin dont il saisit le bras en réfléchissant à ses paroles. Il n'avait jamais songé à cela auparavant.

— Supprimer le *cavil*, tu veux dire ? Aucun patron n'a jamais fait ça et c'est pas demain la veille. C'est de la démocratie en action, cette affectation des postes. On tire au sort nos postes, et aucun patron ne va changer ça. Dans ce cas-là, je peux t'assurer qu'on ferait une sacrée grève.

Jack regardait droit devant lui. Le *cavil* était une tradition dans le monde de la mine, gravée dans le marbre. Chaque trimestre, ils se réunissaient à la bibliothèque pour cet événement : chaque paire de coéquipiers tirait un papier leur indiquant quel poste ils allaient occuper. Les patrons n'y assistaient pas. Cela se passait entre eux, avec juste un petit coup de pouce du destin. Si ce jour-là, vous ne tombiez pas sur un bon poste, il n'était pas exclu d'avoir plus de chance la fois suivante.

— C'est sacro-saint, ajouta-t-il.

Un rat traversa la lumière de sa lampe et Martin cracha à terre.

— J'en ai eu un !

Derrière lui, certains qui, comme eux, n'étaient pas encore arrivés à leur poste éclatèrent de rire. Jack lui donna un petit coup de coude et lança aux autres par-dessus son épaule :

— Bientôt, il fera une entaille à sa ceinture pour chaque rat !

Martin agita le bras, si bien que sa lampe projeta des ombres dans tous les sens.

— Peut-être bien. Et toi, si tu continues à parler comme un livre, on te fera des entailles aussi. C'est pas bien de lire autant, mon ami. Ça abîme les yeux.

Ben et Sam rirent derrière eux. Le sol s'inclina de quelques centimètres et ils piétinèrent dans la poussière. Le plafond était de plus en plus bas, si bien qu'ils se tenaient penchés. C'était douloureux pour la nuque. La température avait augmenté.

Bob prit sur la gauche, emmenant avec lui deux autres mineurs jusqu'à leurs postes.

— Continuez, je vous rejoins.

Le plafond s'abaissait à chaque pas. Leurs lampes éclairaient peu, mais c'était suffisant.

— Bonne chance à eux, marmonna Martin.

— Comme tu dis. Les enfants vont avoir faim l'année prochaine si on ne réussit pas à passer un accord, confirma Jack.

Son père les rejoignit alors que le plafond devenait encore plus bas et qu'ils progressaient pliés en deux, soulevant la saleté à chaque pas. Ils gardaient leurs jurons pour eux, parce que ouvrir la bouche signifiait avaler la poussière. Jack s'y risqua un instant :

— Jeb viendra peut-être nous en parler à la fin du service, quand on rejoindra la cage.

Il termina sa phrase dans une toux rauque.

— Tu nous en parleras après, dit Luke. À plus tard.

Il s'éclipsa à son poste avec son coéquipier.

Il faisait tellement chaud à cette profondeur que la sueur dégoulinait sur le visage de Jack jusqu'au sol. Il sourit en se disant que ce n'était pas une mauvaise chose d'humidifier la poussière. Son nez le faisait toujours souffrir, mais ce n'était pas la première fois qu'il se le cassait, ni la dernière, s'il continuait les combats. Il le fallait. Ils n'étaient plus très loin de la somme que valait, selon eux, la maison de Froggett. Certes, ils n'y étaient pas encore, mais c'était envisageable. Il suffisait de voir ce qu'il avait récolté lors de la fête : cinq guinées. Il pouvait reproduire l'expérience, et avec la paie d'Evie…

Son père se faufila pour le doubler, haletant :

— À moi d'ouvrir la marche.

Il était plié en deux, comme les autres à présent, pourtant leurs dos frottaient encore contre le plafond. Ils auraient de nouvelles égratignures. Rien de nouveau. Son père avançait d'un bon pas. Ils avaient besoin d'un porion dévoué, quelqu'un qui prenne leur sécurité au sérieux.

Ben cria :

— Vous m'entendez devant ? Ou est-ce que vous pensez que je mange votre poussière juste pour mon plaisir ? Arrêtez de taper des pieds ! Qu'est-ce que tu en dis, Sam ?

Son frère répliqua :

— Ferme-la et tu en avaleras moins.

Son père, accroupi à présent, était arrivé au tournant qui menait au poste de Jack et Martin. Jack le suivait, le dos horriblement douloureux, les jambes fléchies. Martin respirait péniblement, sa jambe devait le faire atrocement souffrir, mais il ne pipait mot. Ils se mirent à plat ventre pour ramper. Son père vérifiait les supports de bois le long de la veine, qui était légèrement plus élevée. Il était à genoux, la position dans laquelle les piqueurs travaillaient. Jack l'observait. Peut-être qu'aujourd'hui, ils travailleraient allongés sur le flanc. Tout dépendait de la quantité de charbon qu'ils récoltaient.

— Martin, Jack, mettez-vous côte à côte, ordonna Bob en indiquant la veine du bout de sa scie. Je vais apporter d'autres supports. Il faudra les installer au fur et à mesure que vous avancerez. Les hercheurs devront pousser les berlines pour le charbon et laisser les wagonnets là où il y a de la place. Ça va vous ralentir, mais n'essayez pas de prendre des risques. Vous m'entendez ? dit-il en regardant le plafond. Reculez, donc.

Ils s'exécutèrent, pendant qu'il vérifiait le plafond.

— C'est bon les gars, vous êtes en sécurité.

Jack et Martin échangèrent un sourire. C'était nouveau : en sécurité au fond d'une mine ? Son père remarqua leur réaction et haussa les épaules.

— Soyez prudents, répéta-t-il en passant près de Jack à qui il pressa l'épaule. Fais bien attention.

— Toi aussi, papa.

Jack et Martin avaient tiré une bonne place au *cavil*, si bien que leur salaire du moment était correct. Martin s'était approché de la paroi et s'était déjà mis au travail, donnant de brefs coups de piquet. Jack, lui, dégageait les morceaux qui tombaient au sol.

— Hercheur ! cria-t-il.

La berline était poussée le plus loin possible. Eddie entassait le charbon dedans. Bientôt, ce serait à Timmie de s'en charger. Tout en enfonçant sa pelle dans le charbon, Jack réfléchit pour la première fois sérieusement à l'idée d'un hôtel. Pourquoi pas, après tout, c'était une bonne idée, et Evie était une fille fantastique, doublée d'une excellente cuisinière. Timmie pourrait travailler là-bas, son père aussi. Ils pouvaient, *eux*. Mais lui, il ne pouvait pas abandonner son ami, son coéquipier. Jamais de la vie.

Toute la matinée, ils travaillèrent avec leurs piquets et leurs pelles, à la lumière de leurs lampes à huile. Est-ce qu'un miracle allait se produire, est-ce que Brampton allait leur installer l'électricité, comme dans d'autres mines ? Bien sûr que non. À l'heure du déjeuner, ils quitteraient leurs vêtements pour rester en sous-vêtements, la transpiration brûlant leurs plaies et dégoulinant le long de leurs corps couverts de poussière. Ils étaient allongés sur le flanc, au niveau du sol.

Jack proposa une pause à midi et ils s'assirent dos à la paroi puis sortirent leur casse-croûte, leurs mouvements créant de longues ombres sur le mur de charbon, à la lumière de leurs lampes. Jack avait un sandwich contenant les restes du jambon, et l'espace d'un instant il fut transporté au bord du ruisseau, avec Evie. Elle était probablement en train de servir le repas des domestiques à l'heure qu'il était, ou affairée à préparer celui des patrons. Combien de plats mangeaient-ils ? Au moins, elle ne balayait pas les saletés de cette famille et n'avait pas à se cacher pour demeurer invisible. Qu'est-ce que ces aristos craignaient qu'il leur arrive si leur regard croisait celui d'un domestique ? Ils avaient peur de se transformer en colonne de sel ? C'étaient de vraies ordures, mais au moins ils la payaient et grâce à cela, elle pourrait s'échapper. Il sentit une moue se dessiner sur son visage. Il y avait au moins une justice.

Martin lui tendit l'un de ses sandwichs.

— Fromage. On échange ?

— D'accord, juste un.

Ils burent une gorgée de leurs bouteilles d'eau.

— Comment va Evie ?

Jack haussa les épaules.

— Simon va veiller sur elle, si besoin. Mais tu la connais, notre Evie.

Martin éclata de rire, laissant échapper un morceau de jambon sur ses genoux. Il le saisit du bout de ses doigts maculés de charbon et le mangea. Jack entendit la poussière crisser sous ses dents.

Jack appuya davantage son dos contre la paroi et sentit ses cicatrices se rouvrir et le sang des anciennes comme des nouvelles dégouliner jusque dans son caleçon. Ils étaient environnés par l'odeur étouffante du charbon. C'était une étrange façon de mener sa vie, dans le noir, toujours en danger. Cela vous transformait, vous donnait une attitude différente qui devait avoir son utilité, mais il se demandait bien laquelle.

Martin but un peu d'eau avant de s'essuyer la bouche d'un revers de main.

— Je pensais à un truc. On dit que le jeune Brampton pourrait bien venir ici pour surveiller Davies. Je parie que ça se terminera par de nouvelles restrictions. Quelqu'un les a entendus parler dans le bureau, apparemment.

Jack secoua la tête.

— Ils disent beaucoup de choses, mais ça m'étonnerait que ça se fasse, tu sais. Cette ordure de Brampton est un homme d'affaires et c'est pas bon pour les affaires d'engager un abruti comme Auberon. Moi, je donnerais tout ce que j'ai pour aller à l'université, et lui, il a tout foutu en l'air… S'il aime les jeux d'argent, il aurait mieux fait de parier sur moi. Ça prouve bien que c'est juste un idiot.

Ils éclatèrent de rire puis Martin se mit à tousser et cracha. Dans la pénombre, Jack ne parvint pas à en distinguer la couleur. Martin toussa de nouveau.

— Tu ferais bien d'arrêter de fumer toutes ces Woodbine, tu sais, lui conseilla Jack. Tu ne crois pas que tes poumons en ont déjà assez ?

Martin lui donna un petit coup du bout du pied.

— T'es ma mère ou quoi ?

— Ouais, t'as pas vu ma jupe ?

À côté de lui, Martin jeta sa croûte de pain dans le noir, où patientait sûrement un rat, ou peut-être une dizaine.

— Je vais demander à Evie si elle entend parler de quelque chose, reprit Jack. Si ça se trouve, c'est seulement des ragots.

L'heure du déjeuner touchait à sa fin. Il était temps de retourner au travail. Ils rampèrent jusqu'au front de taille avant de s'immobiliser. Ils avaient entendu quelque chose… mais quoi ? Ils restèrent sans bouger, attentifs. Pas un craquement au-dessus d'eux, simplement la rumeur habituelle. Puis un grondement, des cris. Au loin. Est-ce que c'était du côté de la veine est ? Martin regarda Jack.

— Sacrée vie, hein ?

C'était jour de malchance pour un pauvre bougre, mais ils n'étaient pas concernés, pas cette fois. Ils sauraient bien assez tôt de qui il s'agissait, et mettraient une pièce pour la quête, mais dans l'immédiat, la seule chose à faire, c'était de continuer.

Ils avancèrent en rampant. Ils passaient trop de temps à genoux, bien trop de temps. Comme beaucoup d'autres travailleurs, dockers, cheminots, mineurs ou domestiques. Et si cela continuait, il allait y avoir une révolution, comme il l'avait annoncé à Evie. Jack brandit son piquet et, sentant la vibration jusque dans son épaule, se mit à frapper le charbon, parce qu'il avait suffisamment de choses à penser sans s'aventurer du côté des possibles. Il allait tendre l'oreille, pour pouvoir éventuellement entendre le plafond se fissurer avant de s'effondrer.

Chapitre cinq

C'était sa première matinée à Easterleigh Hall. Le lundi, jour haï des mineurs de fond. Dans le couloir menant à la chambre d'Evie, l'horloge sonna. Il était cinq heures et elle avait à peine fermé l'œil tant elle s'inquiétait de manquer l'heure du lever et d'être en retard pour allumer le feu à cinq heures trente. Annie dormait encore, sa couverture enroulée autour de sa tête. Elle avait mis ses deux châles sur son lit pour avoir plus chaud, tout comme Evie.

Allongée sans bouger, Evie écoutait les bruits de la maison. Tout était silencieux. Chez elle, dans son cagibi, elle aurait entendu les hommes tousser depuis leurs chambres, sa mère remuer au rez-de-chaussée, un chien aboyer chez les voisins. Une solitude immense l'envahit, mais elle n'avait pas de temps pour ça.

Elle avança sans bruit jusqu'au lavabo sur le parquet froid. Elle emmènerait un des tapis nattés de sa mère, et on verrait bien ce que dirait Mrs Green. Elle versa de l'eau glaciale à l'aide de la carafe qu'elle avait remplie la veille au soir. Il était minuit quand elle avait fini de nettoyer la cuisine avec Annie, mais cela ne lui importait guère, car sa soupe claire avait été appréciée, sa julienne de légumes aussi, du moins c'est ce qu'avait dit Mrs Moore avec un sourire avant de se retirer dans sa chambre, dans le couloir des domestiques.

L'horloge sonna cinq heures et quart quand elle eut fini de se laver et de s'habiller. Elle avait noué son corset moins serré que ce qu'il fallait, mais elle ne voyait pas pourquoi s'infliger autant de souffrances. Elle enfila ses bottes, attacha son tablier en toile puis réveilla Annie.

— Allez, c'est l'heure.

Annie grogna.

— J'arrive. C'est ton travail de lancer le feu, pas le mien. Alors vas-y.

Elle se retourna, le visage gonflé de fatigue et ses cheveux châtains tout emmêlés.

En bas, Evie se hâta dans la cuisine, effrayant les souris qui s'égaillèrent en tous sens. Elle s'immobilisa, mais elles disparurent en quelques secondes.

— Fichues bestioles.

Evie détestait les souris, depuis toujours et pour toujours. Elle craignait que le feu ne s'allume pas, même si Mrs Moore lui avait assuré que cela se passerait bien s'il y avait suffisamment de vent. Et il y en avait toujours, même ici dans la vallée. Se mettant à genoux, elle nettoya les cendres dans les seaux laissés par Kev, le garçon d'écurie. Elle l'entendit arriver de l'extérieur avec le charbon. Il dormait dans le couloir des cloches sur une pauvre couche, mais lui avait confié la veille qu'un jour il deviendrait majordome et que cela ferait les pieds à son oncle, à Consett, qui voulait le voir entrer dans une aciérie.

— Tiens, voilà ton petit bois, Evie.

Il ne s'était pas lavé, ou du moins n'avait pas pu effacer de ses doigts les traces de charbon. Une fois le papier et le petit bois disposés dans l'âtre, elle déposa délicatement le charbon, réconfortée par cette odeur familière. En plus, il était de la meilleure qualité, sans une trace d'argile. Elle ouvrit le conduit, alluma le papier et récita une prière.

Kev éclata de rire :

— Tu n'as pas besoin d'une intervention divine aujourd'hui, le vent est fort.

Derrière eux, Annie ajouta :

— Il a raison, tu sais. Ça va s'enflammer en un rien de temps.

Kev retourna dans le couloir des cloches pour nettoyer les chaussures, une vingtaine de paires, y compris celles des domestiques du haut. La veille au soir, Annie avait préparé la mine de plomb pour nettoyer les cuisinières et elles frottèrent jusqu'à ce qu'Evie ait les cheveux trempés de sueur. Elles étaient enfin rutilantes, mais pas autant que celle de la mère d'Evie.

— Ça fera l'affaire, avait maugréé Annie. La vieille Moore y voit pas très clair, même avec ses lunettes.

Elles s'attaquèrent ensuite au pare-feu à l'aide d'une toile émeri, jusqu'à en avoir mal aux mains et les ongles cassés. Chez Miss Manton, Susan de Hawton s'était occupée de toutes ces tâches à sa place et Evie prit conscience de la chance qu'elle avait eue. La bouilloire était chaude et c'était l'heure du thé et des biscuits de Mrs Green, de Mr Harvey et de Mrs Moore.

Comme on le lui avait demandé, Evie laissa tout cela sur une table dans le petit salon de Mrs Green et dans celui de Mr Harvey, en face de la chambre de Mrs Moore. Elle frappa doucement à la porte de celle-ci puis déposa le thé et les biscuits sur sa table. La pièce était agréable, mais froide, avec une cheminée éteinte et des photographies au mur. En se dirigeant vers la chambre, Evie y jeta un œil. Elle vit une jeune femme qui devait être Miss Manton assise dans un jardin, seule, souriante face à l'objectif. Elle rayonnait.

Au moment de frapper à la porte, Evie heurta quelque chose du pied. C'était une bouteille de gin vide. Mrs Moore lui avait expressément demandé de frapper fort et longtemps. Elle laissa la bouteille là où elle était, car la déplacer aurait signifié qu'elle savait. Elle frappa à plusieurs reprises. Elle finit par entendre Mrs Moore lancer :

— Ça suffit. Je suis réveillée. Pose le thé et va-t'en. Allez, fiche le camp !

Elle obéit et eut envie de claquer la porte de cette vieille sorcière, mais n'en fit rien.

Elle vérifia sa liste de choses à faire. Certaines casseroles en cuivre avaient été laissées en l'état la veille au soir, en dépit des instructions de Mrs Moore de les nettoyer directement. Annie avait commencé à les frotter dans l'arrière-cuisine glaciale et Evie s'empressa de la rejoindre, plongea ses mains dans le mélange de sable fin, de sel et de vinaigre et commença à récurer la plus grande casserole en se retenant de gémir quand la mixture lui brûla la peau.

— Dépêche-toi, elle est réveillée et de mauvaise humeur.

Annie leva les yeux vers elle, le visage toujours gonflé, une cigarette Woodbine pendant à ses lèvres.

— Elle est toujours comme ça le matin. Je sais pas pourquoi, mais je suis pareille. Elle a juste des rhumatismes, c'est pour ça. Pas besoin d'en faire un fromage. T'inquiète, elle sera pas là avant une demi-heure et elle s'attendra à trouver la cuisine en parfait état, avec la table dressée. Mais c'est ton boulot, pas le mien. Comment est-ce qu'on peut faire ça toutes seules, va savoir.

Sa cigarette pendait de sa lèvre inférieure et la cendre tomba dans la casserole. Comment pouvait-elle parler avec ça dans la bouche ? Exactement comme Jack et ses collègues.

Elles continuèrent leurs tâches, jusqu'à ce que la peau de leurs mains soit complètement écorchée. Evie ressentait la douleur jusque dans les bras, dans les sourcils. Néanmoins, quand Mrs Moore arriva, les casseroles étaient suspendues aux crochets et brillaient tellement que la personne la plus minutieuse aurait été satisfaite. Mais pas Mrs Moore.

— C'est une honte, commenta-t-elle. Décrochez-les pour les nettoyer correctement, et attisez-moi ce feu, bon sang. Les casseroles ont intérêt à être propres à chaque fois qu'on les utilisera aujourd'hui.

Elle avait la même mine renfrognée que Jack après une nuit passée au pub, le même tremblement dans les mains, et la même odeur.

Elle s'affala sur son tabouret.

— Evie, n'oublie pas le porridge du personnel. Et un peu plus de thé pour moi. Miss Donant, la servante de Madame, va arriver à toute vitesse pour chercher le thé de Son Altesse de mes deux, puis de Miss Veronica, et Archie devra apporter celui de Mr Auberon puisqu'il est revenu, alors dépêchez-vous de porter tout ça au bureau du majordome. Mon Dieu, comme si on n'avait pas déjà suffisamment à faire. Sors la louche, ou bien tu penses que Mrs Green va servir à la main ? Et pourquoi tu n'as pas attisé le feu, tu es sourde ou quoi ? Est-ce que je t'ai pas demandé de le faire ? Il nous faut un peu de chaleur.

Tandis qu'elle parlait, Mrs Moore faisait bouger ses mains et ses épaules et la grimace sur son visage n'était pas due qu'à une simple gueule de bois. Elle souffrait, c'était peu de le dire. Et alors, songea Evie en remuant ses propres mains, et sa douleur à elle ?

Elle échangea un regard avec Annie. Mrs Moore se détendit le dos, remua les épaules plus doucement et regarda Evie.

— Allez, ma fille, sers-moi un thé et ne fais pas attention à ce que je dis. Je suis désolée, mes petites, je suis une vieille grincheuse.

La sueur perlait sur son visage.

Evie souleva la théière, grimaçant de douleur à cause de ses mains meurtries, puis elle s'interrompit un instant, les yeux posés sur les articulations enflées de Mrs Moore, le cœur empli de pitié pour elle.

— Vous avez le droit, je serais imbuvable, et Annie aussi, si j'avais vos rhumatismes.

Annie articula silencieusement :

— Arrête de lui lécher les bottes.

Evie servit le thé de Mrs Moore puis ajouta du charbon à l'immense brasier. En quelques instants, la température avait suffisamment augmenté pour soulager n'importe quel rhumatisme, mais en regardant plus attentivement Mrs Moore, Evie découvrit quelque chose qui lui avait échappé. Pas simplement de la douleur, mais de la peur. Evie se rappelait ce qu'elle avait ressenti lorsqu'elle avait cru que son père avait perdu son travail, le samedi précédent. Que deviendrait Mrs Moore si elle perdait le sien ? Pourrait-elle vivre avec Miss Manton, ou devrait-elle aller dans un foyer ? Evie revint au moment présent. Cela n'arriverait pas ; elle y veillerait.

Elle mit les bouilloires à chauffer pour le thé d'en haut. Dans le couloir qui séparait la cuisine du réfectoire des domestiques, Lil se précipita vers le placard à balais en coinçant ses cheveux sous son bonnet. Archie et James, les valets, se dirigeaient vers le bureau du majordome, où Evie aurait déjà dû apporter le thé de Mr Auberon. Mais elle ne pouvait pas être partout, et les bouilloires ne pouvaient pas chauffer plus vite.

Annie avait de nouveau décroché les casseroles en cuivre pour les nettoyer bruyamment dans l'arrière-cuisine. Evie la rejoignit et, à l'aide d'un peu de mixture et d'huile de coude, elles récurèrent les casseroles en s'écorchant les mains, le tout ponctué des jurons d'Annie.

— L'eau bout, alors prépare le thé de Mr Auberon, s'il te plaît, Evie, dit Mrs Moore d'une voix douce depuis la porte de l'arrière-cuisine.

Evie s'exécuta avant d'apporter le plateau au bureau du majordome. Le jeune Archie hocha la tête, sa mauvaise humeur dessinée sur son visage. En réalité, toute sa personne respirait la mauvaise humeur.

— C'est pas trop tôt, bon sang.

Il fila avec le plateau tandis qu'Evie se hâtait de nouveau vers la cuisine en se retenant de lui botter les fesses.

Miss Donant était là, à côté de la table, tapotant du pied, coiffure impeccable, visage frais, bouche pincée.

— Il me faut ce thé, maintenant. Sur-le-champ. Madame ne devrait pas attendre.

Plongée dans son livre de recettes, Mrs Moore répliqua sans lever les yeux :

— S'il y a un problème, alors tu diras à Madame de revoir sa politique d'embauche, si tu veux bien.

Miss Donant pinça un peu plus les lèvres tandis qu'Evie lui servait le thé. Elle avait envie de le lui verser sur la tête, et sur celle de Madame également.

— Je reviendrai pour celui de Lady Veronica, lâcha-t-elle d'un ton sec.

Puis elle tourna les talons.

Cela continua comme ça jusqu'à ce qu'Evie et Annie en aient terminé avec les casseroles, préparé le plateau de Lady Veronica et qu'elles aient toutes les deux balayé le sol pour évacuer les crottes de souris avant de le frotter. La fierté d'Evie souffrait autant que ses genoux. Elle s'empressa d'aller chercher des couteaux, des cuillères, des louches, des bols et des assiettes avant de vérifier sa liste. Tout était là, Dieu merci.

Elle prit un tablier en toile propre sur l'une des patères derrière la porte pendant qu'Annie apportait l'autre à la blanchisserie, au bout du couloir. Evie prépara le porridge pour le réfectoire des domestiques tandis que Mrs Moore finissait son thé, assise sur son tabouret dos à la cuisinière, tapotant son crayon contre ses dents. Elle finit par refermer son livre de recettes et écrire le menu du déjeuner. À huit heures, le personnel de maison descendit après avoir allumé les feux à l'étage, et commencé à brosser les tapis. Le ménage continuerait pendant le petit déjeuner du haut, accompagné des nombreuses tâches qui occupaient la journée.

Après avoir mis des tabliers blancs propres, Evie et Annie servirent le porridge dans des bols pour elles-mêmes et Mrs Moore, puis soulevèrent l'énorme plat en terre cuite pour le transporter en titubant jusqu'au réfectoire et le poser devant Mrs Green, comme il se devait. Evie, Annie et Mrs Moore s'installèrent autour de la table de la cuisine pour manger leur porridge. Evie attendait que Simon et les autres jardiniers arrivent, car ils devaient passer par la cuisine. En vain. Peut-être qu'ils cuisinaient eux-mêmes, dans le cottage ? Mais ils seraient présents au déjeuner, probablement.

— Bon porridge, sans grumeaux, commenta Mrs Moore en hochant la tête vers Evie.

Annie fit une moue.

— Meilleur que celui de Charlotte, quelle incapable, celle-là.

Mrs Moore tapa sur la table.

— Inutile d'être désagréable, merci, Annie. Au moins, Charlotte avait le mérite de nous apporter de l'aide.

Annie secoua la tête.

— On s'en sort pas, Mrs Moore. Il nous faut deux autres filles, ou au moins récupérer Edith. Regardez-la, elle a le même sourire satisfait que les autres servantes, cette idiote. Vous ne pouvez pas faire quelque chose ? Et puis de toute façon, vous aussi vous êtes désagréable, parfois.

Evie regarda Mrs Moore plonger de nouveau sa cuillère dans son porridge.

— C'est vrai, et j'ai tort. Alors fais ce que je te dis, pas ce que je fais. Donc moins d'insultes, Annie, moins d'impertinence. Et c'est vrai, je peux faire quelque chose, mais au bon moment. N'oubliez pas ça, les filles, toujours choisir le bon moment. En attendant, on tient le coup.

Mrs Moore reprenait des couleurs, ses mains avaient cessé de trembler, mais elles étaient tellement gonflées qu'Evie eut une nouvelle fois mal pour elle, au point d'en oublier ses propres douleurs.

Elles prirent leur petit déjeuner en vingt minutes, après quoi Annie et Evie débarrassèrent la table des domestiques et Annie alla dans l'arrière-cuisine faire de nouveau la vaisselle, les mains plongées dans l'eau chargée de bicarbonate de soude. Rien que d'y penser, Evie avait envie de serrer la pauvre petite dans ses bras. Pendant ce temps-là, Mrs Moore et elle cuisinèrent du bacon, des œufs, des rognons et du haddock.

— On ne prépare pas de *kedgeree*, tu sais, le plat avec le riz et les œufs, mais il faudra le faire quand Monsieur sera de retour, l'avertit Mrs Moore.

— Un vrai festin, commenta Evie en pensant à sa famille et tous ceux des villages miniers voisins.

— Eh oui, acquiesça Mrs Moore. Pour deux personnes seulement.

— Deux ?

— Oui, Madame prend le sien dans sa chambre, juste une tranche de pain pour garder la ligne. Mais Lady Veronica le prend dans la salle à manger car elle n'a pas le privilège de traîner au lit. Pour ça, elle doit attendre d'avoir « fait son entrée » dans le monde et trouvé un mari. Sans oublier que nous avons Mr Auberon, donc il faut le nourrir. Lady Veronica se contenterait de hareng fumé, expliqua Mrs Moore qui avait retrouvé le sourire. Ce garçon a passé trop de temps à boire et à jouer aux cartes, j'imagine. Il a dilapidé l'argent de son père, c'est un péché cardinal, dans cette famille. Je peux pas dire que je lui en veux, je le plains, et Lady Veronica aussi. Ils ont perdu leur mère il y a si longtemps, puis leur nounou, Miss Wainton, qui était venue ici avec eux et est décédée récemment.

Mrs Moore se tut, les yeux pleins de larmes. Kev apporta de la glace pour remplir la glacière, traversant la cuisine puis le couloir en faisant claquer ses bottes jusqu'à la chambre froide.

— Allez, au travail, ma petite. Va chercher des carcasses dans la glacière, pour le bouillon.

Evie s'exécuta avant de poser la casserole à bouillon sur la cuisinière et d'y ajouter de l'eau, des os, des légumes racines et une petite quantité de sel. Puis elle retourna le bacon et remua les rognons pendant que Mrs Moore reniflait puis disposait le haddock et les toasts.

À huit heures et demie, Mr Harvey, Archie et James montèrent les plateaux dans la salle à manger, puis Evie prépara de nouveau la table pour Mrs Moore qui s'installa sur le tabouret et se plongea une fois de plus dans son livre de recettes pour le dîner du soir, hochant la tête en direction des placards sous les fenêtres intérieures.

— Va me chercher les passoires, là-bas. On va en avoir besoin pour le déjeuner, et des couverts aussi. Dépêche-toi.

Evie trouva de longs couteaux à viande, des petits pour les fruits, des spatules, d'énormes cuillères, des petites cuillères, et sortit des passoires du placard du bas. Elle plaça côte à côte les passoires en fer et celles en crin, qu'elle détestait. Essayer de faire passer de la viande ou du poisson à travers celles-là, c'était une vraie corvée. Elle ajouta quatre tamis, des batteurs à œufs, des râpes, et alimenta le feu. Cela continua comme ça et Evie avait l'impression d'avoir parcouru un million de kilomètres à force de courir partout.

— Repose-toi un peu, lui conseilla Mrs Moore en tirant un tabouret à côté du sien. Ils ne vont pas redescendre avec la vaisselle avant une vingtaine de minutes au moins et, à ce moment-là, il faudra que tu te remettes à courir.

Elle poussa dans sa direction le menu du déjeuner sans arrêter de feuilleter son livre de recettes.

— Assieds-toi, je te dis, et jette un œil là-dessus, ça ira pour le déjeuner, qu'est-ce que tu en dis ? Annie, va me chercher des herbes chez Simon.

Mince, Annie allait voir Simon tandis qu'elle devait s'occuper de la soupe claire et quoi d'autre, déjà ? Ah oui, du poulet en gelée et un dessert froid.

— Pas de poisson ? demanda Evie sans cesser de penser à Simon.

Mrs Moore secoua la tête.

— Cinq plats au dîner, seulement trois au déjeuner. C'est une autre histoire quand ils vont à la chasse, qu'ils ont des invités, ou que Lord Brampton est en résidence, mais on verra ça quand ça arrivera.

Evie posa ses coudes sur la table, elle avait envie de plonger la tête dans ses bras et de dormir profondément, mais les petits déjeuners du haut n'étaient pas encore débarrassés.

— Les jardiniers ne mangent pas dans le réfectoire des domestiques ?

Mrs Moore humecta son doigt puis tourna la page de sa bible. Evie jeta un œil à la recette des quenelles de poulet que lisait Mrs Moore et le découragement l'envahit. Il allait falloir sortir les passoires en crin. Toutefois, la cuisinière tourna la page, et Evie poussa un soupir de soulagement, avant de répéter sa question :

— Les jardiniers ne mangent pas avec nous ? Et qu'est-ce qui est arrivé à Miss Wainton ?

Mrs Moore reposa délicatement son livre, en jetant un œil vers le couloir. Evie suivit son regard, mais il n'y avait personne. Mrs Moore ôta ses lunettes et s'essuya les yeux.

— Miss Wainton les a élevés après la mort de leur mère. Lady Veronica avait dix ans, Mr Auberon douze. C'était avant qu'ils n'achètent Easterleigh Hall. La famille a fait fortune avec l'aciérie, en fait, et la maçonnerie, avant d'acheter des mines. Mrs Brampton était une femme très bien, paraît-il. Gentille, sensée, elle a élevé ses enfants correctement, et elle aurait continué à le faire. Disons qu'elle les a lancés, expliqua Mrs Moore avant de marquer une hésitation. Mais ne va pas répéter ça à tout le monde, ma petite Evie. Je te confie ça parce que je sais que Miss Manton se trompe rarement quand elle juge les gens.

Evie posa la main sur le bras de Mrs Moore.

— Je ne le répéterai pas, promis.

— Bref, comme je l'ai dit, elle est morte. Miss Wainton est restée avec les enfants et les a élevés comme les siens. Elle est venue avec la famille à Easterleigh Hall quand ce parvenu tyrannique a été fait lord. Je ne sais pas à quoi pensait le parti libéral, mais apparemment il leur a fait une importante donation, ça explique les choses. Les conservateurs ont sans doute flairé sa personnalité et ont refusé d'entrer dans son jeu, quand il a essayé de les séduire. C'est une honte, tous ces gens qui achètent leurs titres, à notre époque.

Evie sourit.

— Je vois que vous l'aimez bien.

— Si c'était le cas, je serais bien la seule, grommela Mrs Moore.

Evie aperçut Mrs Green avancer dans le couloir, depuis l'escalier. Mrs Moore saisit de nouveau son livre et rechaussa ses lunettes. Evie attrapa les planches à découper, en ajoutant tout bas, tandis que Mrs Green ouvrait le meuble à linge à côté de l'entrée du réfectoire des domestiques :

— À l'exception de sa nouvelle épouse, j'imagine ? En général, les épouses aiment leur mari, non ?

Mrs Moore partit d'un tel éclat de rire que Mrs Green se retourna, les bras chargés de linge. La cuisinière ne prêta aucune attention à elle, si bien qu'elle continua de vaquer à ses occupations.

— Tu as beaucoup à apprendre, ma petite Evie.

— Oh, mais vous n'aimiez pas votre mari, vous ?

Dès qu'elle eut prononcé ces mots, Evie sut qu'elle aurait mieux fait de se taire.

— Un mari ? Et pourquoi j'en voudrais un ? Y a pas beaucoup d'hommes que j'aurais supporté d'avoir en face de moi tous les matins au petit déjeuner. Les cuisinières, on les appelle toujours « Mrs », « madame ». Je sais pas pourquoi et je veux pas le savoir. Non, cette Lady Brampton est une vraie aristocrate, mais sa famille n'a pas un rond. Elle a suivi son instinct, et ça l'a menée à la fortune Brampton. Il voulait épouser une aristocrate pour le prestige, donc ils étaient faits l'un pour l'autre, si j'ose dire. Mais elle n'a jamais apprécié Miss Wainton, et lui non plus d'ailleurs, alors quand Mr Auberon est parti à l'université, Lord Brampton lui a donné congé. C'était l'année dernière. Elle… eh bien, elle est morte. Elle me manque. C'était mon amie. Les enfants ont perdu leur deuxième mère et récolté Lady Brampton. Quelle compensation…

Mrs Moore remua de nouveau ses mains et consulta l'horloge au-dessus du buffet. Il était neuf heures et quart.

— Ils avaient l'habitude de descendre boire un thé avec Miss Wainton pendant l'après-midi, sauf quand Madame la prétentieuse était en résidence. Ça leur arrive encore de temps en temps, mais pas souvent.

Mrs Moore croisa les bras sur sa poitrine.

— Alors est-ce que tu as fini de sortir les ustensiles ? On a beaucoup de choses à faire. Et non, les jardiniers ne mangent pas ici. Ils ont une bonne cuisinière qui vient chaque jour de Hawton à vélo cuisiner pour eux dans le cottage de Southview, sauf quand on a un nouvel arrivant, comme toi hier, et qu'ils viennent voir. Et ne t'entiche pas d'un jardinier, sinon tu perdras ta place. Les prétendants ne sont pas autorisés.

Les plateaux du haut revinrent à la cuisine, et Mrs Moore ne lui avait pas encore expliqué comment était morte Miss Wainton. Elle indiqua les plateaux d'un geste de la main.

— Jette les restes dans les seaux pour les cochons et commence à faire la vaisselle, ma petite, avant le retour d'Annie. Elle doit être en train de bavarder avec les jardiniers. Tout ce qui porte un pantalon suffit à l'exciter, et elle doit en profiter pour se griller une Woodbine.

Mrs Moore s'essuya les mains sur le tablier.

Evie avait envie de sortir en courant pour retenir Annie, l'éloigner de Simon, mais au lieu de cela, elle emporta les plateaux dans l'arrière-cuisine, jeta les déchets à la poubelle et fit couler de l'eau chaude dans l'évier, chose à laquelle elle n'était pas encore habituée. Chez Miss Manton, elle la faisait chauffer sur la cuisinière. Puis elle y versa les cristaux de soude avant d'y plonger les mains. Elle grimaça, mais en même temps, cela lui évitait de penser à Simon, juste un instant. Est-ce que son regard était plongé dans celui d'Annie, ses mains posées sur les siennes ? Qu'est-ce qu'elle ressentirait si elle prenait la main d'un homme, sentait sa bouche sur la sienne ? Secouant la tête, elle commença par laver les assiettes et les bols, puis les couverts, bien décidée à laisser les casseroles en dernier, au retour de cette satanée Annie. Et elle revint effectivement, sentant la cigarette. Elle entra dans l'arrière-cuisine avec humeur, répliquant à une critique de Mrs Moore :

— Je suis pas partie si longtemps que ça.

Sans mot dire, Evie s'essuya les mains et sortit de la pièce. Elle avait envie de lui demander où elle était passée, mais ne voulait pas connaître la réponse. Il y avait du romarin et de la sauge posés sur la table, et Mrs Moore se tenait près de la porte donnant sur le couloir intérieur, mains sur les hanches, visage fermé, écoutant Mrs Green lui murmurer quelque chose à l'oreille. Elle finit par hocher la tête et son interlocutrice s'éclipsa.

Mrs Moore pivota sur ses talons.

— Evie, débarrasse tout ce qui est sur la table et prends une nappe propre dans le tiroir, là-bas, commanda-t-elle en se hâtant pour fermer son livre de recettes et lisser son tablier. Dépêche-toi, Madame va descendre nous voir, alors commençons à faire notre prière.

Evie considéra les couteaux, passoires, cuillères et tout le reste. Débarrasser tout ça ? Mrs Moore tapa des mains.

— Allez, il ne faut pas que les gens du haut découvrent comment nous, les petites fourmis du sous-sol, nous trimons pour que leurs journées s'écoulent tranquillement. Elle va sûrement nous parler d'une réception à organiser, c'est la seule occasion où elle daigne descendre dans les entrailles de la maison.

Evie sentit son estomac se serrer. Madame ? Ici ? Bientôt, une nappe blanche impeccable recouvrait la table en pin abîmée.

— Evie, file dans l'arrière-cuisine, ouvre bien tes oreilles, et écoute comment on obtient ce qu'on veut. Tu as entendu, Annie ? Je ne veux pas un bruit. Tout le monde va rester caché jusqu'à ce qu'elle remonte.

En effet, le couloir était désert.

Annie et Evie séchèrent les plats en silence, laissant la porte donnant sur la cuisine stratégiquement ouverte. Elles pouvaient voir sans être vues. Il y eut un bref coup à la porte de la cuisine et Madame entra, élégante dans sa robe grise du matin, ses cheveux fraîchement coiffés par Miss Donant. Evie et Annie restèrent figées sur place, plats et torchons à la main. Mrs Moore proposa à Lady Brampton le tabouret. Elle refusa. Évidemment, songea Evie. Hors de question de poser son séant sur un siège utilisé par les domestiques.

Lady Brampton se tenait bien droite, une main posée sur la nappe, le regard sur le front de Mrs Moore.

— Mrs Moore, Monsieur va revenir d'ici un peu moins de deux semaines, samedi, et je voulais juste vous prévenir personnellement que nous aurons des invités à dîner ce même soir. J'ai quelques idées pour le menu. Nous serons peut-être vingt-deux, mais pour l'instant, vingt sont confirmés. J'ai informé Mr Harvey que nous aurons besoin de toutes les rallonges de la table et je discuterai des fleurs avec lui. J'aimerais que la couleur des plats soit coordonnée : blanc et crème.

Elle parlait comme si elle détaillait une liste qu'elle seule pouvait voir.

Evie et Annie se regardèrent. Des plats aux couleurs coordonnées ? Blanc et crème ? Et puis quoi encore ? Le visage de Mrs Moore demeurait impassible ; comme elle se tenait bien droite, son buste paraissait impressionnant et elle était légèrement plus grande que Lady Brampton.

— C'est tout à fait possible en théorie, Madame, mais j'espère que vous n'avez pas encore envoyé les invitations, parce que je ne peux pas garantir de pouvoir cuisiner pour quatorze invités, encore moins vingt-deux.

Il y eut un silence pesant. Evie était bouche bée. On aurait dit que Lady Brampton avait reçu une gifle.

— Je vous demande pardon, Mrs Moore ? Je ne crois pas vous avoir bien entendue.

— Alors permettez-moi de répéter. Je ne peux plus garantir que nous soyons en mesure de cuisiner pour quatorze invités…

Lady Brampton l'interrompit d'un brusque geste de la main.

— Oui, j'ai entendu. Mais je ne comprends pas.

Mrs Moore croisa les bras et poursuivit d'un ton ferme :

— Il nous faudrait deux aides-cuisinières et deux filles de cuisine, au moins. Il nous manque une fille de cuisine, et on n'a pas d'aide-cuisinière. J'imagine que c'est une question de coût. Puis-je me permettre de suggérer qu'on cesse de faire venir des produits de Newcastle et de Durham, qui engendrent des frais d'emballage et d'acheminement, et qu'on recommence à soutenir nos commerces et producteurs locaux, sans parler de notre ferme dont la mission et le devoir sont de fournir ses produits à la maison et non à vos établissements de Londres et de Leeds. Quand on achète localement, c'est moins cher et les produits sont plus frais. Ce serait également un geste symbolique de la part de Lord Brampton, pour toute la région. Avec l'argent économisé, on pourrait embaucher trois filles, ce qui suffirait dans un premier temps. Cela faciliterait l'organisation des réceptions.

Un silence encore plus pesant s'installa. Mrs Moore transpirait : les gouttelettes perlaient sur son front, ses joues et son menton. Evie espérait que cette femme incroyable allait tenir bon face à sa patronne outrée, dont les joues s'étaient empourprées. Les deux femmes demeuraient silencieuses, à présent. Puis Lady Brampton reprit la parole, d'une voix aiguë et pincée comme si on lui avait piqué les fesses avec une épingle :

— Oui, très bien, vous vous occuperez de modifier l'organisation des livraisons et discuterez avec

Mrs Green et Mr Harvey de vos besoins en personnel. Rappelez-vous qu'ils devront être en poste d'ici à fin avril. J'accepte d'embaucher deux nouvelles personnes, pas trois. Une seule aide-cuisinière.

Elle se dirigea vers la porte avant de se retourner. Evie retint sa respiration.

— À partir de maintenant, je m'attends à des repas d'une qualité exemplaire.

— C'est ce que vous aurez, Madame, comme toujours. Et des couleurs coordonnées pour la prochaine réception.

Lady Brampton sortit, serrant sa jupe fermement contre elle au cas où elle frôlerait quelque chose ou quelqu'un d'indigne. Pour Evie, c'était l'un des moments les plus incroyables de sa vie, et cela prouvait que la maîtresse de maison était prête à tout pour conserver une bonne cuisinière qui préparait des repas *exemplaires*. Annie lui donna un petit coup de coude et elles firent un grand sourire. Annie murmura :

— On n'a pas intérêt à se louper.

Cela n'arriverait pas, car même si Mrs Moore souffrait de terribles rhumatismes, Evie Forbes serait là pour s'assurer que la qualité était au rendez-vous. À ce moment-là, Simon entra par le couloir des cloches, chargé d'un panier rempli de fleurs.

Evie sortit de l'arrière-cuisine en lui souriant. Mrs Moore lui demanda d'ôter la nappe. Consciente que Simon la regardait faire, elle dit :

— Je suis désolée que vous n'ayez obtenu que deux filles supplémentaires.

Mrs Moore se tapota l'aile du nez.

— Toujours demander plus que ce qu'il nous faut. Ils n'accepteront jamais et proposeront toujours moins, ça leur donne l'impression d'avoir gagné, alors que c'est le contraire. J'ai besoin de deux personnes seulement, je ne veux pas que ma cuisine soit envahie de filles toujours dans mes pattes.

Evie éclata de rire et Simon l'imita, sans toutefois comprendre pourquoi.

— Où est la blague ? demanda-t-il.

Ses yeux étaient d'un bleu limpide.

Lady Veronica était assise à la fenêtre du Salon bleu donnant sur les jardins à la française, à l'arrière de la maison. Le cerisier en fleur était magnifique après un hiver aussi rude, mais en était-il jamais autrement ? Au-delà des haies taillées, elle admira les jonquilles et les plantes qui n'avaient pas encore fleuri. Elle adorait cet endroit, même en hiver ; ce qu'elle n'aimait pas, c'étaient les déjeuners avec sa belle-mère. Elle n'aimait pas les déjeuners, tout court. À quoi bon se forcer à avaler trois plats alors qu'on avait l'estomac congestionné dans un corset ? Wainey avait toujours trouvé cela insensé, si bien qu'elle avait l'habitude de nouer le sien et celui de Veronica le plus lâche possible.

En songeant à Wainey, sa gorge se noua d'une insupportable tristesse. Pourquoi avait-elle fait ça ? Sa vision se troubla au point de ne plus distinguer le balcon qui longeait la grande fenêtre. Elle avait toujours adoré s'asseoir là en été, quand la chaleur de la journée s'estompait, mais à présent elle ne savait pas comment apprécier cela.

Elle se retourna en entendant la voix de sa belle-mère.

— Mais enfin, où est ton frère ? Je ne comprends pas pourquoi il traîne autant à table une fois qu'on a terminé. Regarde l'heure, on est déjà en début d'après-midi, il pourrait se trouver une occupation quelconque.

— J'imagine qu'il s'occupe probablement en se délectant d'une cigarette, répondit Veronica sur un ton volontairement neutre.

— Il se délecte un peu trop à mon goût, et surtout aux dépens des autres.

Lady Brampton était assise au bout du canapé, lisant le *Times* tout en buvant son café. Veronica resta silencieuse. Que répondre à cela ?

Sa belle-mère baissa son journal pour l'observer, esquissant une légère moue de dédain.

— Est-ce que tu boudes en silence, ma chère ? Si oui, ce n'est pas digne d'une dame.

— Non, je suis juste silencieuse. Je n'ai rien à ajouter à notre fascinante conversation.

Elle se demanda si sa belle-mère percevait sa haine et auquel cas, si elle s'en souciait, tant elle était centrée sur sa propre personne. Qu'aurait pensé sa mère si elle avait vu la femme que son mari avait choisie, qui incarnait tout ce que Wainey et elle détestaient ? Auberon lui avait assuré que leur mère aurait refusé d'acheter un titre car elle jugeait que le statut social ne s'achetait pas, mais se méritait. Veronica se demanda si leur père l'avait mérité par son labeur, car il possédait différentes affaires et, malgré ses défauts, il était travailleur. Elle décida que non et se remit à admirer le jardin.

Sa belle-mère n'en avait pas terminé.

— Veronica.

C'était un ordre. La jeune fille se retourna. Le journal était tombé à terre. Nul doute qu'elle s'attendait à ce qu'un pauvre bougre le ramasse, le repasse de nouveau et le pose sur la table au cas où elle en aurait besoin plus tard.

— Je considère que mon rôle est de vous éduquer correctement, reprit-elle. Miss Wainton était trop laxiste, avec des idées farfelues, et elle n'était pas à la hauteur. Il faut qu'on te planifie des visites chez des jeunes gens de ton âge, dans le Northumberland, sans perdre de vue que d'ici deux ans, tu feras ton entrée dans le monde. À ce moment-là, nous te présenterons à la jeunesse de Londres. Dix-neuf ans, c'est l'idéal. Il faut qu'on te trouve un mari qui ait des perspectives et un statut adéquat.

Veronica s'efforça de ne pas regarder cette femme insupportable avec sa coiffure et ses vêtements impeccables, assise là comme si elle faisait partie du décor, dans cette maison qu'elle avait redécorée comme une toile de fond destinée à mettre en valeur sa propre somptuosité. C'était une maison trop grande, qui ne convenait ni à Veronica ni à Auberon, et où leur mère ne se serait pas sentie à l'aise.

— Je ne veux pas me marier, dit-elle. Je veux vivre. Je veux travailler, mais je ne sais pas encore dans quoi.

Elle se leva pour approcher de la fenêtre, prise d'une envie de se précipiter dans l'escalier jusqu'au jardin, de traverser la pelouse en courant comme elle le faisait avant que cette femme ne devienne sa belle-mère cinq ans plus tôt et ne lui interdise ce genre d'attitudes indignes d'une dame.

Sa belle-mère l'observait toujours, penchée en avant comme pour mieux entendre.

— Je crois avoir mal entendu.

— Je vais répéter, alors. Je ne veux pas me marier, pas tout de suite. Je veux vivre.

Lady Brampton secoua la tête en plissant les yeux.

— Cette Miss Wainton a fait beaucoup de dégâts, à ce que je vois. Et que comptes-tu faire comme travail ? Du secrétariat ? C'est absurde, et tu n'as pas le droit de voler à quelqu'un un travail dont il a besoin. Je te l'interdis, Veronica, et je ne veux plus t'entendre sur le sujet.

La porte s'ouvrit pour laisser entrer Auberon. Veronica secoua la tête pour le prévenir. Il acquiesça, avança vers Lady Brampton, se pencha pour lui baiser la main et dit :

— Le déjeuner était délicieux, maman.

Elle ne releva pas et s'écarta de lui.

— Tu sens le brandy. Assieds-toi et tais-toi. Vu la façon dont tu t'es comporté, tu mérites de n'avoir que du pain et de l'eau. Comment peux-tu causer autant d'inquiétude et d'embarras à ton père ?

À présent, elle cherchait à l'éloigner d'un geste de la main, son regard glacial, comme d'habitude. Est-ce que c'était à cause de ça qu'elle était restée si longtemps célibataire ? se demanda une fois de plus Veronica. Ou bien avait-elle eu le cœur brisé à un moment donné ? Mais non, c'était impossible, car cela supposerait qu'elle ait un cœur.

Auberon s'était installé en face de sa belle-mère, sur le canapé opposé. À sa façon d'incliner la tête, Veronica savait qu'il était sur le point de craquer. Elle décida d'intervenir et s'approcha d'eux pour prendre place à côté de lui.

— Combien de temps restez-vous à Easterleigh, maman ?

— Ne change pas de sujet.

Lady Marjorie Brampton avait un dos bien droit et c'était la seule chose que Veronica admirait chez elle. Elle reprit :

— Auberon, tu as tenu à aller à l'université et je t'ai soutenu parce que c'est tellement plus convenable que le monde détestable des affaires, mais tu m'as ridiculisée. Tu vas donc rester ici. La boisson et le jeu, c'est terminé. Comment peux-tu oser, alors qu'on fait des économies et qu'on est cernés de toutes parts par ce fou de Lloyd George qui essaie de redistribuer notre richesse pour financer ses réformes sociales absurdes.

— Mais, belle-maman…

— Ne m'interromps pas, Auberon. Pour l'amour du ciel, jeune homme, tu ne comprends pas la gravité de la situation ? Ils réclament un impôt bien supérieur à ceux qui ont notre niveau de richesse, plus un impôt sur l'héritage, un impôt sur les terres, et tout ça à cause de ces ouvriers qui nous menacent de tous les côtés et réclament toujours plus. Quand ce ne sont pas les ouvriers des aciéries de ton père, ou des maçonneries, ce sont les mineurs, et ça ne touche pas seulement ses ouvriers à lui. Lis les journaux. Où va le monde ?

— On n'est pas vraiment menacés, maman. On n'est pas à plaindre, n'est-ce pas ? répliqua Auberon sur un ton sec.

Veronica savait qu'il parlait sous le coup de la boisson, mais il était tout de même allé un peu trop loin.

Elle prit la parole en parlant fort, pour attirer l'attention de sa belle-mère :

— Avez-vous reçu des réponses à vos invitations à dîner ?

Lady Brampton s'efforça de se tourner vers Veronica.

— Oui, j'en ai reçu, et je pense que tu devrais y assister. Tu n'as pas encore fait ton entrée dans le monde, mais Lady Esther sera là avec ses parents, et peut-être Lady Margaret avec les siens. Elles viennent toutes les deux de bonnes familles du Northumberland et il est grand temps que tu apprennes les manières. Cette affreuse Wainton t'a vraiment lavé le cerveau avec tous ces livres.

Veronica la regarda bien en face. Bientôt, cette femme stupide allait lui dire que réfléchir menait à l'hystérie. Sortez vite les crinolines.

— Écoute bien, Veronica, parce qu'un jour tu auras à ton tour une maison à tenir. Je viens de résoudre un problème de personnel et de suggérer qu'on change nos fournisseurs afin de dégager du budget pour engager du personnel de cuisine.

Elle se leva et passa devant ses beaux-enfants avec son dédain habituel.

— Je vais me changer avant d'appeler Lady Taunton. Demain, Veronica, nous irons ensemble rendre visite à Lady Margaret pendant que sa mère est à Paris. Je me répète : à dix-neuf ans, tu feras ton entrée dans le monde. Je compte sur toi, au moins, pour honorer notre nom de famille. J'attends de toi que tu fasses un bon mariage.

Elle quitta la pièce.

Pendant un moment, Auberon et Veronica restèrent silencieux, puis cette dernière se tourna vers son frère.

— Ne la mets pas en colère. Tu as des choses à te faire pardonner. Ça n'aide pas, vraiment.

Il soupira et sa mèche blonde lui tomba sur l'œil, comme d'habitude. Il la poussa sur le côté.

— Je ne peux pas m'en empêcher.

— Si, tu peux, c'est facile, évite juste d'ouvrir la bouche.

Veronica lui secoua le bras. Il haussa les épaules.

— Alors ça s'appelle de l'insolence pure et simple.

Ils se mirent à rire.

— Quel mal y a-t-il à miser quelques billets sur un cheval, Ver ?

Elle lui secoua de nouveau le bras, exaspérée.

— Tu le sais très bien. Qu'est-ce qu'aurait dit Wainey ?

— Ne la mêle pas à ça.

Son ton était sec et il regardait la cheminée. Elle n'était pas allumée, il faudrait attendre seize heures.

— Pourquoi pas, puisqu'elle est au cœur de tout ça ? Il faut avancer, c'est tout, elle n'aurait pas voulu te voir comme ça.

Il lui prit la main, qu'elle avait gardée posée sur son bras.

— Alors pourquoi elle a fait ça, Ver ? Tu étais là, est-ce qu'elle a dit quelque chose ? Certes, elle était renvoyée, mais on aurait veillé à ce que tout aille bien pour elle, on serait restés proches. Pourquoi est-ce qu'elle s'est jetée du balcon ?

Ils regardèrent tous les deux vers la grande fenêtre et la rambarde d'où, d'après leur père, Wainey s'était jetée dans le vide.

Auberon la lâcha et enfouit sa tête dans ses mains. Il poursuivit d'une voix étouffée :

— C'est ma faute. Je suis parti, et pour se venger, ils l'ont renvoyée. Si je n'étais pas parti… comment a-t-il pu lui dire qu'on n'avait pas besoin d'elle ? Elle faisait partie de la famille, bon sang. Tu sais, parfois je me demande si elle a vraiment sauté ou bien si…

Il s'interrompit, se redressa et fixa des yeux l'horloge en or posée sur la cheminée, que sa belle-mère avait apportée avec elle depuis Headon Hall, sa maison de famille délabrée.

— Je suis désolé, Ver. Je ne devrais pas parler comme ça, j'arrête. C'est fini, il sera bientôt de retour et, à ce moment-là, il me faudra vraiment affronter les Furies.

— Elle a sauté, évidemment, Aub, ne dis pas n'importe quoi, lui assura Veronica en l'attirant vers elle pour lui caresser les cheveux. À sa place, avec le cœur brisé, face à lui, tout le monde en aurait fait autant. Alors ne pense pas à autre chose. C'était un de ces moments terribles dans la vie d'une personne. Un jour, tout ira mieux.

Elle le serra contre elle, comme si elle pouvait le protéger, parce que c'est ce qu'elle voulait : protéger Auberon. Elle l'aimait et grâce à lui, la colère de son père se fixait sur son fils et non sur elle. Avant Auberon, était-ce leur mère qui endossait ce rôle ? Elle ne pouvait pas supporter tout cela. L'espace d'un instant, elle crut qu'elle allait pleurer de peur et d'anxiété, mais elle ne devait pas se laisser aller car elle savait que si elle commençait, elle ne pourrait jamais s'arrêter.

Chapitre six

Presque deux semaines plus tard, un samedi, Evie préparait le porridge du petit déjeuner, comme d'habitude. La réception avait lieu le soir, et Lord Brampton devait arriver pour le déjeuner. Il y avait dans l'air un degré de tension qui ne lui était pas familier. Mrs Moore n'avait pas esquissé un seul sourire, et son ton était sec. Vingt invités, et Lord Brampton qui rentrait à la maison. L'air paraissait irrespirable, mais au moins ils avaient une nouvelle fille de cuisine et une aide-cuisinière.

— Des plats aux couleurs coordonnées, grommela Mrs Moore en agitant la poêle où elle ferait ensuite revenir les rognons pour le petit déjeuner du haut. Première fois que j'entends ça.

Evie avait rédigé les cartons de table quelques jours plus tôt, car son écriture était plus jolie et son français meilleur, d'après Mrs Moore qui refusait catégoriquement de parler cette langue au simple prétexte d'aider la jeune fille à pratiquer.

— Un jour, tu entendras parler français autour de toi, et ça fera l'affaire, ma petite, avait-elle répliqué.

Elle n'avait pas voulu développer et, au lieu de ça, avait indiqué les passoires.

— Les quenelles t'attendent, et j'ai suffisamment à faire sans te donner des cours de langue, avait-elle ajouté sur un ton ferme.

Ce soir, il y aurait de la soupe claire à base de bouillon de veau, suivie d'un turbot en sauce blanche, suivi d'une compotée de pigeons à la demande expresse de Lord Brampton même si, avec l'imagination la plus folle, personne n'aurait pu dire que ce plat était de couleur blanche. Et ainsi de suite jusqu'à huit plats, généralement servis avec une sauce à la crème pour respecter le thème.

— Prêts à être dévorés par les convives au ventre bien rempli…, grommela Mrs Moore.

— Eh bien, bonne chance avec vos corsets, messieurs et mesdames, ajouta Evie tout en remuant régulièrement au-dessus de la cuisinière brûlante.

Le personnel de cuisine s'était levé à quatre heures trente ce matin pour lancer le feu, vérifier les stocks, et avoir une heure de plus pendant cette matinée. Les domestiques de la maison s'étaient eux aussi levés à l'aube, mais les petits déjeuners du haut comme du bas étaient servis à l'heure habituelle, puisqu'on ne devait pas bouleverser la routine de la maison.

Mrs Moore déposa les rognons dans la poêle et lâcha :

— Garde tes commentaires pour toi, Evie Anston. Arrête de pinailler avec ce porridge, et rends-toi utile. Millie, prends le porridge et apporte-le au réfectoire des domestiques, et ne traîne pas, si c'est dans tes cordes ?

Millie venait d'Easton, ce qui avait inquiété Evie, mais sa mère avait fait le nécessaire auprès de la famille de la jeune fille pour qu'on ne révèle pas ses origines familiales. Elle avait été embauchée comme aide-cuisinière après qu'Annie avait refusé d'occuper ce poste, préférant rester fille de cuisine parce que cuisiner nécessitait trop d'apprentissage. Evie lui avait promis qu'elles l'aideraient, en vain. Elle dit à Millie :

— Après ça, sors-nous des bols et on s'installera en bout de table…

Mrs Moore l'interrompit :

— Evie, il nous faut tous les couteaux, les passoires, tout le bazar, mais sers-moi donc une tasse de thé et va vérifier que ces fichus lapins sont bien en route.

Ses mains tremblaient, son visage était pâle. Une fine pellicule de sueur recouvrait ses joues, ses mains semblaient encore plus raides et enflées ce matin tandis qu'elle coinçait une mèche de cheveux sous son bonnet.

Evie se demanda comment elle pouvait être partout en même temps avec seulement deux mains, mais elle décida de faire les choses les unes après les autres. Millie remuait le porridge avec une lenteur exaspérante. Evie l'aida à le verser dans le plat en terre cuite, en en laissant suffisamment pour les domestiques, puis posa la louche à côté, sur une assiette à l'extrémité de la cuisinière.

— C'était bizarre de voir Simon l'autre jour, non ? dit Millie tout en essuyant les bords du plat.

Evie hocha la tête. Les jardiniers et les garçons d'écurie étaient venus prendre le thé la semaine précédente, quand Millie était arrivée ainsi que Sarah, la nouvelle fille de cuisine. En deux jours seulement, cette pauvre Sarah avait déjà les mains complètement à vif.

— Apporte-le au réfectoire, maintenant, et tu n'as toujours pas mis la table pour nous quatre.

Evie servit une tasse de thé à Mrs Moore, qui agitait la poêle sur la cuisinière. Millie hocha la tête et, assistée de Sarah, elle apporta le porridge au personnel.

— Cette fille a les deux pieds dans le même sabot, et où est mon biscuit ? demanda sèchement Mrs Moore.

Evie se hâta vers la boîte à biscuits et en déposa un sur une soucoupe. Ce matin-là, il y avait une nouvelle bouteille de gin vide dans le petit salon de Mrs Moore, ce qui signifiait qu'elle en avait bu une entière en seulement deux jours. Peut-être à cause de ses douleurs qui empiraient, ou du stress de la réception.

Evie prit le relais sur la poêle.

— Laissez ça, et buvez votre thé, insista-t-elle en poussant sa patronne jusqu'à son tabouret.

Elles avaient du retard, mais Mrs Moore avait besoin d'une pause.

Millie était de retour, plantée à côté d'elle, l'air désemparée.

— Je fais quoi, maintenant ?

— Mets quatre bols sur la table et remplis-les de porridge, ça fait trois fois que je te le dis, répondit Evie d'un ton sec.

Millie rougit.

— Mais qu'est-ce qui se passe, ce matin ?

— À ton avis, espèce d'idiote ? cria Mrs Moore. On est occupées à préparer leur petit déjeuner et il faut aussi réfléchir à leur déjeuner, parce que Monsieur est en route et a réclamé une tourte au lapin. Une tourte au lapin un jour de réception, non, mais vraiment, sans parler d'un dîner pour vingt-quatre convives avec des plats aux couleurs coordonnées, tous blancs ou crème. Qu'est-ce que je peux faire avec ça ? Et toi, tu restes plantée là…

— Sers-nous donc le porridge, Millie, la coupa Evie, et ensuite tu emmènes la casserole à l'arrière-cuisine. Essaie et rappelle-toi ce que tu as appris quand tu travaillais à Gorsforn chez Mrs Fredericks, c'était son nom ? C'est la même chose ici, mais en plus grand. On sait que tu essaies de t'y habituer.

Elle s'efforça d'être aimable tout en versant les rognons dans un plat de service, attrapa un épais torchon, tira la poignée du four chaud et y glissa le plat. Millie se dirigea nonchalamment vers l'arrière-cuisine tandis qu'Evie se demandait pourquoi Lady Brampton tenait à ce que les rognons soient revenus à la poêle plutôt que cuits au four, puisque de toute façon elle n'en mangeait pas. Aujourd'hui, au lieu de ses toasts dans sa chambre, elle voulait des fruits frais, un œuf dur et des mouillettes, pour l'amour de Dieu. Des mouillettes ? Elle sentit ses épaules se tendre, prête à pleurer. Elles n'y arriveraient jamais, ne pourraient jamais tout préparer. Millie ressortit de l'arrière-cuisine avec humeur et, mains sur les hanches, lança :

— Evie, tu ne sais pas compter.

Evie se retourna tout en accrochant le torchon devant le feu.

— On n'est pas quatre, on est cinq, expliqua-t-elle, alors heureusement que j'ai sorti cinq bols, sinon tu mourrais de faim. Tiens, prends ça dans les dents !

Il y eut un silence pendant lequel Evie la regarda, puis baissa les yeux vers les cinq bols avant de regarder de nouveau Millie, mince, les joues rouges, ses cheveux châtains refusant de se laisser dompter par son bonnet, et elle se rappela qui elle était. Evie Forbes, une fille de mineurs qui pouvait tout encaisser parce qu'elle n'était pas enfermée au fond d'un puits de charbon à craindre que le plafond ne s'effondre d'une minute à l'autre. Elle sentit un rire monter en elle, accompagné d'une grande explosion de joie. Ce n'était qu'un repas. Certes, on pouvait la renvoyer sans recommandation, mais ce n'était qu'un repas et elles étaient toutes ensemble pour le préparer. Elle éclata de rire, et entendit quelqu'un d'autre faire de même. C'était Mrs Moore. Elles furent imitées par Millie, dont le soulagement était clairement visible et, derrière elle, Annie et Sarah qui souriaient, trop fatiguées pour rire. Les pauvres.

Mrs Moore reposa bruyamment sa tasse de thé, ôta ses lunettes et s'essuya les yeux.

— Eh bien, c'était pile ce qu'il nous fallait. Pas le thé, mais le fou rire.

Elles avalèrent leur porridge, l'atmosphère se détendit et Evie sentit que tout devenait possible, qu'elle pourrait même enfin croiser Simon car il lui restait encore à aller vérifier les lapins.

Avec Mrs Moore, elles terminèrent de préparer le petit déjeuner du haut. Archie, James et Miss Donant vinrent chercher les plateaux. Evie et Millie commencèrent à préparer la table pour Mrs Moore et, Dieu soit loué, Millie se rappela certains ustensiles.

— C'est bien, murmura Evie. Je te laisse continuer et je vais lancer le bouillon.

Elle prit des carcasses dans la glacière, ainsi que des légumes. Elle les nettoya avant de les ajouter au bouillon. L'une des cloches du couloir sonna. Millie courut voir de qui il s'agissait : de Madame. Evie lui expliqua :

— Va dire à Miss Donant qu'il est temps de redescendre le plateau, elle a mangé ses mouillettes. Une vraie ogresse. Elle nous mangerait toutes crues, si elle pouvait.

Mrs Moore secoua la tête à l'intention d'Evie, mais attendit que Millie soit partie chercher la domestique de Madame avant de dire à voix basse, tout en vérifiant ses ustensiles et en regroupant ses couteaux à légumes :

— Attention, Evie. Ne fais confiance à personne. Si cette remarque au sujet de Madame parvient à ses oreilles, tu es renvoyée. Sois amie avec les domestiques, tant que tu es ici, c'est ta seule famille, mais garde tes réflexions pour toi, sinon tu n'iras jamais là où tu le souhaites.

Elle ne la regardait pas, mais parlait d'une voix plus ferme qu'à l'accoutumée.

— Où est-ce que je souhaite aller ? demanda Evie à voix haute tout en saisissant son châle.

Est-ce que Mrs Moore savait que pour elle, les Brampton n'étaient qu'une étape dans son parcours ?

— Eh bien, peut-être quelque part comme le *Claridge*, répondit Mrs Moore d'un ton las. Tu vois, tout se sait.

Elle regarda Evie avec un sourire bienveillant.

Evie contourna la table pour prendre Mrs Moore dans ses bras, s'attendant presque à ce qu'elle la chasse. Mais elle n'en fit rien. Elle se contenta de hocher la tête et de lui tapoter la main.

— Tu iras au *Claridge*, je le sais, mais tu as des choses à apprendre avant, ma petite, et pas seulement en cuisine. Maintenant va chercher les lapins et montre à Millie comment les dépouiller. Il faut qu'on la forme correctement. Dieu sait ce que mangeait Mrs Fredericks, parce que cette fille ne sait pas faire grand-chose, ou peut-être qu'elle n'a pas envie ? Tu m'avais prévenue quand elle est venue pour l'entretien, parce que tu te rappelais comment elle était à l'école, mais je me croyais plus maligne. Enfin bon, elle gagnera peut-être en jugeote et finira par vouloir gérer un hôtel. On a déjà vu des choses plus bizarres que ça.

Evie fit une grimace et Mrs Moore éclata de rire.

— Tu sais, Evie, si j'avais de l'argent, je logerais probablement dans le tien, mais…

Evie lui pinça le bras.

— Vous n'aurez jamais besoin de payer.

Mrs Moore rit tout bas, cette fois.

— Allez, file voir les lapins et le jeune Simon.

Evie hésita. Mrs Moore murmura :

— Sois prudente, n'oublie pas. Pense bien que même les légumes ont des oreilles. Ici, personne n'est censé « fréquenter quelqu'un ».

Son regard était doux. Evie hocha la tête.

— Merci, je n'ai pas oublié.

Dans le couloir, les domestiques vaquaient à leurs tâches. Millie revint avec un plateau chargé de bols qu'elle apporta directement à l'arrière-cuisine. Par-dessus le tintamarre de la vaisselle qu'on jetait presque dans le bac en zinc, Evie lança :

— Millie, après avoir débarrassé le plat en terre (et n'oublie pas de mettre les restes à la poubelle pour les cochons, cette fois), tu pourras venir nous aider, Mrs Moore et moi, s'il te plaît ? Je vais revenir avec les lapins et ensuite je te montrerai comment dépouiller ces bestioles.

Evie se dirigea vers la porte, impatiente de voir Simon même si elle savait qu'elle devait cacher ses sentiments. Elle serait prudente, très prudente.

Alors qu'elle sortait, Mrs Moore lui dit :

— Tu utiliseras les restes du dîner de la famille pour le déjeuner des domestiques aujourd'hui comme d'habitude, non ? Je pense que ça suffira, mais sinon tu pourras rajouter du bacon de notre ferme.

Evie hocha la tête.

— J'avais prévu de faire un ragoût au bacon et au poulet avec des boulettes, et je préparerai aussi la pâte pour la tourte au lapin.

— C'est bien, répondit-elle en se hâtant vers le garde-manger. Nous, on déjeunera ici et il faudra bien que Mrs Green l'accepte. Elle croit que quand on mange ici, on se sert mieux. C'est ridicule, on pourrait passer notre journée à nous gaver, si on en avait envie.

Elle se retourna pour adresser un clin d'œil à Evie, parce que, en réalité, c'était précisément ce dont elles avaient souvent envie, et ce qu'elles faisaient.

Dans un éclat de rire, Evie s'élança presque en courant dans le couloir des cloches jusque dans la cour, passa devant les garages, contourna l'abri à charbon, puis dépassa la réserve de jardin, en haut du chemin de briques menant vers le sud, le long du jardin enclos. Au loin se dressait la maison des jardiniers, parcourue de glycine. Elle serait bientôt en fleur, avait dit Mrs Moore.

Elle avait seulement aperçu Simon rapidement, quand il apportait des légumes ou des fleurs pour la maison, mais il était toujours souriant, il la cherchait toujours du regard. Elle en était sûre. Elle dévala le chemin. Il faisait plus frais ici, à l'abri du mur et, tandis qu'elle courait, son souffle s'accélérait. Le mur se terminait sur un entrepôt en briques. Elle ralentit et s'efforça d'adopter une allure normale. Peut-être que ce n'était pas Simon qui avait attrapé les lapins, mais Alf, ou Bernie. Elle lança doucement :

— Il y a quelqu'un ?

Simon sortit de l'entrepôt, tenant à la main au bout d'une ficelle quatre lapins aux yeux vitreux. Les siens étaient toujours aussi bleus et ses cheveux aussi roux, et il arborait le plus large sourire qu'elle lui ait jamais vu.

— Ah, mais c'est Evie ! Je pensais voir Annie ou Millie. Est-ce que tu m'évitais ? Pourquoi est-ce que tu les envoies toujours, *elles*, chercher des herbes ? Quelles pipelettes, ces deux-là.

Elle s'arrêta à un ou deux mètres de lui.

— Ce n'est pas moi qui les envoie, c'est Mrs Moore, ou bien elles filent avant qu'on n'ait eu le temps de les arrêter. Elles feraient tout pour échapper au travail.

Il rit et répondit d'une voix qui était à peine plus qu'un murmure :

— Alors fais comme elles et échappe-toi sinon on n'aura jamais l'occasion de parler, et je pourrai rien dire à Jack.

Le sourire d'Evie s'évanouit. Alors tout ce qui l'intéressait, c'était de transmettre des messages.

Elle passa à côté de lui pour entrer dans l'entrepôt, tête haute, et répondit doucement :

— Je n'ai rien entendu qui puisse l'aider. Brampton ne sera pas rentré avant l'heure du déjeuner. Je verrai ce que je peux faire à ce moment-là, mais je ne vois pas comment je pourrais entendre quoi que ce soit d'utile. On ne se mélange pas. Tout ce que je sais, c'est que Mr Auberon est là.

Elle tendit le bras vers les lapins, mais d'un geste, il les éloigna d'elle.

— Je vais les rapporter à la cuisine avec toi. C'est pas le travail d'une dame.

Une goutte de sang avait séché au coin de la gueule des lapins.

Il disait peut-être la même chose à toutes les filles. Elle évita son regard et reprit la direction du chemin, en jetant un coup d'œil par-dessus son épaule.

— Je suis pas une dame, je suis cuisinière.

Sa voix était dépourvue de joie, tout comme son cœur.

Il se dépêcha de la rattraper et attrapa sa main bien avant qu'ils n'aient atteint le coin de l'entrepôt.

— Écoute-moi, Evie Forbes, lui dit-il en la forçant à s'arrêter.

Ils regardèrent tous les deux aux alentours. Il n'y avait personne en vue, et aucun bruit provenant du jardin, de l'autre côté du mur.

— Écoute-moi bien, Evie Anston, tu es une dame, exactement comme elles.

Il serra fermement sa main et la porta à sa bouche pour l'embrasser. Ses lèvres étaient douces et chaudes.

— Avant, je tirais sur tes nattes, et j'ai toujours envie de jouer au loup avec toi. Je t'aime vraiment bien, Evie Anston. Vraiment, vraiment.

Il souriait largement, mais pas autant qu'elle.

Elle avait envie de rester ici pour toujours, mais ils se retournèrent en entendant la voix de Millie :

— Ah, te voilà, il nous faut aussi des herbes, et Mrs Moore a dit qu'à ce rythme le dîner serait terminé à ton retour et qu'on allait tous finir à la porte. Elle a vraiment dit ça, Evie, insista Millie les joues rougies et la peur dans les yeux. Dépêche-toi.

Elle tourna les talons et s'élança en courant vers la maison.

Simon lui lâcha la main et la poussa doucement.

— Rentre avec les lapins, moi, je vais cueillir les herbes.

Elle commença à s'éloigner, mais il la rappela :

— Non, attends ! lança-t-il en s'approchant d'elle. Deux choses : demain, dimanche, c'est ton jour de repos, est-ce que tu vas ramasser le charbon de mer ? Jack a apporté ton vélo la semaine dernière, mais j'ai pas eu l'occasion de te le dire. Je vais te montrer où il est. Je ne voulais pas qu'ils m'entendent parler de Jack, dans la cuisine…, précisa-t-il. Je vais y aller, moi aussi.

Son cœur se serra.

— Oui, bien sûr que je vais y aller. Où est mon vélo ?

Elle marchait à reculons, la ficelle des lapins lui cisaillant les doigts tant ils étaient lourds.

— Dans l'abri près du grand portail. Ne t'en fais pas, c'est là que nous, les jardiniers, on gare les nôtres, alors personne ne va remarquer qu'il y en a un de plus. Il y a un tas de tondeuses, d'outils, et tout ça. Je t'y retrouverai à trois heures.

Il poursuivit :

— Autre chose : le valet va revenir avec Lord Brampton. Fais attention à lui, il se prend pour un dieu de la séduction et il croit que tout – et tout le monde – lui est dû. Il repartira d'ici un jour ou deux parce que Monsieur ne reste jamais plus longtemps que ça, alors fais-toi discrète, Evie. Au moindre problème, appelle-moi.

Elle reconnut ces sourcils froncés, ces lèvres pincées qu'elle lui avait déjà vus, dans la cour de l'école, à l'époque où il avait dû se battre contre Jack et son groupe. Elle rit.

— Tout ira bien.

Il hocha la tête, elle aussi, puis il se hâta le long du sentier en briques, bifurquant à droite en direction du jardin enclos derrière le mur.

— Je vais apporter les herbes et les fleurs pour la table, aux couleurs coordonnées.

Bernie se tenait à l'entrée du jardin.

— Où tu étais passé ? lui demanda-t-il. Le patron est enragé.

Elle courut jusqu'à la cuisine, les lapins cognant contre ses jambes, leur sang séché tachant son tablier, mais elle s'en fichait, parce que Simon pensait à elle. Une fois de retour, elle suspendit son châle dans le couloir et essuya ses chaussures, se hâtant de revenir au chaud.

— Les voilà, dit-elle en brandissant les lapins avant de ralentir parce que Annie, Sarah et Millie entouraient Mrs Moore, assise sur son tabouret habituel, qui lui fit signe de s'approcher.

— Dépêche-toi, il faut que je vous dise à toutes quelque chose, même si je suis pressée, mais Mrs Green veut que vous le sachiez, alors je vais vous en parler maintenant. Vous gardez ça pour vous, c'est compris ?

Ses lèvres étaient aussi serrées que celles de Simon un peu plus tôt.

Les plus jeunes regardaient Evie avec une anxiété évidente. Est-ce qu'on allait les renvoyer alors qu'elles venaient tout juste d'être embauchées ? Qu'est-ce qui avait bien pu arriver ? Evie se rapprocha, les lapins tournoyant au bout de leur ficelle, et elle n'avait plus de sensation dans les doigts. Marquant la page de son livre de recettes avec son index, Mrs Moore murmura :

— Monsieur est de retour avec Roger, son valet, même s'il n'est plus son valet.

Les filles essayaient de suivre ses paroles. Millie se répéta silencieusement ce qu'elle venait d'entendre.

— Qu'est-ce que vous voulez dire ? demanda Annie.

Mrs Moore jeta un bref coup d'œil à la liste des tâches qu'elle avait dressée pour le dîner, puis, regardant de nouveau les filles, elle fronça les sourcils d'un air préoccupé.

— J'y viens. Le valet a appris qu'il allait rester ici pour servir Mr Auberon. Annie, tu te rappelles que nous avons un léger problème avec Roger.

Annie hocha la tête.

— Il peut pas se la garder dans le pantalon.

Mrs Moore secoua la tête, exaspérée. Evie éclata de rire.

— Ça suffit, Evie Anston, trancha Mrs Moore. Ce que j'essaie de vous dire, c'est de ne pas vous laisser séduire par ses douces paroles. Souvenez-vous que vous serez mises à la porte s'il se passe quoi que ce soit. Ce ne sont pas les hommes, mais les femmes qui se retrouvent avec un polichinelle dans le tiroir, et vous vous ferez renvoyer sans recommandation, avec un bébé en route, et vous vous retrouverez à la rue ou dans un foyer.

Millie gémit et se mit à pleurer. Evie passa son bras autour de ses épaules.

— Ça ne t'arrivera pas, Millie, si tu écoutes bien.

Mrs Moore secoua la tête avec impatience.

— Le problème, c'est qu'apparemment Roger n'est vraiment pas content de passer au service de Mr Auberon. Il le considère comme un véritable affront, et à juste titre. Alors ne vous approchez pas de lui, au cas où il tenterait de montrer qu'il reste le roi de la basse-cour.

Millie paraissait encore plus effrayée, mais cette peur ne la quittait plus depuis que son père avait été tué lors d'une explosion dans une mine alors qu'elle était enfant, et Evie imaginait que tout le monde ressentirait la même chose à sa place. Son frère avait également perdu un bras dans l'accident, et à présent ils vivaient avec sa mère chez une tante. Sa mère faisait le ménage pour le chef de bureau de la mine de Hawton.

Evie brandit les lapins.

— Allez, Millie, on a beaucoup à faire. Je vais te montrer comment on dépouille un lapin, et si quelqu'un nous embête, on lui coupera la queue et on lui fera pareil !

Tout le monde rit et la bonne humeur reprit le dessus. C'était beaucoup de bruit pour rien. Evie poussa Millie devant elle jusqu'à la chambre froide, afin de dépouiller le lapin sur l'épaisse pierre d'ardoise.

Auberon quitta le calme du Salon bleu pour gagner la bibliothèque, qui se trouvait plus loin au même étage, à l'avant de la maison. Il avait été appelé par son père après un déjeuner composé de soupe aux champignons et de tourte au lapin, sans dessert en dehors de fruits et de fromage, selon les exigences de Lord Brampton. Auberon détestait le lapin, mais avait bien mangé, parce que son père ne supportait pas que l'on fasse le difficile avec la nourriture, comme un bébé.

Il s'arrêta sur le palier, regardant par la fenêtre le vieux cèdre, dans le jardin devant la maison. Le soleil brillait sur le tapis indien où il se tenait. Il étudia le motif, respirant profondément, carrant les épaules, et il s'apprêtait à frapper à la porte quand Veronica l'appela doucement :

— Aub.

Il pivota sur lui-même. Elle s'avançait vers lui sur la pointe des pieds, les cheveux ébouriffés et d'un blond lumineux, comme un halo. Qu'est-ce qu'elle avait fait pour obtenir ce résultat ? Il s'était posé la question pendant le déjeuner, mais s'était abstenu de dire quoi que ce soit. Quand leur père était là, on ne se permettait pas de remarques.

— Rappelle-toi ce que disait maman, lui dit-elle. Écoute-le, acquiesce, puis trouve le moyen d'agir de la façon la plus juste possible. Tout ira bien.

Elle lui toucha le bras d'une main tremblante. Elle ajouta :

— S'il te plaît, dis-moi que tu n'as pas bu.

— Juste un brandy. Est-ce que tu pourrais affronter ce sale type, sans ça ?

— Chut ! lui intima-t-elle en levant une main. Tais-toi, il va nous entendre.

Auberon sentit ses jambes flageoler. Il avait l'habitude. Il consulta sa montre. Trois heures. Pile. Il devait attendre l'heure pile. Veronica s'éclipsa et gravit l'escalier menant à sa chambre pour se changer, se cacher ou se recoiffer peut-être. Mais pourquoi pensait-il à ça ? Il frappa à la porte. Quand la voix de son père résonna, il entra, referma la porte derrière lui en retenant un instant la poignée, craignant de s'effondrer s'il la lâchait.

Son père se tenait devant son bureau, face à lui, tournant le dos au vaste panorama. La fenêtre donnant sur la pelouse de devant s'étendait derrière lui, encadrée de murs recouverts de livres. En avait-il seulement lu un seul ? Auberon savait que non. Dans leur ancienne maison, ils avaient une bibliothèque où Auberon passait des heures chaque soir à lire des ouvrages historiques. Son tuteur, Mr Saunders, avait partagé avec lui sa passion pour l'histoire jusqu'à ce que son père le renvoie et inscrive son fils dans une école privée qui fasse de lui un homme.

— Arrête de traîner et approche-toi.

Son ton était glacial, mais n'était-ce pas toujours le cas ? Son visage était fermé, comme d'habitude. Auberon traversa la pièce. Au sol s'étalait un tapis indien. Aucun motif n'était semblable à un autre. Pourquoi des pensées aussi triviales lui venaient-elles à l'esprit ?

Il se tenait face à son père, qui leva la main tellement vite qu'Auberon n'eut pas le temps de la voir bouger. Il sentit seulement la violence de la gifle. Sa lèvre se mit à saigner. Son père déclara :

— Je ne laisserai personne me traiter de sale type. Je ne tolérerai pas qu'on me manque de respect sous mon propre toit. C'est bien clair ?

La gifle n'était pas une surprise.

— Oui, c'est clair, père.

Sa lèvre ne bougeait pas normalement, mais ce n'était pas surprenant non plus. Il se prépara à la suite. Le coup suivant visa ses côtes. Il les sentit se briser, puis fut envahi de douleur.

— Je ne laisserai pas un ivrogne bon à rien dilapider mon argent, et se lamenter parce que sa chère Wainey n'est plus là. À qui la faute, à ton avis ?

Le coup suivant l'atteignit un peu au-dessus des reins ; son père avait avancé d'un pas rapide avant de reculer, sur les talons, tel un boxeur ou un danseur de ballet. Est-ce qu'il devrait formuler cette pensée à voix haute ? Il eut envie de rire, mais fut pris de nausée et il s'efforça de conserver son équilibre alors même qu'il avait envie de s'effondrer au sol. Son père bougea de nouveau et le gifla encore une fois, sa chevalière éraflant la tempe de son fils. En général, il évitait de frapper le visage afin que ça ne se voie pas. Il devait être hors de lui.

— Je répète ma question : à qui la faute ?

Auberon sentit le sang dans sa bouche.

— À moi, répondit-il dans un murmure alors qu'il avait envie de gémir.

— Pourquoi ?

Son père se dressa sur la pointe des pieds et Auberon trembla, mais rien ne vint. Ses grosses mains, si dures, demeurèrent immobiles. Le grand-père d'Auberon avait les mêmes mains, mais il n'avait jamais frappé ses petits-enfants. Avait-il frappé son fils ? Et quelqu'un poserait-il la question à son père ?

— Pourquoi ? répéta-t-il.

Auberon s'efforça de se concentrer sur l'instant présent et de rester droit. Sa voix ne devait pas trembler.

— J'ai demandé à aller à Oxford. J'ai insisté. J'ai dit que si vous ne payiez pas, je pouvais utiliser l'argent de ma mère. J'y suis allé. Vous avez renvoyé Wainey parce que je n'étais plus là. Si j'étais resté au lieu de faire mon égoïste, elle n'aurait pas… elle ne serait pas morte. Il n'y aurait eu aucune raison.

Son père hocha la tête tout en la gardant inclinée de côté, bras croisés. Les jointures des doigts de sa main droite étaient couvertes de bleus.

— Et enfin, l'argent de ta mère, est-il à toi ou à moi ?

— À vous, père.

C'était faux. Il avait été légué par son grand-père maternel à sa mère, puis à Veronica et Auberon. Sa mère avait également légué une somme importante à Wainey, en remerciement du soutien sans faille qu'elle avait prodigué, sans en recevoir aucun en retour. Il regarda au-delà de cet homme qu'il détestait, jusqu'à la mer au loin. Un jour il mettrait les voiles jusqu'à la France et ne reviendrait pas tant que son père n'aurait pas quitté ces lieux, entre quatre planches, bel et bien mort.

Oui, il traverserait la Manche en bateau, puis prendrait un train pour Paris. De là, il se dirigerait vers la Somme, la rivière dont Mr Saunders avait dit que son nom signifiait tranquillité. Il voulait ressentir cette tranquillité, juste une fois, et peut-être que là-bas ce serait possible. Une vaste rivière avec ses méandres…

— Écoute-moi, mon fils, reprit-il d'une voix sourde.

Auberon respirait difficilement à cause de la douleur dans ses côtes. Elles étaient fêlées, il le savait parce que ce n'était pas la première fois que ça arrivait. L'élancement de ses reins et de son visage battait au rythme de son cœur.

— Tu devrais avoir honte de toi. Est-ce que je vais être obligé de sortir mon ceinturon ?

Son père se redressa, de nouveau en équilibre sur ses orteils. Auberon se retint de rire. Le ceinturon ? Il n'était plus un enfant, mais est-ce que ça changeait quoi que ce soit ? Au moins, son père n'avait jamais levé la main sur Veronica. Comme c'était étrange. Les femmes, apparemment, étaient épargnées par les humeurs de son père. Mais l'étaient-elles vraiment ? Il songea de nouveau à Wainey. Son père l'avait-il renvoyée, et elle avait protesté ? S'était-il mis en colère ? S'était-elle éloignée de lui sur le balcon ? S'était-il rapproché ? Avait-elle basculé par-dessus la balustrade ou, perdant son sang-froid, l'avait-il poussée ? Est-ce qu'elle avait vraiment sauté ? Il devait arrêter ces pensées qui tournaient en boucle. Stop. Stop.

— Je répète, est-ce que je dois aller chercher le ceinturon ?

— Non, père, c'est inutile. Je vous écoute.

Parler était douloureux. Tout était douloureux, depuis un bon moment. De nouveau, il se retint de rire. Qu'est-ce qui lui arrivait ? Il avait l'habitude de pleurer.

Son père alla se placer près de la fenêtre. Auberon n'osa pas bouger bien que son dos lui fasse mal et que ses jambes tremblent. Il bascula alternativement son poids de ses orteils vers ses talons, comme on le lui avait appris à l'école, dans la formation des officiers.

— Tu ne retourneras pas à Oxford. Au lieu de ça, tu apprendras à devenir un homme ici, sous ma direction. Se faire expulser de l'université d'Oxford, c'est extrêmement grave.

Son père le regardait fixement. Oh mon Dieu, est-ce qu'il riait sans s'en rendre compte ? Apparemment non, car son père continua :

— Tu as dilapidé mon argent, sans tenir compte de la pression que ces crétins exercent avec leur projet de Budget du peuple. Mais la Chambre des lords va réduire à néant leurs espoirs, parce qu'il est hors de question que nous financions les pensions de ces fainéants, dit-il en frappant sa main de son poing comme s'il était dans une sorte de mélodrame de music-hall. En attendant, je me passerais bien d'individus pitoyables comme toi, qui ajoutent à mes problèmes.

Auberon hocha la tête.

— Je comprends, père.

Dis ce qu'il veut entendre, se répétait-il, *en essayant d'articuler le moins possible.* Il avala le sang qu'il avait dans la bouche. Il savait que ses paroles étaient peu audibles. Son père agitait sa main comme s'il dirigeait un orchestre.

— Tu vas récupérer l'argent que tu me dois en assistant le directeur Davies à la mine d'Easton. Tu apprendras le métier. Il va y avoir des tensions parce que je vais baisser les salaires, à cause de la loi sur la journée de huit heures. S'ils osent faire grève, tu les materas. Par ailleurs, il faut diminuer le nombre de boisages, et tout ce qu'on peut économiser afin de renforcer l'efficacité de la mine, et la rendre plus productive. Et n'oublie pas les trois maisons de Froggett. Elles doivent être achetées immédiatement, parce que la situation doit être réglée sans que cela nous coûte une fortune. Elles n'iront à personne d'autre, c'est clair ? Je veux que les travailleurs s'accrochent à leurs cottages, je veux qu'ils aient peur de l'expulsion, je veux qu'ils travaillent comme des fous. Donc débrouille-toi comme tu veux, mais récupère ces maisons.

Il appuyait ses paroles d'un geste ferme de la main, visant Auberon. Son père ferait un bon tueur. Oh oui, c'était certain. Il pensa de nouveau au balcon.

— Il n'y aura pas de saison de chasse. Je reviendrai ici plus souvent.

Son père se détourna de la fenêtre et s'approcha de lui. Auberon sentit la peur l'envahir. Plus souvent ? Combien de fois ? Il continua de s'approcher jusqu'à être tout près lui. C'est alors que son père sentit son haleine chargée de brandy.

Les coups reprirent, plus nombreux, mais visant uniquement les côtes car ça se voyait moins et que ce soir, il y avait un dîner. C'est à cela qu'il pensait en sentant ses larmes couler. À ce moment-là, son père s'arrêta, triomphant.

— Tu es un lâche et un raté.

Auberon fut congédié. Il trouva la porte tant bien que mal, et regarda de part et d'autre pour vérifier qu'il n'y avait pas de serviteurs dans les parages, mais la voie était libre, ils connaissaient leur place et il devait connaître la sienne. Il se força à monter l'escalier jusqu'à sa chambre, la douleur le rattrapant à chaque pas. Il devait réussir sa mission à la mine de charbon, il le savait.

Que se passerait-il, sinon ? Il contrôla sa peur et se mit à penser à la France, à la Somme. Est-ce qu'il y avait des martins-pêcheurs ? Il prendrait un bateau. Il pêcherait. Il était presque en haut des escaliers maintenant, Dieu merci.

Une fois le dîner débarrassé et les casseroles, poêles, ustensiles et assiettes lavés, Mrs Moore se traîna jusqu'à son petit salon. Il était minuit et les chauffeurs des invités étaient partis, leurs uniformes et leurs bottes avaient disparu du couloir des domestiques. Les valets et les servantes lavaient les verres et l'argenterie dans le garde-manger du majordome, mais ils étaient encore de service, au cas où la famille aurait envie d'un chocolat chaud.

Evie essuya la table, peut-être pour la dernière fois de la journée, et sortit prendre l'air dans la nuit, sachant que sa cuisine avait plu et qu'elle avait obtenu de nombreux nouveaux conseils pour ses recettes. Fière et satisfaite, elle releva son châle sur sa tête pour se protéger du froid et le serra autour de son cou, en regardant les étoiles. Est-ce que Jack et Timmie dormaient, ou étaient-ils en train de rentrer de leur quart de travail ? Simon dormait-il, ou était-il debout quelque part, à regarder les étoiles lui aussi ? Les hiboux hululaient et, depuis les écuries, elle entendait le souffle des chevaux et le cliquetis qu'ils produisaient en soulevant leurs sabots.

Elle traversa lentement la cour pavée pour aller voir Tinker, le vieux poney de Lady Veronica. Elle avait pris une carotte dans le garde-manger. En entrant dans la cour, elle vit un garçon d'écurie debout sous la lampe à huile qui pendait sur un montant, près du box de Tinker.

Il fumait une cigarette. Elle lui lança :

— Mais qu'est-ce que tu fabriques ? Éteins cette cigarette ou tu vas mettre le feu à l'écurie. Pense aux chevaux. Tu vas être renvoyé, imbécile.

Elle hâta le pas vers lui, glissant sur les pavés, se tordant la cheville à plusieurs reprises.

— Éteins ça.

À ce moment-là, les deux teckels de Lady Veronica accoururent vers elle en sautillant et en jappant. Bon sang, ils allaient alerter tout le monde. Elle ralentit, essayant de faire taire les chiens, qui continuaient à s'agiter comme des créatures enragées. Le garçon ne prêtait aucune attention à elle, alors quand elle arriva à sa hauteur, elle lui arracha la cigarette des mains et l'écrasa sous son pied.

— Tu m'entends ? Tu vas être renvoyé. Lady Veronica sera là dans une minute pour chercher ses fichus chiens.

Tinker se mit à hennir et passa la tête par l'ouverture de son box. Sortant du halo de lumière, le garçon trébucha et, se retournant, écrasa la patte d'un des teckels en lâchant un juron. Le chien glapit et s'enfuit avec son compagnon vers la maison, mais l'un d'eux fit demi-tour. Oh non, la dernière chose dont ils avaient besoin, c'était que Lady Veronica vienne vers eux. Evie réussit à attraper le garçon par le bras pour l'empêcher de tomber. Dans l'obscurité, elle ne pouvait pas distinguer ses traits.

— Tu empestes l'alcool, va au lit et ressaisis-toi, imbécile. Tu dois te lever bientôt pour balayer cette fichue cour pour ce tas de fainéants, et pense aux chevaux. Et si tu avais mis le feu ? Allez, dépêche-toi.

Madame ne va pas tarder à montrer son nez, pour voir ce qui se passe.

Elle était fatiguée, il faisait froid. Elle avait envie d'aller se coucher. Le chien continuait de bondir autour d'elle.

Le garçon se libéra, et pendant un moment elle crut qu'il allait la frapper. Evie s'éloigna, mais il se ravisa en disant :

— Comment oses-tu me parler comme ça, me parler tout court ? Hein ?

Evie se figea. Ce n'était pas un garçon d'écurie, c'était le fils de Brampton. Le second chien accourut, en jappant, et maintenant les deux tournaient en rond autour d'Evie et de Mr Auberon. Lady Veronica appela :

— Groseille, Raisin, venez ici. Aub, où es-tu passé ? Reviens, n'empire pas la situation.

Mr Auberon répondit en français :

— *Il faut parler français, il y a des domestiques ici.*

Pensait-il vraiment qu'Evie ne comprendrait pas qu'il avertissait sa sœur de parler en français devant les domestiques ? Elle remercia intérieurement Miss Manton. Evie se retourna, modifiant sa voix, espérant qu'elle était méconnaissable, espérant qu'il était trop saoul pour se souvenir d'elle.

— Je suis désolée, Monsieur.

Il fallait qu'elle s'excuse. Peut-être devrait-elle également expliquer qu'elle l'avait pris pour un simple garçon d'écurie, mais elle ne pouvait s'y résoudre ; personne n'était qu'une « simple » personne.

— Aub, viens, siffla Veronica. *Vite.*

Alors qu'il se retournait pour partir, elle aperçut son visage, enfin, dans la lumière de la lampe, son pauvre visage meurtri. Elle vit qu'il parvenait à se redresser, à relâcher ses épaules avant d'appeler doucement Groseille et Raisin.

— Allez, les garçons.

Il partit sans un regard en arrière. On leur avait annoncé que Mr Auberon était souffrant et ne pouvait assister au dîner, donc on avait enlevé son couvert. Mr Harvey s'était fâché.

— Trop de brandy, sans doute, avait-il marmonné. Maintenant, on doit modifier tout le plan de table.

— Ce n'est pas dû au brandy, murmura Evie en se détournant.

Elle avait vu le visage de Jack après ses combats et savait reconnaître un visage tuméfié par les coups. Voilà qui confirmait les rumeurs qu'elle avait entendues. Tout en regagnant la lumière et la chaleur réconfortantes de la cuisine, elle frissonna en songeant qu'un père puisse infliger ça à son fils. Millie sortit de l'arrière-cuisine avec le balai, épuisée.

— Est-ce que ça va, comme ça ? demanda Millie en désignant le sol avec anxiété.

Annie et Sarah étaient juste derrière elle, pâles comme des fantômes.

Evie lui prit le balai.

— Oui, c'est bon, ça suffit. C'est bien.

Il était temps que cette journée se termine.

— Je vais nettoyer le sol, sors une casserole au cas où quelqu'un réclame un chocolat chaud. Maintenant, vous pouvez aller vous changer, sans attendre l'aide de la bonne fée, et vous glisser au lit.

Millie laissa échapper un rire. Evie les laissa toutes aller au lit et elle se coucha à deux heures du matin, morte de fatigue, mais malgré cela, elle ne fit que somnoler : est-ce qu'on allait la renvoyer le lendemain ? Et comment allait ce pauvre jeune homme ?

Chapitre sept

Le lendemain matin, le petit déjeuner se déroula sans réclamations de la part de Mrs Green, ou de Mr Harvey. Mrs Moore lui cria dessus quand elle brûla les rognons, et la prit à part dans la chambre froide, en lui demandant ce qui lui avait pris.

— Ils veulent des rognons grillés, tonna-t-elle. Pas des morceaux de charbon, jeune fille.

Evie lui expliqua ce qui s'était passé la veille. Mrs Moore rougit.

— Nous en saurons davantage au déjeuner. En attendant, travaille et n'en parle pas. Et concentre-toi. La concentration t'aidera à traverser bien des épreuves, ma petite.

La matinée s'écoula lentement. Elle alla chercher des herbes dans la réserve des jardiniers, mais c'était Sidney, et non Simon, qui était là, vérifiant les paniers de fleurs, et Evie eut un moment d'humeur. Elle se dépêcha de retourner à la cuisine. Comme elle traversait la cour pour gagner les marches menant au sous-sol, Roger, le valet, sortit du couloir des cloches et gravit les marches. Se mettant sur le côté, il la laissa passer, mais tendit la main pour la poser sur son bras et la retenir. Un brin de romarin lui échappa. Elle se dégagea et se baissa pour le ramasser, et il fit de même, sa tête trop proche de la sienne, ses mains effleurant les siennes.

— Laisse-moi faire, dit-il.

Elle secoua la tête.

— C'est mon travail. Pas le tien, répondit-elle sur un ton tranchant.

Il rit, et elle sentit son haleine parfumée à la menthe poivrée.

— La vie, ce n'est pas que du travail, tu sais, Evie. C'est Evie, n'est-ce pas ? Peut-être qu'on pourrait bavarder tous les deux, un de ces jours, pour apprendre à mieux se connaître ?

Evie rassembla les dernières feuilles de romarin et se leva rapidement, à tel point qu'il tituba. Elle voulait lui répondre non. Mais elle se rappela qu'il fallait être prudent ; après la nuit précédente, pourrait-elle jamais l'oublier ? Et à ce propos, Mrs Moore avait-elle entendu parler de quelque chose ?

— Il faut que j'y aille, dit-elle, dévalant les dernières marches et se précipitant dans la cuisine.

Mrs Moore secoua la tête, en disant :

— Si ça devait arriver, tu serais déjà au courant, alors arrête de t'inquiéter.

Mais ce ne fut qu'après avoir terminé de préparer plus tôt que d'habitude le déjeuner composé de soupe à la fausse tortue, suivie par du saumon et des concombres en vinaigrette, suivis d'un rumsteck « à la jardinière », puis de gelée en verrines et d'une tarte aux prunes qu'elle parvint à se détendre. Elle eut l'impression qu'aucune inquiétude au monde ne pourrait rivaliser avec celle qu'elle venait de vivre.

Evie prépara des scones en regardant l'horloge de temps en temps, car son après-midi de congé commençait à trois heures.

— Fais-en plus et apporte-les à ta famille. Ramasser du charbon de mer, ça creuse, murmura Mrs Moore avant d'aller se reposer. Pas besoin d'en parler aux autres.

Elle lui fit un clin d'œil en prenant une tasse de thé et en quittant la cuisine. Elle réapparut pour vérifier que Millie avait débarrassé le réfectoire dans la salle des serviteurs, et regarda les filles de cuisine qui faisaient s'entrechoquer les pots et les casseroles.

— Je vais déverrouiller la fenêtre du garde-manger, au cas où tu serais en retard, mais n'oublie pas l'escalier qui grince, chuchota-t-elle à Evie en s'éloignant cahin-caha.

Elle devait se dépêcher. Elle avait tamisé la farine et incorporait le beurre, tout en observant Mrs Green à travers les fenêtres qui vérifiait que ses femmes de chambre avaient fini de ranger les salons pendant que les Brampton prenaient leur déjeuner. C'était Mrs Green qui aurait dû préparer ces friandises pour le thé de l'après-midi là-haut, mais Mrs Moore avait repris le flambeau après avoir vu comment Mrs Green massacrait sa pâte à gâteaux. La mission avait ensuite été dévolue à Evie, à son arrivée. Mais il ne fallait pas le dire à Mr Harvey, l'avait avertie Mrs Moore, un doigt posé sur ses lèvres.

Enfin, tous les scones étaient cuits et avaient refroidi, et alors qu'elle se changeait, le soulagement de ne pas être renvoyée lui donnait le cœur tout léger. Pour couronner le tout, Simon avait promis de l'attendre à partir de trois heures. S'arrêtant seulement pour ramasser le sac de tabliers en toile de jute, de gâteaux et de scones, elle dévala la piste en courant, mais seulement sur les premiers cent mètres, après quoi elle eut le souffle court et les jambes aussi lourdes que les gâteaux de Mrs Green. Au lieu de cela, elle marcha aussi vite que possible, avec les nuages qui traversaient le ciel et le vent qui était assez fort pour soulever d'énormes vagues à Fordington. Le charbon de mer allait être abondant.

À sa droite, entre les bouleaux argentés, elle pouvait voir la pelouse s'étendre à perte de vue et, au centre, le cèdre se dressait majestueusement. Plus loin, au-delà de l'allée, l'arboretum était sur le point de bourgeonner. Est-ce que Simon avait taillé ces arbres ? Ou avait-il tondu la pelouse après avoir attelé le cheval à la tondeuse ? Il s'était peut-être occupé de tout cela, ou de rien du tout. Elle se rendit compte qu'elle en savait très peu sur ce garçon qu'elle était sûre d'aimer.

À droite du portail, elle aperçut l'abri au toit de chaume, presque caché par les rhododendrons, et elle vit aussi Simon, tenant le guidon de son vélo et de celui d'Evie. Il faisait le guet car les bicyclettes n'étaient pas autorisées pour le personnel féminin. Apparemment, elles devaient se déplacer à pied ou se faire emmener en charrette.

Elle se remit à courir, arracha son chapeau de feutre et l'agita.

— Je suis libre, cria-t-elle en riant. Libre !

Le visage de Simon rayonnait.

— Alors, allons-y. Tu as apporté ton tablier ? Tu en auras besoin.

— J'en ai pris deux.

Il poussa son vélo vers elle.

— C'est bien, ma jolie. En selle !

Pendant un moment, elle se rappela la scène de la veille, dans l'écurie, mais le soleil perça les nuages et Simon se mit à pédaler, dévalant la route menant à Easton, à la maison. Il l'avait appelée « ma jolie ». Elle ajusta son chapeau, monta sur le vélo et le suivit, savourant le sentiment de liberté apporté par la vitesse.

— Attends-moi, cria-t-elle, pédalant vite, tête baissée.

Ce faisant, elle décida de ne rien révéler au sujet de la nuit précédente et Mr Auberon. Elle avait été idiote. Elle en tirerait une leçon, et mieux valait que personne ne soit au courant.

Une demi-heure plus tard, ils traversèrent Easton et prirent la direction de Fordington. C'était facile de rouler sur la surface goudronnée, et Simon lança à Evie, alors qu'ils montaient la colline hors d'haleine :

— Il faut faire des économies, hein ? Mais on construit des routes bien lisses pour la Rolls-Royce.

En haut de la colline, la route goudronnée bifurquait vers Gosforn, puis Durham, mais Evie et Simon poursuivirent jusqu'à la mer sur la piste défoncée, progressant à bon rythme malgré la voie irrégulière bordée de haies. Ils parlèrent de leur travail, de la famille Brampton, et Simon apprit que, d'après les rumeurs, Auberon allait se voir confier un poste à Auld Maud pour le punir de ses dettes, de ses beuveries et de son renvoi de l'université d'Oxford.

— C'est une info exclusive de Roger le coquin. Quand ce sera confirmé, il faudra en informer Jack, ou peut-être lui en parler aujourd'hui ? dit Simon. Au fait, est-ce que Roger t'a fait des avances ?

Evie haussa les épaules.

— Il a juste proposé son aide. J'étais pressée et je ne lui ai pas répondu.

— Continue comme ça, répondit-il d'un air momentanément contrarié. Il n'apporte que des ennuis, comme cette idiote de Charlotte l'a découvert. Elle n'est pas la première, loin de là, à ce qu'on dit.

Evie n'était pas inquiète, parce qu'elle savait se débrouiller avec les hommes, vu que Jack lui avait montré comment se battre. Mais, depuis la nuit dernière, une question lui brûlait les lèvres :

— Comment il est, Brampton ?

Ils traversèrent un pont, le niveau de l'eau était haut parce qu'il était tombé beaucoup de pluie pendant la semaine. Il y avait des moutons sur les collines. Au sud se trouvaient les chantiers de la mine de Sidon et, au nord, la mine de Hawton. Les terrils étaient disséminés comme des cheminées de soufre fumantes, à perte de vue. Son père disait que l'Empire s'était construit sur le charbon, et un jour elle aimerait bien faire savoir à ce fichu Empire que c'était sur le dos de sa famille qu'il s'était construit. Elle se rendit compte que Simon ne lui avait pas répondu. Elle le regarda, observa ses longs cils, la forme de sa mâchoire.

Il tourna la tête vers elle.

— Disons qu'il fait honneur à sa réputation, il sait se battre et personne n'aimerait l'avoir comme père. Il a le cœur noir comme du charbon. J'ai entendu

Miss Wainton dire que sa première femme était différente, juste, bonne avec son personnel. Elle avait hérité son argent de son père, qui avait travaillé dur et monté l'aciérie, puis la briqueterie. C'est Brampton qui a acheté les deux mines de charbon en plus de tout ça, donc je suppose qu'il veut faire ses preuves en les exploitant à leur juste valeur. Il vénère l'argent. L'actuelle dame du manoir a les mêmes centres d'intérêt, selon Miss Wainton. L'argent et le pouvoir.

Devant eux, il y avait du bétail sur la route, un fermier avec deux chiens de berger et un lévrier qui vaquait à ses occupations. Ils s'arrêtèrent et tirèrent leurs vélos sur le bas-côté pendant que le fermier faisait passer le bétail en criant « Allez ! ». Le pelage des bêtes fumait et elles semblaient s'approcher d'eux, puis s'éloigner, en hochant la tête et en haletant à l'intention de Simon. Evie sourit et jeta un coup d'œil à Simon, qui lui souriait en retour.

— Elles t'aiment bien, lança-t-il par-dessus le brouhaha.

Ils attendirent que les chiens, le fermier et ses bêtes soient passés, puis ils se remirent en route, mais Simon n'avait pas fini :

— D'après Roger, Brampton a quelque peu retrouvé le sourire, ces jours-ci, parce que les Allemands construisent plein de navires, ce qui veut dire que nous aussi. Et qui fournira l'acier ? Se pourrait-il que Brampton ait trouvé un bon filon ? Sans aucun doute, donc il va devenir plus riche et, tu verras, on va devenir plus pauvres. Ça ne vaut pas la peine de nous tuer à la tâche pour quelqu'un comme ça.

Evie acquiesça, faisant une embardée pour éviter un énorme nid-de-poule.

— Je croyais que tu aimais bien ta place de jardinier ?

Le soleil brillait à présent. Il ne restait plus que quelques centaines de mètres jusqu'à la plage et ils arriveraient à temps pour aider à remonter le charbon. Simon répondit :

— Oui, ça me plaît, mais ça me manque de ne pas faire partie d'un groupe, d'avoir quelqu'un qui surveille mes arrières. Je ne fais pas partie d'un clan. Tu verras quand on arrivera là-bas ; je serai le bienvenu, mais je ne ferai pas partie du groupe, de la bande. Ils ont pris une direction, moi une autre, Evie.

Elle comprit, parce que c'était vrai.

— Tu peux faire partie de ma bande, tu sais, dit-elle.

Il rit, rejetant sa tête en arrière si vivement qu'il faillit en perdre sa casquette.

— J'en ai bien l'intention, ma belle !

Quand ils arrivèrent à la plage, Evie avait le cœur aussi léger que les nuages agités par le vent.

Ils laissèrent leurs vélos sur les dunes, où d'autres avaient laissé les leurs, et ils se dirigèrent vers le nord, à la recherche de la charrette des Forbes et des Preston. Le vent était si fort qu'elle enleva son chapeau et le fourra dans la poche du manteau de tweed que Miss Manton lui avait donné l'hiver dernier. Simon fit de même. Ils finirent par les apercevoir, près des vagues, et s'élancèrent en courant, Simon en tête, s'arrêtant pour qu'elle le rattrape.

— Tu as besoin d'un peu d'exercice, dis donc ! la taquina-t-il.

— Et toi, alors ? répliqua-t-elle en le poussant, si bien qu'il chancela et qu'elle en profita pour repartir en courant vers la mer. Je vais te battre !

Elle courait de toutes ses forces, mais elle l'entendit haleter derrière elle. Elle glissa et trébucha sur le sable jonché de charbon et il la rejoignit. Son père les regardait tout en vidant un sac de charbon humide à l'arrière de la charrette, et il éclata de rire. Ils arrivèrent ensemble, même si Simon aurait pu facilement la devancer.

— Tu m'as manqué, papa, dit-elle alors qu'il sautait de la charrette, jeta le sac et tendit les bras.

Elle se précipita dans ses bras, sentant l'odeur du charbon, de la maison.

— Oui, ma puce, moi aussi. Maman est à côté de Miss Manton. Où est ton chapeau ? Il fait frais.

Elle s'éloigna.

— Miss Manton ?

Son père sourit et haussa les sourcils.

— Oui, son frère pense qu'on est des païens qui ont besoin d'être ramenés dans l'Église, ou quelque chose comme ça. Peut-être qu'il devrait parler à Brampton de nos malheurs, parce qu'il se prend pour Dieu, n'est-ce pas ? Ta mère t'attend, vas-y.

Son père tendit la main à Simon.

— Tu nous donnes un coup de main, mon garçon ? Ton père va être content de te voir, et nous aussi.

Evie se dirigea vers sa mère, qui portait un manteau et avait enroulé un châle autour de sa tête. Evie reconnut le manteau qu'avait porté la mère de Miss Manton et qu'elle avait vu accroché dans l'entrée du presbytère pendant des années. C'était de la pure laine, il était chaud. Décidément, cette Miss Manton était une femme d'exception. Les mouettes hurlaient, le ressac battait son plein et, autour d'elles, on entendait les cris des hommes et le bruit du charbon qu'on versait depuis les sacs dans des chariots et qu'on poussait dans un coin à l'aide d'une pelle.

Elle fit signe à sa mère, en remontant la plage à toute allure, bras tendus. C'était si bon d'être ici, de serrer sa mère contre elle, de lui murmurer tout en l'embrassant :

— J'ai fait des scones et des friandises supplémentaires, maman. Mrs Moore m'a autorisée, mais ne le criez pas sur tous les toits. Elle est gentille, vraiment.

Sa mère rit.

— Reprends ta respiration, ma chérie, lui dit-elle en lui tapotant le dos. Dis bonjour à Miss Manton.

Evie se retourna, ne sachant pas si elle devait lui serrer la main. Quelle était l'attitude à adopter, avec un ancien employeur ? Miss Manton fit le premier pas et s'avança pour lui faire la bise. Elle sentait l'eau de lavande, alors que sa mère sentait les cristaux de soude et le labeur.

— Evie, tu as l'air en forme, un peu fatiguée, mais c'est normal, je suppose. Bien sûr, Mrs Moore est gentille. Penses-tu que je t'aurais envoyée chez un ogre ? Comment va-t-elle ?

Le vent soufflait beaucoup plus fort et le sable leur piquait le visage. Les bourrasques assourdissaient leurs paroles et se mêlaient au fracas et au rugissement des vagues. Evie hésita.

— Dis-moi la vérité, insista Miss Manton.

Evie cria par-dessus le vent :

— Elle boit et ses pauvres articulations sont enflées, mais elle fait son travail et elle est adorable. J'apprends tellement de choses, Millie me remplace cet après-midi, et je la remplace à mon tour…

Miss Manton rit.

— Ralentis un peu !

À ce moment-là, elle fit signe à quelqu'un derrière Evie, qui se retourna. C'était Jack, le charmant Jack. Elle lui sauta dans les bras, et il la souleva pour la faire tournoyer en l'air.

— Tu es superbe, ma jolie, tout simplement magnifique. Qu'est-ce que tu nous as manqué ! N'est-ce pas, Timmie ?

Il la reposa et elle vit que Timmie courait derrière lui. Imitant son frère, il la fit tournoyer à son tour. Il avait grandi, lui semblait-il. Pourtant, cela ne faisait que deux semaines, c'était impossible.

— Evie, je suis sous terre, maintenant. Je suis trappeur, dit-il en la déposant, lui donnant le temps de trouver le sourire, de trouver des mots qui ne seraient pas un cri de rage.

— C'est génial, mon petit frère, vraiment génial.

Elle regarda Jack, qui haussa les épaules et dit :

— C'est lui qui a décidé.

Timmie souriait, et elle le vit tel qu'il était pour la première fois depuis des mois. Évidemment qu'il travaillait sous terre à présent, ce n'était plus un gamin, il avait treize ans, il était grand, solide et fort, comme Jack. Il avait des yeux noisette comme Jack, et des épaules comme Jack, et maintenant il avait aussi des cicatrices, des cicatrices bleues et noires. Jack hocha la tête, lisant dans ses pensées, voyant sa tristesse.

Elle prit les mains de Timmie dans les siennes.

— Je ne savais pas que tu étais assez vieux et assez méchant pour descendre sous terre !

Tout le monde éclata de rire, elle sourit, puis regarda sa mère.

— Je ne voulais pas le voir. C'est notre bébé, n'est-ce pas, maman, et il doit faire attention, être très prudent.

Sa mère se tenait tout près maintenant, et cria alors que le vent se levait :

— Il n'est pas idiot, n'est-ce pas, mon garçon ? Tu vas écouter ton père et ton frère ou tu recevras une sacrée correction !

Elle rit de bon cœur, parce que, en tant que mère et femme de mineur, il fallait croire en leur sécurité jusqu'à ce qu'on vous prouve le contraire, sans quoi tout partait à vau-l'eau.

Son père les appela en leur faisant signe. Jack la tira par le bras.

— Allez, mets ton tablier et donne-nous un coup de main. Les grossistes sont tous ici, alors ça va être une bonne journée. Et vous, Miss Manton ? Vous venez pelleter du charbon ?

Il riait. Son grand frère, si beau et fort, était hilare, et Timmie aussi. De vraies copies conformes, tous les deux. Ils se dirigèrent tous vers la charrette, sauf Miss Manton, qui leva la main et cria par-dessus le brouhaha :

— Je vais aller soutenir Edward. Il pense que si la montagne ne vient pas à Mahomet, alors Mahomet doit aller à la montagne.

— Alors, commencez par lui dire qu'on est une cause perdue et que la plupart d'entre nous, s'ils croient en quelque chose, sont plutôt méthodistes, répliqua Jack.

Miss Manton serra un châle autour de son manteau tandis qu'elle partait retrouver son frère, qui se trouvait environ deux cents mètres plus loin, sur la plage, en direction de Lea End.

— C'est ce « quelque chose » qui l'intéresse, répondit-elle en souriant.

Jack la regarda partir, jetant un coup d'œil au pasteur, puis ajouta à voix basse :

— Bon sang.

Evie perçut son inquiétude et en comprit la cause. Jack courut derrière Miss Manton en lui disant :

— Écoutez, dites-lui de revenir par ici. Il faut renoncer. Les gens de Lea End sont rudes, ils sont là pour ramasser du charbon, pas pour se convertir, et ils vont boire jusqu'à plus soif. Ils ne l'accueilleront pas à bras ouverts. Laissez-moi y aller, je suis plus rapide.

Miss Manton le retint, sa main gantée posée sur son bras.

— Vous êtes gentil, mais je vais le faire. Embarquez ce charbon, les Preston travaillent dur, et ils ne vont pas tarder à vous le faire savoir.

Elle continua à avancer.

Evie et sa famille se hâtèrent vers la charrette où Simon et son père Alec pelletaient et empilaient du charbon. Jack donna une pichenette à Simon.

— Voilà un vrai travail pour une fois, hein, Simon ?

— Il faut bien servir ceux qui ne savent pas le faire eux-mêmes, répliqua Simon avec un sourire, en prenant un autre sac de son père avant de se remettre à pelleter.

Evie saisit un sac de son père qui était dans la charrette. Il lui tendit une paire de gants épais.

— Tu ne peux pas te salir les mains, ma fille, et tu devrais les porter de toute façon, maintenant que tu es une adulte.

Son père sauta de la charrette.

Elle ne répondit pas et se tourna vers Jack en enfilant les gants.

— Les mineurs ne sont pas les seuls travailleurs, espèce d'andouille. Simon travaille pendant des heures, il a taillé des haies et creusé des fossés toute la semaine.

Elle s'éloigna pour aller ramasser du charbon, entendant le rire de Jack éclater dans son dos.

— Simon, tu as une bonne avocate !

Elle regarda Simon par-dessus son épaule, et il souriait de nouveau.

— Ça ne fait jamais de mal de faire partie d'un clan, dit-il.

Il la regarda en hochant la tête. Elle se remit au travail. Oui, ils formaient un clan. Tout allait bien. Ils travaillèrent pendant une heure avant que sa mère ne leur demande d'arrêter. Elle était allée chercher les friandises et les scones dans la boîte d'Evie, ainsi que le pain qu'elle avait fait, les petits pains à la confiture et la bière. Ils s'abritèrent tous du vent contre la charrette. Alec avait l'air fatigué. Il avait pioché une mauvaise place lors du dernier *cavil*, dans le pire filon de la mine, le plus dur et le moins productif. Il haussa les épaules quand Simon compatit.

— Eh bien, la prochaine fois qu'on tirera au sort, la chance tournera. Ça pourrait être le tour de Jack, indiqua-t-il avec un mouvement de tête vers ce dernier qui éclata de rire.

— On verra bien. C'est le hasard qui décide.

Steve, le coéquipier d'Alec, ramassait du charbon près des grossistes avec sa famille et il fit un signe de la main en lançant :

— S'il vous reste des gâteaux, appelez-nous !

Simon regarda Evie, qui hocha la tête. Sa mère emballa quelques friandises dans du papier. Simon les saisit, le vent fouettant ses cheveux. Il s'élança, puis se retourna.

— Ils sont très bons, tes gâteaux, Evie. Mais papa, ou Bob, est-ce qu'il n'existe pas un meilleur système que le *cavil* ?

Timmie répondit :

— Un mineur ne poserait jamais cette question. C'est la démocratie en action, mon garçon, ne l'oublie pas.

Il avala un troisième petit pain à la confiture et reprit en postillonnant :

— Et ne lance pas les anciens sur le sujet de la mine aujourd'hui, Simon, sans quoi on y sera encore demain, et il fait trop froid pour ça.

Dans un éclat de rire, Simon courut vers la famille de Steve pendant que Jack et Bob s'en prenaient gentiment à Timmie.

Leur mère secoua la tête en regardant Evie.

— Rien ne change, ma fille.

Elle était assise sur une caisse d'oranges retournée, les pieds fermement posés sur le sable, et Evie savait qu'elle n'oublierait jamais cette scène. Comme ils lui avaient tous manqué, comme elle était heureuse que rien n'ait changé : tous les hommes étaient là, et en un seul morceau. Elle devrait parler à Timmie du fait que Simon ne soit pas mineur, mais pas maintenant.

— Comment avancent les économies, Jack ? demanda-t-elle doucement comme il se tenait près d'elle, regardant le ciel, mesurant combien de temps il leur restait encore pour récolter le charbon.

Ils rentreraient aussi tard que possible, mais au-delà d'une certaine heure, cela devenait plus difficile.

— On n'y est pas encore, ma petite, répondit son frère. Il faudrait que je décroche un combat important, les petits rapportent un peu, et papa touche un meilleur salaire au lieu d'être payé à la tâche, donc tout ça s'accumule. Mais à mon avis, il y aura une grève lorsque les journées de huit heures seront mises en place.

Il but une grande gorgée de sa bière avant de la poser sur le sable. Autour d'eux, certains mangeaient, buvaient, continuaient de travailler.

— Mais tu vois, si on fait grève, on aura besoin de la maison tout de suite, parce que je serai encore plus affecté. Jeb, lui, n'a pas de souci à se faire, parce qu'il vit hors du village, sur des terres qui lui appartiennent.

Vu l'état de ses mains et son œil au beurre noir, Evie devinait qu'il s'était encore battu. Sa mère distribua le reste des scones. Evie refusa. Elle pouvait en avoir quand elle voulait, pas eux. Simon et son père discutaient tranquillement en sirotant une bière. Jack avala son scone en une bouchée et s'essuya la bouche d'un revers de main. Timmie but de l'eau, car leur père ne lui permettait pas de boire de la bière.

— C'est pas juste, je fais un travail d'homme, ces trappes sont lourdes et on doit faire attention à ne pas perturber le flux d'air, tout en laissant les wagonnets passer, grommela-t-il à l'intention de Jack et d'Evie.

Jack rit.

— Tu mérites une petite gorgée après une si longue complainte ! Tiens, prends un peu de la mienne, mais vas-y doucement.

Il lui tendit sa tasse en fer-blanc. Evie sourit alors que Timmie prenait une gorgée de bière, toussait, s'étouffait. Elle lui donna une tape dans le dos, se retournant pour rire avec sa mère qui lança :

— Ça t'apprendra, mon garçon.

Ce faisant, Evie aperçut Miss Manton à une centaine de mètres, accourant vers eux en faisant de grands signes, sans prêter attention à son chapeau qui était tombé. Il fut projeté sur la plage par le vent, mais elle ne s'arrêta pas, elle continua à les appeler. Que se passait-il ? Elle était trop loin, le vent était trop fort, les mouettes trop bruyantes et les vagues déchaînées se fracassaient sur la plage bien plus violemment qu'auparavant. Derrière elle, à environ soixante-dix mètres, il y avait… quelque chose… Mais quoi ? Des hommes qui traînaient quelque chose… Non, peut-être pas quelque chose, mais quelqu'un, vers la mer ? Son regard passa alternativement de cette scène à Miss Manton, qui était plus proche maintenant, mais toujours impossible à entendre. Où était le pasteur ? Il se trouvait bien sur la plage, n'est-ce pas ?

Miss Manton continuait de les appeler. Mais où était ce satané curé ? Evie se souvint de Mrs Moore lui disant qu'il savait à peine traverser la rue tout seul. Elle agrippa le bras de Jack, pointant du doigt, à court de mots, car elle ne savait pas quoi dire. Timmie et Jack se retournèrent. Jack vit Miss Manton en train de courir et la scène qui se déroulait derrière elle, au loin.

Il repoussa la main d'Evie en lâchant :

— Reste ici, toi aussi, Timmie. Papa, viens immédiatement, c'est le pasteur. On a besoin de nous, alors appelle tes collègues. Ben est parti dans les vagues, et où est Sam ?

Il jeta un coup d'œil autour de lui.

— Alec, va chercher Steve et ses collègues, on dirait que le pasteur s'est aventuré là où il n'aurait pas dû, l'imbécile. Mais pourquoi il ne nous a pas écoutés ?

Il était déjà en train de s'élancer, Timmie sur ses talons et Evie les imitant.

— Reste ici, j'ai dit ! lança-t-il par-dessus son épaule.

Timmie et Evie échangèrent un regard, mais continuèrent sur leur lancée.

Jack enfonça ses orteils dans le sable pour accélérer. *Espèce d'idiot, espèce d'idiot de l'Église*, se répétait-il dans sa tête. *Je t'ai dit de ne pas aller là-bas, non ?* Tout en courant, il cherchait Martin des yeux. Il le repéra à côté de sa charrette, vers les dunes. Il l'appela, lui faisant signe de le suivre.

— Va chercher les autres, le pasteur est parti pour prendre un bain forcé !

Derrière lui, il entendait le souffle court des mineurs qui n'avaient pas l'habitude de courir et n'avaient pas les poumons pour, mais qui le suivaient malgré tout, parce qu'ils étaient comme ça.

Il dépassa Miss Manton qui pleurait, pliée en deux, les mains sur les genoux, peinant à respirer, son chignon tout échevelé. Il ne s'arrêta pas quand elle essaya de l'attraper au passage, mais poursuivit son chemin. Dans son dos, il entendit Evie lui lancer :

— Allez voir ma mère !

Sa voix était rauque, essoufflée. Il n'eut pas le temps de dire à sa sœur de faire demi-tour. *À quoi bon ?* se demanda-t-il avec un léger sourire. Ils se rapprochaient du groupe qui criait et chantait en traînant le pasteur Manton vers la mer. S'ils le balançaient à l'eau, que Dieu lui vienne en aide. Il rit jaune en pensant cela. Le pasteur était bien placé pour demander à Dieu de lui venir en aide. Quant à eux, ils étaient une cause perdue.

Il jeta un coup d'œil derrière lui. Les collègues étaient là, et d'autres avaient arrêté leur travail pour les rejoindre, laissant le charbon aux femmes. Derrière Evie se trouvait Simon. Jack veillerait à ce qu'il ne soit pas le premier à se jeter dans la bagarre. Hors de question de mettre en danger quelqu'un qu'aimait Evie, et puis il ne pourrait jamais aller travailler avec le visage tuméfié. Dommage, car il se battait bien.

Les ramasseurs de charbon de Lea End les avaient repérés et se dispersaient, lançant des railleries au pasteur et mineurs d'Easton et de Hawton qui arrivaient. Jack savait qu'ils étaient ivres, qu'ils n'auraient pas les idées claires, que le combat serait facile. Il bifurqua vers les vagues pour les prendre de côté et sauver Manton. Son père allait comprendre qu'il fallait attaquer le groupe par la droite. Il fit un geste à son groupe de collègues :

— À gauche, à gauche ! Il faut les attaquer par la mer, sinon il ne survivra jamais avec des vagues de cette taille.

Il les entendit derrière lui, entendit Simon lancer à Evie :

— Reste en arrière, laisse-nous faire, toi aussi, Timmie.

Jack se retourna.

— N'y va pas, Simon, reste avec Evie et Timmie, retiens-les.

Il manqua de trébucher, tituba, sentit son genou se tordre, mais se redressa. Son groupe de collègues était avec lui, son père avait attaqué un peu plus haut, agitant les bras, les autres sur ses talons prêts à se jeter dans la mêlée.

À coups de poing, Jack attaqua la section inférieure du groupe, avec le pasteur en ligne de mire. Martin s'approcha à sa droite, d'autres à sa gauche. Le groupe de Lea End soulevait maintenant les jambes de Manton. Ils n'étaient plus qu'à un mètre ou deux du bord de l'eau. Ils laissèrent échapper une de ses jambes et tentèrent de l'attraper de nouveau. Jack entendait leurs rires, leurs cris. Manton semblait inconscient, il ne se débattait pas. Il espérait que ce bougre n'était pas en train de tendre l'autre joue. Bon sang, ce n'était pas le moment.

Jack donnait des coups de poing et de pied, et lâcha un râle quand un grand bâton s'abattit sur ses épaules. Il continua de prendre des coups tout en se frayant un chemin dans la mêlée, Martin à ses côtés, tandis que Joe, Andy et les autres s'engageaient dans la bagarre à leur tour. Un groupe de vauriens balançait le pasteur d'avant en arrière, ils avaient de l'eau jusqu'aux genoux, les vagues s'écrasant à hauteur de leur taille. Quand Jack les rejoignit, ils jetèrent le pasteur dans les vagues.

— Tu peux compter sur ton Dieu pour t'aider maintenant, pauvre imbécile, et ne t'approche plus de nous ! cria l'un des hommes, essayant de jeter le chapeau d'Edward Manton après lui, mais le vent l'emporta.

Jack fit irruption dans le groupe, jouant des épaules et des poings, qui étaient déjà meurtris et gonflés à cause du combat de la nuit dernière. Combien de temps pourrait-il continuer à faire cela ? Il avançait dans les vagues, laissant Martin et les autres s'occuper de la bagarre. Il enleva sa veste, scrutant la houle. Il peinait à défaire les lacets de ses bottes. Où était-il, le bougre ? Où était-il passé ?

Respire profondément, calme-toi, se répéta-t-il en essayant de dénouer les lacets, sachant que Martin assurait ses arrières. Evie se précipita dans l'eau.

— Ne fais pas ça, Jack. Ce n'est pas un petit ruisseau. N'y va pas !

Il fallait qu'il y aille. Que pouvait-il faire d'autre ? Il cria à Simon, qui se mêlait à la bagarre :

— Je t'avais dit de la surveiller, bon sang, et où est Timmie ?

Il enleva ses bottes et continua d'avancer dans les vagues, qui le happaient et le ralentissaient. Le froid finit de lui couper le souffle, il glissa sur des morceaux de charbon et bascula en avant.

Il goûta le sel sur ses lèvres, s'enfonçant sous les vagues qui arrivaient, but la tasse, sentit le charbon lui écorcher les pieds alors qu'il luttait pour se relever, mais une nouvelle vague, plus puissante, le renversa de nouveau. Il lutta pour rester debout, fermement. L'eau lui arrivait à la taille.

Il plongea dans la vague suivante, puis celle d'après, cherchant le pasteur. Il n'avait plus pied à présent parce que c'était là que la plage s'abaissait, ce qui n'était pas adapté pour récolter le charbon de mer. Le soleil déclinait déjà et le courant le ramenait vers le rivage, le froid saisissant ses membres. Dans quel état devait être cette chochotte de Manton ? Il jeta un coup d'œil autour de lui. Rien. Il se mit à nager avec force vers le large, plongeant à travers les vagues avant de ressortir un peu plus loin.

Sur la plage, il apercevait les hommes se bagarrer, et ceux de Lea End peu à peu acculés vers les dunes. Il vit Evie et Simon au bord de l'eau, retenant Miss Manton qui se débattait et qui frappait un homme de Lea End passant à côté d'elle. Diable, la jeune Miss Manton avait du courage. Mais où était Timmie ? Il repoussa ses cheveux qui lui venaient dans les yeux, en faisant du surplace. Où était ce fichu pasteur ? Une vague le frappa et l'entraîna vers le bas, l'aspirant vers les profondeurs, le faisant tournoyer sous l'eau. Il avait été pris par surprise et n'avait plus de souffle. Ça n'en finissait plus, il était ballotté en tous sens, ses poumons explosaient, puis il sentit un mouvement. Quelque chose changea, il fut tiré vers le haut, il ne pouvait toujours pas respirer sans quoi il allait mourir, sa poitrine était en feu.

Son ascension continuait, il battait des pieds pour accélérer le mouvement, puis enfin il refit surface, toussa, s'étrangla, et vit Timmie qui lui souriait et le maintenait sous les aisselles.

— Tu sais que je nage mieux que toi, lança-t-il. Tu prends à gauche, je prends à droite. Evie, Simon, et Miss Manton cherchent le pasteur. Garde un œil sur eux.

Tandis qu'il s'éloignait, Jack scruta une fois de plus le large puis le rivage, se laissant porter par les vagues avant de plonger dans l'eau. Tout à coup, il aperçut quelque chose un peu plus loin. Il nagea dans cette direction, plongeant de nouveau dans une vague. Il vit un bras soulevé par la houle régulière. Il battit des pieds très fort, plongea et ressortit en brasse.

Il appela Timmie, qui se retourna. Jack pointa du doigt, puis nagea de toutes ses forces pour essayer de sauver la vie de cet imbécile qui n'avait rien écouté. Comment avait-il pu entendre « l'appel de Dieu » ? Ses pensées tournaient en boucle et il se mit à rire comme un fou avant de s'interrompre. Non, non. Il faisait tellement froid.

Les bras de Jack étaient lourds, ses jambes aussi. Son corps était plus qu'engourdi. Il se força à continuer, se dressant pour vérifier où se trouvait Manton. Il n'apercevait plus qu'une forme noire, flottant comme une touffe d'algues. Timmie était à ses côtés.

— C'est lui, dit-il, en nageant le crawl au même rythme que Jack, respirant fort de chaque côté.

La mer était bouillonnante comme s'ils étaient dans un chaudron et le vent hurlait. S'ils ne sortaient pas bientôt, ils allaient y rester.

Ils se rapprochaient, ils y étaient presque, mais Manton était à plat ventre. Timmie plongea et le retourna, Jack attrapa le pasteur par les bras pour le traîner. Ensemble, ils regagnèrent avec difficulté la plage, Timmie nageant à côté de lui, tirant de toutes ses forces. Les vagues continuaient à déferler et à bouillonner, et maintenant la pluie arrivait, leur cinglant le visage.

Timmie toussait, mais ils continuaient d'avancer, car le vent tournait et les vagues leur étaient enfin favorables, mais c'était trop tard. Jack sentit qu'il lâchait prise, qu'il allait se laisser couler, il n'en pouvait plus, c'était trop, mais alors qu'une vague se brisait sur eux, il sentit le sable sous ses pieds. Ils étaient sur le bord, et Timmie prit le relais.

Épuisé, Jack sentit son corps abandonner. Il roula sur le ventre et rampa jusqu'à la plage, mais il était incapable de réfléchir, à cause du bruit environnant et de ses membres qui refusaient de bouger à présent. Puis Simon et Evie furent dans la mer près de lui, pour le tirer vers le rivage, mais il ne pouvait pas se tenir debout, bon sang. Il n'avait aucune force, ne ressentait rien et il avait si froid qu'il pensait ne plus jamais pouvoir se réchauffer.

— Allez, Jack, l'encouragea Evie. Aide-nous, bouge tes jambes, mon grand.

Il essaya, trébucha et se mit debout, mais seulement pendant un instant, car ses membres étaient tout mous et engourdis. Il tomba à genoux, et le ressac continuait de s'abattre sur lui, sur sa sœur et l'homme qu'elle aimait. Ils le traînèrent hors de l'eau comme Timmie et Martin avaient traîné Manton.

Sa mère était là, elle jeta son châle sur lui alors qu'il gisait, respirant à peine. Le peu d'air qu'il inspirait avait du mal à parvenir jusqu'à ses poumons, mais il entendait le râle de sa respiration. Inspirer, expirer. Inspirer, expirer.

Evie le frottait, sa mère aussi et, pendant ce temps, il cherchait Timmie et Manton. Il les aperçut plus haut sur la plage avec Miss Manton et deux femmes de mineurs qui les frictionnaient et les séchaient. Son père et les mineurs d'Easton étaient en train de revenir, laissant le clan de Lea End s'en aller. Son père aida Timmie et Martin à mettre Manton sur le ventre, tandis que le père de Simon, Alec, prenait la relève des femmes. Evie pleurait, tout comme sa mère qui lui caressait les cheveux. Miss Manton était en larmes elle aussi. C'était un vrai cirque.

Il vit son père frapper Manton dans le dos. C'est ce qu'on faisait quand quelqu'un se noyait ? Était-il mort ? Y avait-il un espoir ? Simon courut vers Manton, prenant le relais de son père, dont le nez saignait, comme celui d'Alec. Le combat avait dû être rude. Sa propre tête, son nez et ses poings auraient été douloureux aussi s'il avait pu les sentir. Près des dunes, le groupe de Lea End regagnait les charrettes pour s'en aller. Ils auraient dû les dénoncer à la police, mais on ne dénonçait pas les siens, or ils étaient tous mineurs, à la mine de Sidon.

Evie et sa mère aidèrent Jack à se relever pour l'éloigner des vagues et des embruns.

— Allez, Jack, on va te mettre à l'abri, la marée monte.

Il tremblait tellement qu'il ne pouvait pas parler et ses jambes ne lui répondaient plus. C'est alors que son père se retourna et tendit le bras, en criant :

— C'est bon, il est revenu à lui, le pauvre bougre. On l'a ranimé.

Miss Manton était agenouillée, pas pour prier, mais pour bercer son frère. Intérieurement, Jack sourit, mais son visage demeura immobile. Pauvre bougre, ça c'est sûr. Timmie s'approcha et le releva.

— Merci, Timmie, murmura Jack. Tu m'as sauvé.

Il avait du mal à articuler.

— Tu m'as guidé, répliqua Timmie, avant que ses jambes ne cèdent et qu'ils s'affalent tous les deux au sol.

Les collègues transportèrent les trois hommes jusqu'aux dunes près de leurs charrettes qui offraient un abri relatif, puis ils apportèrent le charbon jusqu'aux grossistes. Aidée des autres femmes, Evie enleva la chemise de Jack et le força à enfiler la vieille chemise de rechange de son père qu'il emportait toujours au cas où. Puis elles l'aidèrent à mettre sa veste pendant que son père enlevait le pantalon de Jack pour l'échanger contre le sien. Alec fit de même pour Timmie. Ils enfilèrent les pantalons mouillés. Jack était à peine conscient, mais Manton l'était encore moins. Alec avait trouvé plusieurs couvertures et les enveloppait autour du pasteur, qu'il avait déshabillé.

— Il faut l'emmener à l'infirmerie, murmura Jack.

Miss Manton s'approcha et se pencha au-dessus de lui.

— Comment puis-je vous remercier, Mr Forbes ?

— Gardez votre frère au chaud, murmura Jack alors que son père approchait.

Jack sourit.

— On m'a donné ta vieille chemise, papa, je mérite pas d'en porter une neuve, j'imagine…

Son père sourit à son tour et le prit par l'épaule.

— Ne dis pas n'importe quoi, mon garçon. Je suis très fier de vous deux.

Jack attira son père vers lui.

— Laisse le petit boire de la bière, pour l'amour de Dieu. C'est un homme maintenant.

Evie et Simon repartirent en pédalant, suivant la charrette jusqu'à l'infirmerie. Ils laissèrent Mr Manton, mais Jack refusa de rester après avoir été examiné.

— J'ai besoin de travailler, expliqua-t-il à Miss Manton.

Timmie acquiesça.

— Moi aussi, j'ai besoin de travailler.

Il sentait la bière. Jack sourit à son père. Ils seraient de nouveau dans la mine le lendemain ; la maladie était un luxe qu'ils ne pouvaient pas se permettre, surtout avec les problèmes qui se profilaient. Le sourire s'effaça sur le visage de Jack. Il n'en avait pas fait assez. Ils n'avaient toujours pas la maison.

La nuit tombait quand Evie et Simon reprirent la route d'Easterleigh Hall, pédalant plus lentement avec des jambes plus lourdes. Simon parlait à peine, mais Evie aussi était fatiguée, mouillée et avait froid. Elle mettrait une brique chaude dans son lit, enveloppée dans un sac. En fait, elle en mettrait deux, peut-être même trois. Simon consulta sa montre dans le clair de lune.

— On sera à l'heure, dit-il.

Evie hocha la tête.

— Merci pour ton aide. N'oublie pas de prendre des briques chaudes pour ton lit.

Il resta silencieux un moment. Puis, d'une voix distante, il murmura :

— Tu vois ce que je voulais dire. On m'a demandé de rester avec toi et Timmie alors que j'aurais pu aider à combattre les gars de Lea End.

Evie secoua la tête, une vague d'irritation balayant la fierté qu'elle ressentait pour ses frères.

— C'était pour t'éviter d'arriver au travail complètement défiguré. Jack sait que tu as besoin de garder ton travail. On n'est pas des étrangers, on est juste… eh bien, on a fait un choix différent, Simon.

— Tu veux dire que mon père a fait un choix. Il ne voulait pas me voir mineur.

Elle pédalait fort pour le suivre alors qu'ils gravissaient la colline.

— On a tous joué un rôle. On a sauvé une vie.

Il parlait à tort et à travers. Il avait froid, il était mouillé et, bientôt, tout irait mieux. Tout à coup, elle éclata de rire.

— N'oublie pas, on est un clan, on s'est serré les coudes, on a travaillé ensemble. On a récupéré Jack.

Elle descendit la colline en roue libre et il la rattrapa en un instant, riant enfin à son tour.

— Le plus lourd arrive en bas en premier !

Elle pila.

— Alors je suis loin derrière toi !

Son rire résonna dans la nuit. Avant qu'ils ne quittent l'infirmerie, Miss Manton avait dit :

— Evie, je pense que tu as oublié les réunions des suffragettes. Pourquoi je ne viendrais pas te chercher au carrefour près d'Easterleigh Hall pendant ton après-midi de congé mercredi prochain ? En fait, je serai là chaque mercredi et chaque dimanche jusqu'à ce que tu viennes. Je vous suis infiniment reconnaissante, et toi, tu mérites de faire de grandes choses.

Chapitre huit

Durant la nuit du samedi au dimanche, Evie se réveilla avec la gorge brûlante, les membres endoloris et un mal de tête lancinant, mais elle se leva à cinq heures et demie comme d'habitude, avec Millie. Elle n'était là que depuis deux semaines, pourtant le rythme de ses journées était déjà bien établi, comme si cela avait toujours été. Elle descendit douloureusement à la cuisine par l'escalier de service, alluma le four, puis la bouilloire, pendant que Millie s'occupait du feu et que les filles de cuisine s'attaquaient aux casseroles en cuivre. Elles avaient pris l'habitude de ne pas tout terminer le soir, mais Mrs Moore s'était contentée de commenter :

— Chaque journée ne compte que vingt-quatre heures.

Le thé fut servi aux domestiques de la maison, et la bouteille de gin de Mrs Moore n'était qu'à moitié vide. Était-ce bon signe ? Il fallait l'espérer. De retour à la cuisine, Evie laissa à Millie le soin de préparer le porridge des domestiques et disposa sur la table tout ce qui était nécessaire à la réalisation du petit déjeuner, bien qu'il soit trop tôt pour commencer à faire sauter les rognons. Elle vérifia le menu de Mrs Moore pour le déjeuner du jour. Soupe de panais puis turbot bouilli avec sauce au homard, quartier d'agneau, tartelettes aux abricots et tarte à la rhubarbe. Elle mit la marmite à chauffer, passa son châle et annonça à Millie qu'elle allait chez les jardiniers pour ramasser les panais. Millie sourit en remuant le porridge.

— Dis bonjour à Simon de ma part.

— Je ne vois pas ce que tu veux dire, répliqua Evie d'une voix rauque. Rappelle-toi, les amitiés de ce genre ne sont pas autorisées.

Millie eut l'air effrayée.

— Je suis désolée, je suis vraiment idiote.

Evie s'approcha d'elle.

— Tu n'es pas idiote, ma petite. C'est la règle qui est stupide. Fais juste attention à ce que tu dis.

Elle lui tapota l'épaule et lança vers l'arrière-cuisine :

— Annie et Sarah, il y a un mot de Mrs Moore : « N'oubliez pas de laver le sol. »

Elle sortit, traversa la cour avec la sensation que des couteaux lui tranchaient la gorge, tira son châle sur sa tête pour se protéger de la brise froide du matin. Ses jambes étant comme du plomb, chaque pas lui faisait mal à la tête. Elle s'engagea sur le chemin. Elle trouverait de la bergamote séchée dans la réserve à légumes, à l'arrière, où un petit four maintenait l'air sec. Elle ferait infuser l'herbe avec du miel, pour apaiser sa gorge. Elle ne vit pas Simon. Une fois arrivée, c'est Bernie qui triait les légumes racines, et son cœur se serra. Il sourit.

— Des panais aujourd'hui, Evie. Ta Mrs Moore m'a donné la liste hier. Je les apporterai à la cuisine, comme d'habitude, pas besoin que tu descendes.

Elle se tenait dans l'embrasure de la porte, serrant son châle contre sa gorge.

— Je sais, dit-elle dans un murmure. J'ai juste pensé que je pourrais prendre l'air et cueillir de la bergamote.

Bernie en coupa pour elle.

— Qu'est-ce que vous avez tous ? Simon a perdu sa voix, et je pense qu'il a de la fièvre. Est-ce que ce serait lié à votre après-midi de congé, par hasard ? demanda-t-il.

Elle décida de dire une demi-vérité :

— Je suis allée ramasser du charbon de mer et Simon était là pour aider Alec, son père. Il pleuvait.

Sa voix s'éteignit. Elle prit la bergamote et se traîna jusqu'au chemin. Quand elle arriva dans la cour, Roger sortait du garage. Elle accéléra le pas, voyant son sourire alors qu'il éteignait sa cigarette.

— Ralentis, lui lança-t-il. Ce n'est pas une course, n'est-ce pas ?

Elle répondit d'une voix rauque :

— Si, en quelque sorte. Je dois préparer les petits déjeuners et tu as des choses à faire aussi.

Elle voulut l'esquiver, mais il la suivit. Elle fit un pas vers la droite, et lui aussi.

— Mrs Moore est debout et prépare les petits déjeuners. Rentrons ensemble, si tu veux ?

Il avait un sourire en coin, des yeux gris aussi froids que le ciel, des cheveux courts et raides qui semblaient être lissés. Son costume noir et sa cravate étaient impeccables et sa chemise d'un blanc presque aveuglant.

— Après tout, on peut apprendre à se connaître un peu mieux, reprit-il.

Non merci, parce que ta réputation te précède, avait-elle envie de répliquer, mais c'était un domestique de la maison et elle savait qu'il valait mieux ne rien dire. Elle sourit, mais regarda vers la cuisine. Il se rapprocha. Elle leva la main, fermement, tout en reculant. Sa mâchoire se serra. Elle indiqua sa gorge et articula :

— Comme tu peux l'entendre, j'ai un bon mal de gorge. Ce serait dommage que tu tombes malade alors que tu viens d'être embauché auprès de Mr Auberon…

Au moment où elle prononça ces paroles, elle sut que c'était une erreur. Son sourire disparut, son visage rougit. Elle ajouta :

— Ça doit être intéressant d'être le valet de quelqu'un qui peut s'appuyer sur ton expérience, c'est important pour Mr Auberon de savoir qu'il peut compter sur toi.

À sa gauche, elle apercevait Len, le chauffeur, dans l'embrasure de la porte, en train de les observer et, derrière lui, dans l'ombre du garage, la Rolls-Royce. Len se rapprocha pour mieux voir. Il se croyait où, devant un numéro de music-hall ? Son mal de tête redoubla.

La voix de Millie résonna par la porte du sous-sol :

— On a besoin de toi, Evie, dépêche-toi. Mrs Moore est… Eh bien, elle dit que tu dois faire vite.

Dieu merci.

— Je dois y aller, dit-elle d'une voix presque éteinte.

Roger la dévisagea pendant un moment, comme s'il évaluait un produit sur un étal. Il semblait à deux doigts de la tâter pour voir si elle était mûre. Elle avait la tête qui tournait. Il se décala sur le côté et s'inclina.

— Je t'en prie, Evie Anston. Je suis sûr que nous aurons une autre occasion de discuter, quand tu auras retrouvé ta voix, et rappelle-toi, je suis le valet de chambre pour Monsieur et son fils, tant que Lord Brampton est ici.

Elle eut l'impression de battre en retraite et s'en voulut. Elle revint à la cuisine avec la bergamote. Mrs Moore l'attendait, mains sur les hanches.

— Tu ne sors pas tant que je ne t'y autorise pas. Tu ne laisses pas Millie s'occuper du porridge toute seule. Qu'est-ce que tu as à dire pour ta défense, Evie Anston ?

Evie tenta de s'expliquer, en vain. Elle n'avait plus de voix. À la place, elle agita la bergamote. Mrs Moore regarda Evie puis sa cueillette.

Millie la défendit :

— Elle est vraiment malade. C'est sa gorge. Elle est allée ramasser du charbon de mer, avec… avec sa famille.

Millie rougit. C'était l'un des plus longs discours qu'on ait entendu de sa part, et Evie eut envie de lui faire un câlin. Mrs Moore saisit la bergamote.

— Assieds-toi ici, sur le tabouret, près de la cuisinière. Je vais faire du thé à la bergamote avec du miel, et un petit quelque chose en plus. Je reviens dans un instant.

Elle prit une tasse sur la commode et se dirigea vers sa chambre. Evie s'approcha de Millie et lui tapota le bras.

— Merci, chuchota-t-elle.

— Je t'ai vue avec ce valet, répliqua Millie. Il a l'air très beau. Un peu comme mon père. Je sais pas pourquoi tout le monde est si méchant avec lui.

Evie n'avait ni la voix ni l'énergie pour lui expliquer qu'il était tout sauf gentil.

Mrs Moore revint avec sa tasse où elle mit des feuilles de bergamote, du miel, et enfin de l'eau chaude. Elle tira un tabouret, poussa Evie pour la forcer à s'asseoir pendant qu'elle buvait ; elle faillit s'étouffer avec le gin que Mrs Moore avait ajouté. Celle-ci secoua la tête en signe d'avertissement tout en s'affairant à la cuisine.

— Je vais finir le petit déjeuner, et toi, reprends un peu de force. C'est un coup de froid, ça va passer. Je te renverrais bien au lit, mais il fait plus chaud ici. Repose-toi quand tu peux, mais on va avoir la visite de Mr Auberon et Lady Veronica, après leur promenade, pour le thé, donc il faudra que tu prépares d'autres friandises.

— Ici ? bredouilla Evie, dont la tête tournait encore plus.

À côté d'elle, Millie et Annie avaient failli renverser le porridge qu'elles étaient en train de verser dans un bol en terre cuite.

Mrs Moore fouettait les œufs brouillés pour l'étage, ralentie par ses poignets gonflés. Evie vida sa tasse, puis lui prit le fouet des mains.

— Je vais le faire, vous vous occupez des harengs, dit-elle à voix basse.

Mrs Moore lui tapota l'épaule.

— Tu es une bonne fille, et Millie, apporte ce porridge de l'autre côté du couloir.

Elle ajouta dans un murmure :

— Le remède que j'ai ajouté va t'aider à transpirer.

Le personnel afflua dans le couloir central, bavardant et se poussant les uns les autres. Lil était presque dernière. Derrière elle, Roger arriva. Lil faisait sa belle. Eh bien, elle pouvait le garder pour elle. Au même moment, Evie vit Mrs Green isoler Lil des autres, le visage sévère.

Millie et Annie apportèrent l'énorme bol en faïence dans le réfectoire, en soufflant et en haletant. Les harengs cuisaient, le bacon était déjà prêt. La chaleur de la cuisinière lui faisait du bien, la chaleur intérieure l'aidait aussi, car ses vêtements étaient humides de sueur, et sa gorge s'était adoucie. Mrs Moore la regarda dans les yeux.

— Je t'ai dit que Mr Auberon avait l'habitude de venir ici avec Wainey, et Lady Veronica. Ils continuent de temps en temps, s'ils peuvent échapper au regard de Lady Brampton. J'imagine que Lady Brampton va se reposer après la fête de l'autre soir. Tant d'efforts ont dû l'exténuer.

Mrs Moore essuyait la table avec un chiffon humide, et elles se mirent à rire.

— Je pense qu'ils ont besoin d'un peu de réconfort. Ce n'est pas là-haut qu'ils peuvent en trouver. Ils parleront en français s'il y a quelque chose qu'ils ne veulent pas que je comprenne. C'est malpoli, mais chez eux c'est comme ça. Tu peux aller dans le garde-manger pour vérifier les stocks et réviser tes conjugaisons par la même occasion. Ça va être ennuyeux, cela dit.

D'un revers de main, elle épousseta les miettes de la table.

— Tu balaieras ça quand tu seras rétablie.

Tant bien que mal, Evie parvint à enchaîner les corvées, préparant et servant un ragoût de mouton à partir de restes de l'étage et de mouton de la ferme. Elle avait peu d'appétit. Roger prit place à table du côté des hommes. Il lui sourit. Millie lui donna un coup de coude. Evie ne prêta pas attention à eux. Elle quitta la table avant la fin du repas afin d'aller préparer la soupe pour l'étage, coupant les panais avec des mains tremblantes, se sentant tellement chaude qu'on aurait pu faire fondre un morceau de beurre sur sa peau. Elle fit sauter les panais jusqu'à ce qu'ils soient presque tendres. Elle y ajouta le bouillon et laissa mijoter le tout pendant une demi-heure. Elle avait envie de s'allonger par terre pour dormir.

Millie et Sarah débarrassèrent la table des domestiques pendant qu'Evie restait assise sur le tabouret, la tête lourde, en faisant passer la soupe dans le tamis, puis dans le tamis en crin, et son bras lui faisait mal. Comment allait Simon ? Au moins, elle n'avait pas froid. Jack devait avoir chaud et être épuisé quand il taillait le charbon dans la mine. Timmie aussi, assis devant la trappe dans l'obscurité, attendant les caissons et les wagonnets, l'ouvrant juste au bon moment. Il devait rester éveillé. Elle se secoua pour se réveiller elle aussi.

Elle ajouta davantage de bouillon et la soupe fut prête à être servie, pile à temps. Archie la monta à l'étage. Le quartier, que Mrs Moore avait préparé un peu plus tôt, était en train de rôtir doucement. Elles firent cuire les légumes. Evie prépara les tartes, qu'elle enfourna dans le second four. Les filles s'occupaient de la vaisselle et des ustensiles, qu'elles lavaient avant de les ranger. Après le déjeuner, Evie prépara des gâteaux et des scones pendant que Mrs Moore se reposait dans sa chambre. Lorsqu'elle revint, elle apporta des confitures de l'armoire à conserves de Mrs Green.

— Pour les scones, expliqua-t-elle.

Son haleine sentait le gin. Evie prépara une théière de thé ; ça masquerait l'odeur. Elle en tendit une tasse à Mrs Moore et en servit une à tout le personnel de cuisine. Elles s'assirent autour de la table et Mrs Moore hocha la tête en lui souriant.

— Tu es une bonne fille, Evie, dit-elle.

Les autres se demandèrent bien pourquoi.

Quand elles eurent fini, Millie apporta une nappe et mit la table selon les instructions de Mrs Moore. Les génoises, les friandises et les scones étaient copieusement garnis, le choix de confitures était abondant, et Evie prépara une crème fouettée au cas où Mr Auberon en voudrait sur ses scones. On avait demandé aux domestiques de la maison de rester dans le réfectoire, à l'écart de la cuisine, car personne ne devait croiser le chemin des maîtres. À cette pensée, Evie sentit la rage l'envahir. C'était déjà scandaleux que cette règle s'applique à l'étage, mais en bas, c'était le royaume des domestiques. Elle fit taire cette petite voix et se leva sur ses jambes chancelantes. Mrs Moore l'envoya dans le grand garde-manger pour l'inventaire, et les autres à la chambre froide, ou dans le garde-manger des conserves, à la demande de Mrs Green, pour récurer les étagères et le sol.

Mr Auberon et Lady Veronica arrivèrent à quatre heures pile par le couloir des cloches. La porte du garde-manger était suffisamment entrouverte pour qu'Evie puisse voir leurs visages rougis par leur promenade à cheval et leurs vêtements couverts de boue. Sur le visage du garçon, les contusions étaient bien visibles. Ils s'excusèrent pour leur tenue, expliquant qu'ils avaient prolongé leur promenade car le terrain était idéal pour galoper.

Mrs Moore fut autorisée à s'asseoir et, depuis le garde-manger où elle notait les stocks de sucre, de farine et d'autres produits secs, Evie écoutait et regardait. Elle les entendit demander à Mrs Moore de remercier Mrs Green pour la qualité des gâteaux, car c'était elle qui était censée les faire. Elle les entendit bavarder de la météo, de la disparition de Wainey, de l'arrivée des beaux jours.

— C'est sans doute pour bientôt, assura Lady Veronica. Le printemps semble tardif, cette année.

Ils demandèrent à Mrs Moore comment allait sa santé et elle leur assura qu'elle était en forme.

Evie était plus calme à présent, parce que les paroles qu'elle entendait semblaient être formulées par de vraies personnes, des personnes gentilles, attentionnées. Il y eut une pause, puis Lady Veronica dit à son frère, en français :

— Aub, as-tu pensé aux économies qu'il faut réaliser à Auld Maud ?

Evie secoua la tête. Mrs Moore comprendrait qu'ils parlaient des économies qu'Auberon, semblait-il, allait devoir faire à la mine. C'était impoli, comme l'avait dit Mrs Moore, mais intéressant. Mr Auberon répondit en français, les lèvres gonflées, si bien que ses paroles étaient déformées.

— Oui, comme je l'ai dit pendant la promenade, nous allons devoir réduire le nombre de boisages, pour commencer. Je vais demander à Davies de passer le mot aux porions. Et oui, Ver, j'y ai vraiment réfléchi. Je sais que tu penses que je devrais mettre un terme à tout ça, mais comment ce serait possible ? Alors lâche-moi un peu, d'accord ?

Ce n'était pas une question.

— Ils devront se débrouiller pour ôter les boisages au fur et à mesure qu'ils avancent dans la veine, poursuivit-il. Ils n'en auront pas de nouveaux. Ils connaissent leur travail, ça devrait aller. Je suis en train de discuter de mes autres projets avec Davies, mais ceux-là, nous pourrons les développer avec le temps. Davies a protesté, dit que les hommes n'allaient pas être contents. J'ai répondu qu'ils étaient payés pour faire un travail, pas pour être heureux. La gestion de la mine, ce ne sont pas leurs affaires, et je ne suis pas sûr que ce soient les tiennes. Nous leur donnons du travail et de quoi nourrir leurs familles. Ils devraient être contents, Ver.

Lady Veronica joua avec sa friandise, en enlevant le glaçage et en la mangeant avec les doigts. Elle aussi, elle parlait en français :

— On dirait que c'est exactement ce que père aurait dit. Mais toi, qu'est-ce que tu penses vraiment de tout ça, Auberon ? Et les hommes ? Ils seront en danger, n'est-ce pas ?

— Pour l'amour de Dieu, Ver, est-ce qu'on est obligés de parler de ça ? On l'a déjà assez fait pendant la promenade. Pour la dernière fois, les boisages sont en bon état et nous en utilisons trop. Les porions doivent juste en retirer davantage pour qu'on puisse les réutiliser ailleurs. Les mineurs disent toujours qu'ils sont compétents, donc si le plafond s'effondre, ils le sauront. Ils se mettront à l'abri puis dégageront le charbon. Ça leur évitera du travail supplémentaire.

À ces mots, Evie retint son souffle. Comment osait-il ? Il parlait de sa famille, de ses amis, de tous les mineurs. Il repoussa son assiette, son gâteau auquel il n'avait pas touché, ses lèvres manifestement trop douloureuses. Evie espérait que ça lui faisait un mal de chien. Lady Veronica reprit, toujours en français :

— Mais pense aux accidents, il y en a déjà tellement chaque mois. Nous devrions faire plus, pas moins, à mon avis. Comment s'y prendre ?

Evie mâchonnait le bout de son crayon, considérant la jeune femme avec des yeux neufs.

Mr Auberon vida sa tasse de thé, puis la reposa bruyamment dans la soucoupe avant de s'essuyer le menton, car il ne contrôlait pas totalement le mouvement de ses lèvres. La cuillère à café tinta sur la porcelaine. Mrs Moore lissait sa serviette, le rouge lui montant aux joues. Mr Auberon leva les yeux, droit vers le garde-manger. Evie se figea, mais ce n'était pas la peine, la porte était seulement entrouverte, et son regard continua à parcourir la cuisine. Il sourit à Mrs Moore tout en disant à sa sœur, toujours en français :

— Je ne peux pas continuer inlassablement à parler de ça, alors ça suffit, Ver. Tu veux aller dire à notre père que les hommes sont plus importants que le profit ?

Ils restèrent silencieux un moment, puis Lady Veronica reprit en anglais :

— On ne doit pas retenir Mrs Moore plus longtemps, Auberon. Madame sera bientôt de retour.

Et ainsi, la conversation redevint banale, mais l'atmosphère n'était plus aussi détendue et chaleureuse. C'était ainsi que Mrs Moore avait décrit leurs petites visites à la cuisine, n'est-ce pas ?

Evie longea l'étagère, finissant de compter, sachant qu'elle devait en parler à Jack, mais que pouvait-il faire ? Les patrons avaient toujours agi ainsi. Néanmoins, c'était toujours mieux d'être averti, non ? Elle savait qu'elle était en colère, mais ne pouvait pas le sentir à cause de son mal de tête, sa gorge en feu et ses courbatures.

Mr Auberon et Lady Veronica partirent à seize heures quarante-cinq précises, en promettant de revenir le lendemain. *Quelle joie*, songea Evie. *Est-ce que vous pensez qu'on apprécie vraiment votre présence ici, qu'on devrait vous dérouler le tapis rouge ?* Et laisserait-elle Jack prendre de telles décisions ? Certainement pas. Elle contiendrait sa colère, mais que ferait-elle si Jack se montait contre leur père et que celui-ci lève la main sur lui ? Elle avait trop mal à la tête pour réfléchir.

Elle sortit du garde-manger une fois l'inventaire terminé et les filles de cuisine mangèrent quelques-uns des gâteaux restants, avant de ranger les autres dans une boîte pour le moment où elles auraient un petit creux. Mrs Moore regarda l'horloge ; la lassitude avait remplacé l'agacement sur son visage.

— Il est temps de préparer le dîner, annonça-t-elle, avant d'ajouter à voix basse à l'intention d'Evie : Ce garçon est complètement abattu. Il fera ce que son père lui demande sous peine de se prendre une nouvelle raclée. Son visage…

Evie pensa à son propre père, qui devrait jongler avec les supports en bois pour pouvoir les réutiliser, à ses frères et à l'espace croissant entre ces supports. Ils pouvaient se faire écraser, vraiment, et toute la compassion qu'elle avait ressentie pour le jeune Brampton, après l'épisode des écuries, avait bel et bien disparu.

Elle alla se coucher à minuit en mettant des briques chaudes dans son lit. Elle se demanda à nouveau si Simon était bien au chaud, si son père et ses frères étaient en sécurité, et s'ils seraient en sécurité le lendemain, le jour suivant et dans les semaines et les mois à venir.

Au matin, elle se glissa de nouveau à l'extérieur, traversa la cour et descendit le chemin vers la réserve de légumes. Cette fois-ci, elle avait demandé la permission et Mrs Moore s'était contentée de répondre :

— Prends aussi mon châle. Reste bien au chaud.

La voix d'Evie était toujours cassée et elle avait l'impression d'être dans un état second tant sa fièvre était élevée. Simon était dans la réserve et elle lui remit une liste de légumes demandés par Mrs Moore, parce que sa voix lui faisait toujours défaut, même après trois tasses de thé.

Simon grimaça et murmura :

— Toi aussi, tu as perdu ta voix ?

La sienne était caverneuse. Il était tout rouge et ses mains tremblaient.

— On devrait être au lit, murmura-t-elle d'une voix à peine audible.

Il la regarda et éclata de rire.

— Ma belle jeune fille, que dirait ton père ?

Sa question se termina en une quinte de toux qui lui secoua tout le corps. Elle était heureuse de se distraire un peu. À quoi pensait-elle pour dire des choses pareilles ? Pour l'amour du ciel, se dit-elle, prends la bergamote et file.

Elle désigna la bergamote sur la liste.

— J'en ai besoin maintenant, souffla-t-elle. Viens à la cuisine et prends-en aussi. Mrs Moore ajoute du gin.

Il regardait ses lèvres. Elle pointa sa gorge et poursuivit :

— Ça ne fait pas si mal si tu n'essaies pas de parler. Je me demande comment va Jack.

Il hocha la tête, le regard soudain distant.

— Reste au chaud, ma jolie. Je reviendrai plus tard.

Elle lui tendit la main, mais il se détourna, vaquant dans la réserve avant de revenir avec de la bergamote. Il la lui tendit sans la regarder.

— Je dois y aller, chuchota-t-il avant de lui tourner le dos.

Elle avait parlé de Jack, donc il se sentait toujours exclu du clan.

Elle allait lui demander d'informer Jack des projets d'Auberon, mais au lieu de cela, elle tourna les talons et s'en alla, jetant un coup d'œil par-dessus son épaule. Il était parti. Immédiatement, son énergie retomba et elle faillit tituber jusqu'au bout du jardin clos, passant devant l'autre réserve à légumes jusqu'au coin où elle s'arrêta, appuyée contre le mur, prise de vertiges. Les briques froides, solides, lui donnaient de la stabilité. Elle se concentra là-dessus, essayant de retrouver l'équilibre, d'une manière ou d'une autre.

Elle se força à inspirer puis expirer et, pendant un moment, le monde lui sembla devenu silencieux, le vent s'était calmé, mais ensuite elle entendit des voix au bout du chemin, dans la cour de la cuisine ; elle se concentra sur ça pour essayer de faire cesser son tournis. Elle s'appuya plus fort contre le mur, accentuant la pression des briques sur ses épaules, tant que ça la maintenait debout. Elle s'efforça à écouter les voix. L'une d'entre elles était celle du chauffeur, l'autre, plus forte, était celle de Roger. Il criait. Le tournis se calmait. Elle devrait rentrer, mais… Elle se redressa puis s'affaissa, car le vertige recommençait. Le vent s'engouffrait dans ses vêtements. *Attends un peu*, se dit-elle.

Les mots de Roger devinrent clairs :

— Non, je n'ai pas été rétrogradé, bon sang. Lord Brampton veut quelqu'un qui a la tête sur les épaules pour son fils, c'est tout.

Le chauffeur répliqua quelque chose en riant. La voix de Roger était forte et pleine de colère :

— Eh bien, je suis plus haut que toi dans la hiérarchie, espèce de minable sous-fifre !

Elle imaginait le valet, sa tête inclinée, son regard glacial. D'une minute à l'autre, il allait se mettre à pavaner de haut en bas, mais le chauffeur commençait à hausser le ton, lui aussi. Il avait bien raison.

— Prouve-le. En quoi peux-tu aider un jeune homme assez intelligent pour aller à l'université ? Et tu n'es pas plus haut que moi dans la hiérarchie, je te ferai remarquer. Je suis chauffeur. Ne songe même pas à en venir aux mains. Je fais de la boxe pendant mon temps libre.

Evie se redressa, le tournis avait disparu, et elle tenta de jeter un coup d'œil pour voir Roger se faire malmener. Elle fit un pas en avant et, ce faisant, donna un coup de pied dans un arrosoir. Il se renversa avec un bruit sourd. Elle se figea. Les deux hommes se turent, puis Roger reprit la parole :

— Je n'avais pas l'intention de faire quoi que ce soit, ne sois pas aussi bête. J'ai des choses plus importantes à penser que de me bagarrer avec toi. Ce matin encore, j'ai prodigué quelques conseils, dit-il d'une voix plus grave maintenant, mais claire. Des conseils en immobilier, concernant certaines maisons du coin qui doivent être achetées assez rapidement pour éviter que l'un des mineurs ne mette la main dessus. Je ne peux pas t'en dire plus, Len. Je l'ai rassuré en lui disant qu'il fallait juste imiter Lord Brampton : agir rapidement et ce serait le succès assuré.

Le chauffeur lâcha un éclat de rire tonitruant.

— Bon sang, tu as avalé un dictionnaire ou quoi ? Alors c'est ça la sagesse, utiliser des mots à rallonge et des paroles incompréhensibles ? Tu n'as pas donné de conseils, tu as surpris sa conversation, alors va te faire voir ailleurs, espèce d'imbécile. J'ai un moteur à vérifier, au moins je ne me salirai pas trop les mains.

Evie s'appuya contre le mur. Une histoire de propriété ? Celle de Froggett ? Forcément. À ce moment-là, elle entendit Mrs Moore l'appeler depuis la porte de la cuisine :

— Evie ? Mais où est-elle passée ?

Les hommes étaient silencieux. Est-ce qu'ils étaient partis ? Evie se redressa et faillit perdre l'équilibre car tout se mit à vaciller autour d'elle. Elle se cramponna au mur, se stabilisa, prit une profonde inspiration et pénétra dans la cour. Le chauffeur était en train de jeter un chiffon dans une vieille boîte à l'entrée des garages et Roger faisait les cent pas. Elle essaya de gagner les marches rapidement, chaque pas secouant son corps endolori.

— J'arrive, Mrs Moore !

Sa voix n'était qu'un faible grincement.

Roger la regarda, carra ses épaules et lui sourit, avant de se diriger vers le haut des marches. Il arriva en même temps qu'elle. Il lui bloqua le passage. Elle leva les yeux, pointant sa gorge en guise d'avertissement, et fit un pas de côté pour l'éviter. Il fit de même. Elle entendit le chauffeur glousser. Se moquait-il d'elle, ou de Roger ? Elle vit le visage de Roger se durcir. Il se rapprocha.

La brise porta les aboiements des teckels, Groseille et Raisin, puis ils surgirent dans la cour de l'écurie avant d'être chassés par les garçons d'écurie qui leur donnèrent des coups de pied en douce. Roger lui attrapa le coude. Il lui faisait mal.

— Eh bien, comme c'est charmant, j'espérais qu'on aurait l'occasion de bavarder de nouveau.

Elle hocha la tête sans rien dire, elle ne pouvait pas parler, sa gorge était trop douloureuse et enflée. Elle avait envie d'être dans la cuisine, de faire infuser du thé à la bergamote avec peut-être du gin. La journée semblait plus supportable comme ça, et elle commençait à comprendre Mrs Moore. Elle avait envie d'être avec Jack, pour lui répéter ce qu'elle avait entendu. Les pensées tourbillonnaient sans fin dans sa tête. Elle se sentait mal.

Le chauffeur lança :

— Je viendrai déjeuner plus tard, dis-le à ta patronne. J'aime bien les grosses portions.

Elle se retourna. Il essuyait quelque chose avec un chiffon gras tout en se prélassant contre la porte du garage. Vêtu de son bleu de travail, les doigts pleins d'huile, il était moins beau qu'avec son uniforme et ses bottes cirées et Lil n'aurait pas été impressionnée. Elle secoua la tête pour chasser ces pensées. Peu importe, qu'est-ce que cela pouvait bien faire ?

Roger la regardait intensément. Qu'est-ce qu'il venait de dire ? Avait-elle l'air suffisamment impressionnée par lui ? Elle savait que non. Elle toussa, espérant qu'il reculerait pour éviter ses microbes. Il s'éloigna, mais se rapprocha aussitôt.

— Tu as secoué la tête ? Pas envie d'être vue avec moi ? Tu joues les difficiles, hein ? Tu es intelligente. Laisse-moi t'accompagner à la cuisine.

Il l'escorta jusqu'aux marches, en lui tenant le coude. Elle pouvait entendre le bruit de la cuisine et voir Lil s'affairer dans le couloir des cloches jusqu'à l'escalier de service, balai à la main. Elle allait ensuite balayer le salon pendant que la famille était encore au lit. Roger ralentit, relâchant son emprise.

Elle se libéra, dévalant presque les marches, avec une seule pensée en tête, qui éclipsa toutes les autres. Ils n'étaient pas prêts à acheter la maison de Froggett et Jack devait en être informé, mais pourquoi ? Cela lui briserait le cœur. Et devait-elle lui parler des boisages ? Qu'est-ce qu'il pourrait faire à ce sujet ?

Il faisait chaud dans la cuisine, la bouilloire était fumante et il y avait une tasse avec du gin dedans. Elle suspendit les châles à des crochets derrière la porte du garde-manger et s'assit sur le tabouret pendant que Mrs Moore, d'une moue réprobatrice, ajoutait de la bergamote et du miel avant de verser l'eau chaude. Elle lui tendit ensuite la boisson à siroter lentement. Evie savait que des larmes coulaient sur son visage et elle laissa les filles de cuisine croire qu'elles étaient dues au froid qui l'avait envahie.

L'après-midi suivant, Evie prit son vélo pour retrouver Miss Manton au carrefour, si elle venait comme elle l'avait dit. Elle n'avait pas vu Simon depuis la veille, quand elle était allée chercher la bergamote, et elle avait à peine bavardé avec lui tant elle se sentait mal. Elle allait un peu mieux aujourd'hui et était libre jusqu'à neuf heures et demie du soir. Elle espérait avoir les idées un peu plus claires, afin de savoir quel message transmettre à Jack, ou si elle devait lui transmettre quoi que ce soit, d'ailleurs.

Si elle était retenue à la réunion, Mrs Moore avait dit qu'il n'y avait pas lieu de s'inquiéter, car elle déverrouillerait la fenêtre du garde-manger, comme elle l'avait promis dimanche dernier. Elle avait refait du thé à la bergamote, mais sans le gin, car Mrs Moore avait dit qu'il ne fallait pas que cela devienne une habitude. Evie pensait à cela alors qu'elle calait son vélo derrière le mur et attendait la calèche de Miss Manton. Cela signifiait-il que Mrs Moore allait arrêter de boire ? Elle secoua la tête : *Ne sois pas bête*, se dit-elle, *les habitudes ne se perdent pas si vite*. Elle tenta de réfléchir aux nouvelles qu'elle avait apprises, mais ses pensées continuaient de tourner en rond et elle était transie de froid à cause du vent, qui lui donnait envie de se rouler en boule et de dormir comme l'aurait fait n'importe quelle personne saine d'esprit, pendant son jour de repos.

Elle entendit le bruit des sabots du poney avant de voir Sally, la jument baie, tirer la calèche. Avant même qu'Evie ne s'installe, Miss Manton lui tendit la main.

— Je ne sais pas comment nous pourrons remercier ta famille. Edward a une pneumonie et sera rentré à la maison d'ici une semaine ou deux, mais sans Jack et vous tous, il ne serait peut-être plus là, dit-elle la gorge nouée en s'efforçant de ravaler ses larmes. Je ne peux pas imaginer une vie sans mon imbécile de frère. Je suis passée voir ta famille. Tout le monde est un peu malade, mais ils vont bien, ils peuvent aller travailler, même si je me doute qu'ils sont bien obligés. Edward voudra les voir quand il sera remis.

— Tant qu'il est toujours parmi nous, c'est l'essentiel, dit Evie d'une voix qui était à peine plus qu'un murmure, tant sa gorge était encore enflée, douloureuse et sèche.

Elle se tut, et Miss Manton comprit qu'elle était trop malade pour bavarder. Evie espérait qu'Edward ne profiterait pas de l'occasion pour essayer de ramener Jack dans le droit chemin. Elle savait que le pasteur détestait les combats de poings, mais comment Jack pourrait-il gagner de l'argent autrement ? Elle s'arrêta de réfléchir. Il n'y avait plus de maison à acheter. Il n'y aurait bientôt plus assez de boisages. Il y avait la loi sur la journée de huit heures, peut-être bientôt une grève. Non, il fallait stopper ce tourbillon de pensées.

La salle de réunion était bondée et l'oratrice parlait du Budget du peuple qui venait d'être annoncé et qui visait à augmenter les impôts pour financer l'aide sociale et les retraites. Il y eut un murmure collectif dans l'assemblée et, pour la première fois depuis qu'elle avait entendu Auberon et Roger, l'humeur d'Evie s'adoucit légèrement. Enfin, ils allaient vers une société plus juste. À ce moment-là, l'oratrice, une jeune femme intelligente avec un chapeau à plumes qui se présenta comme une amie d'Emmeline Pankhurst, leva la main pour réclamer le silence.

— Bien sûr, nous allons protester contre les priorités du gouvernement. En tant que femmes, il est plus important qu'on nous donne le droit de vote plutôt qu'on augmente les impôts.

Il y eut un bruissement parmi les premiers rangs, des hochements de tête sous des chapeaux élégants. Evie resta silencieuse, choquée, puis baissa les yeux sur ses mains. Elle avait serré les poings. Même ici, parmi ces femmes, la hiérarchie sociale primait, contrôlait tout.

Elle soupira, trop épuisée pour se battre davantage, se sentant trop mal pour protester. Miss Manton lui serra le bras et chuchota :

— Ce n'est pas possible.

D'autres personnes chuchotaient de la même manière. Que disaient-elles ? Étaient-elles pour ou contre ?

L'oratrice poursuivit :

— Une fois que nous aurons le droit de vote, nous pourrons changer la vie de nos compatriotes de bien des façons. Nous pourrons faire pression sur le gouvernement libéral pour qu'il règle les problèmes. Imaginez, une armée de femmes utilisant leur vote pour changer la société. Le Budget du peuple devrait attendre, pas nous.

Des applaudissements retentirent.

— Nous insistons pour qu'ils abordent la question du vote lors de la prochaine session. Pendant trop longtemps, ils nous ont ignorées ou nous ont donné de faux espoirs. Ça suffit. Nous ne sommes pas intellectuellement inférieures. Nous suivons des cours à l'université, mais on ne nous donne pas de diplômes, nous avons des entreprises, et des cerveaux. Nous ne nous laisserons pas faire.

Les acclamations redoublèrent. Dehors, les hommes se rassembleraient pour les railler sur le chemin du retour, les bousculer, leur cracher dessus. Ils semblaient être capables de produire de la salive à volonté. La bouche d'Evie, elle, était sèche et elle posa la main sur son insigne violet, blanc et vert. Tant de changements devaient se produire, mais comment ? À chaque fois, ils étaient contrecarrés – sa classe avait toujours vécu cela, même ici, auprès de Pankhurst, des autres suffragettes. Était-elle la seule à voir l'injustice qu'il y avait à protester contre le Budget du peuple ?

L'oratrice quitta la scène sous un tonnerre de tapements de pieds. C'était contagieux. Beaucoup s'y joignirent. Miss Manton et Evie s'abstinrent, tout comme d'autres femmes à l'air fatigué, aux vêtements usés et aux chapeaux de feutre dont les couleurs avaient passé. Tout le monde se servit du thé, se mettant à genoux au sol pour peindre des pancartes et des bannières tout en discutant des priorités du gouvernement. Evie prit la pancarte remise à son groupe constitué de quatre personnes. Elle regarda autour d'elle. Certaines n'étaient pas à genoux, mais installées à des tables, leurs élégants chapeaux colorés s'agitant sur leur tête tandis qu'elles peignaient en riant. Pensaient-elles qu'il s'agissait d'un jeu, d'une activité pour se divertir ?

La présidente, Mrs Dale, une veuve de Gosforn, annonça sur la scène :

— Le droit de vote avant les impôts, voilà le message, s'il vous plaît, mesdames. Lorsque nous obtiendrons ce droit, nous pourrons voter pour ceux qui défendront nos intérêts. Nous pourrons alors nous attaquer aux maux de notre société.

Evie se demandait si Mrs Dale parlait à sa famille de cette façon. Comme ça devait être fatigant. Elle regarda la pancarte posée par terre. Il y avait des pinceaux et de la peinture noire près de Miss Manton, qui tendit un pinceau à Evie. Susan et Miss Lambert, habituellement au dernier rang, étaient avec elles. Evie regarda fixement Miss Manton qui dessina le contour des mots comme si elle enseignait à l'école du dimanche, de grandes lettres rondes et soignées, tellement soignées.

Evie ne voulait pas prendre le pinceau, ne voulait pas commencer à peindre des mots qu'elle n'approuvait pas, mais en était-elle certaine ? Ne serait-il pas mieux d'obtenir le droit de vote d'abord ? Serait-ce plus facile d'agir, de cette façon ? Lentement, à contrecœur, elle se mit à la tâche.

Lorsque les pancartes furent terminées, elles partirent, se frayant un passage à travers les hommes qui se pressaient à l'extérieur et qui empestaient l'alcool et essayaient de tirer sur leurs chapeaux et leurs vêtements. L'un d'eux cracha sur Evie, mais la manqua. Ce n'était pas un mineur. Un mineur aurait atteint sa cible. Elle resta immobile et se mit à rire, un rire étrange, presque silencieux. Miss Manton la poussa dans le dos.

— Allez, Evie, ne t'arrête pas, pas ici.

Evie repartit et suivit la femme qui la précédait, se hâtant pour la rattraper, repoussant les mains qui se tendaient. Elle voulait les blesser, les battre, écraser leurs visages narquois. Peut-être valait-il mieux faire passer le droit de vote avant les impôts, après tout ? Qu'est-ce qui était le plus juste ? Est-ce que Mr Auberon et Lady Veronica connaissaient la même confusion ?

Elles sortirent péniblement de la foule qui s'étendait jusque sur la route. Si la police arrivait, ce seraient les femmes qui seraient arrêtées, pas les hommes, aussi la plupart s'enfuirent, ne s'attardant pas sous peine d'être en une des journaux le lendemain. Evie et Miss Manton s'éloignèrent. Elles avaient une vie, un emploi, une famille. C'est à ce moment-là qu'Evie s'effondra, laissant échapper des sanglots rauques, trébuchant le long de la route qui menait à la calèche qui les attendait dans les écuries de l'amie de Miss Manton.

Miss Manton se retourna.

— Evie, ma petite.

Elle lui prit la main et l'aida à avancer en la tenant contre elle.

— Viens, il faut s'éloigner d'ici.

Derrière elles, les hommes criaient et se moquaient, suivant les femmes qui se dépêchaient comme elles. Miss Manton l'aida à grimper dans la calèche, puis lança Sally à trot vif.

— Evie, ma petite, tu vas si mal que ça ? demanda-t-elle.

Dans des chuchotements rauques, Evie lui raconta les démarches qu'ils avaient entreprises pour acheter leur petite maison, pour devenir propriétaires.

— C'est pour ça que Jack se bat, c'est pour ça qu'ils font des heures supplémentaires, c'est pour ça qu'on ramasse le charbon de mer, qu'on vend les poireaux de papa, qu'on élève des pigeons pour les vendre, et maintenant les Brampton vont acheter les maisons de Froggett. J'ai entendu le valet le dire au chauffeur, évidemment, pourquoi se priver ? Comment on a pu être aussi stupides ? Ils vont posséder tout le village. On aurait dû le savoir, s'en rendre compte. Ils vont réduire les boisages dans les mines. Les porions doivent récupérer les anciens. Ils vont les espacer. Les mineurs n'entendront plus le craquement du bois avant l'effondrement du plafond. Je n'arrive pas à réfléchir : est-ce que je dois en parler à Jack ? Il ne peut rien y faire, alors à quoi bon ?

Pendant qu'elles avançaient au trot, leur lanterne accrochée à la calèche, elle sanglotait et Miss Manton lui tenait la main en essayant de l'apaiser. C'est seulement quand elles atteignirent le mur derrière lequel Evie avait caché sa bicyclette qu'elle parla :

— Arrête de m'appeler Miss Manton, c'est tout à fait absurde. Je dois tout à ta famille. Je m'appelle Grace. S'il te plaît, appelle-moi comme ça. Tu es mon amie. Vous êtes tous mes amis. Maintenant, Evie, ne dis rien à ton frère à propos de Froggett, tout ce que tu dois faire, c'est décider ou non de lui parler des boisages. Laisse-moi réfléchir au sujet de la maison ; il y a souvent un moyen de contourner les problèmes.

Evie haussa les épaules, car il n'y avait pas de solution, même si elle savait que Miss Manton avait bon cœur et qu'elle se tournerait vers la prière. Agacée, elle sauta de la calèche d'un bond. Comment pouvait-elle appeler son ancienne employeuse par son prénom ? Elle l'avait appelée Miss Manton depuis trop longtemps pour changer. Elle lui fit un signe de tête.

— Merci. Vos prières seront utiles.

Miss Manton rit.

— Tu me sous-estimes, parfois les prières ne suffisent pas. Essaie de ne pas t'inquiéter, Evie. Prends soin de toi.

Chapitre neuf

Le lendemain matin, Evie mit la table pour Mrs Moore, dont les mains étaient tellement gonflées qu'elles ressemblaient à de petites saucisses de boucher. Le petit déjeuner des domestiques était terminé, celui de l'étage en cours. Evie murmura :

— Je m'occuperai toute seule du déjeuner, aujourd'hui, vous n'aurez qu'à me guider. Personne n'en saura rien. Millie pensera que vous me formez, et ce sera la vérité, après tout.

Mrs Moore acquiesça, le visage tendu par la douleur.

— C'est mon dos et mes genoux aussi, ma fille. Certains jours, ils me font souffrir.

Elle était au bord des larmes. Evie ravala les siennes. Elle se sentait enfin mieux, et son mal de tête n'était plus qu'un lointain souvenir. Sa voix revenait, elle aussi. Elle prit les tamis dans l'armoire basse. Au moins, elle avait une famille ; Mrs Moore n'avait personne. Ce n'était pas juste. Mrs Moore pouvait désormais compter sur la famille Forbes.

Mais à quoi bon, sans une maison familiale ? Evie jeta les tamis sur la table, soudain désespérée. Ils roulèrent. Mrs Moore voulut les rattraper, mais manqua son coup. Ils tombèrent par terre. Au même moment, Millie ramenait le bol de porridge vide du réfectoire des domestiques.

— Mal lunée ce matin, Evie ? demanda-t-elle.

Mrs Moore se contenta de fixer Evie des yeux.

— Il va falloir les laver, maintenant. Emmène-les dans l'arrière-cuisine et reviens avec le sourire.

Elle n'était pas fâchée, mais inquiète. Evie rougit de honte et obéit. L'arrière-cuisine était froide, les mains d'Annie et de Sarah étaient plus rugueuses que jamais, leurs manches retroussées jusqu'au coude.

— Désolée, les filles, ça m'a glissé des mains.

Annie hocha la tête.

— Quelques tamis de plus ne feront pas une grande différence. Je suis surprise qu'on balance pas plus d'ustensiles, par ici !

Elles éclatèrent de rire, même Mrs Moore, qui s'approcha en boitant de la porte de l'arrière-cuisine. Millie était derrière elle, tenant en équilibre sur sa hanche le bol de porridge en terre cuite.

— Est-ce que je peux vous aider avec le petit déjeuner demain, Mrs Moore, quand j'aurai fini le porridge ? Quand Monsieur est en résidence, c'est assez copieux, n'est-ce pas ? Je pourrais apprendre, vous savez.

Mrs Moore jeta un coup d'œil à Evie.

— Oui, c'est vrai, jeune fille. Et la plus grande partie va aux cochons, sauf la charcuterie qu'il a demandée pour le petit déjeuner ce matin. Il aurait dû partir hier, mais il est toujours là.

Son regard était éloquent.

— Evie, ramène la langue et le jambon dans le garde-manger, au frais, quand James et Archie les redescendront. L'omelette et le merlan iront dans le seau à déchets avec le hareng. Les cochons sont moins difficiles que les humains.

Lil traversa la cuisine à toute allure, s'arrêtant brusquement derrière Mrs Moore.

— Pourquoi Monsieur est encore là ? Madame fait des caprices de reine quand il est là. Et elle fait plus attention à la poussière, aussi. Je viens d'avoir Mrs Green sur le dos. Il me faut des feuilles de thé pour les tapis, Evie.

Evie se glissa devant Mrs Moore qui boitilla jusqu'à son tabouret, tirant son livre de recettes vers elle ainsi que celui d'Evie. Lil prit les feuilles de thé qui étaient jetées quotidiennement dans un tamis spécial suspendu au-dessus d'un seau. Après avoir vérifié qu'elles étaient sèches, elle salua Evie et s'enfuit en courant vers l'escalier du personnel. Elle allait saupoudrer les feuilles de thé sur les tapis pour retenir la saleté avant de balayer avec les autres femmes de chambre pendant que la famille prenait le petit déjeuner.

Mrs Moore observa Evie.

— Pourquoi tu t'en prends à ce pauvre couteau, ce matin ? Que s'est-il passé ?

Evie prit conscience qu'elle était en train de s'acharner sur un couteau pour le nettoyer, et ne se souvenait même pas de l'avoir saisi. Elle se secoua, mais avant de pouvoir répondre, elle entendit frapper à la porte de la cuisine, qui s'ouvrit pour laisser entrer Simon.

— Des fleurs, mesdames. Est-ce que nos couleurs sont coordonnées aujourd'hui, à votre avis ? Je n'ai que des jonquilles et des tulipes. Un petit mélange.

Il avait retrouvé sa voix. Elle avait envie de traverser la cuisine en courant pour se jeter dans ses bras, mais elle préféra s'avancer tranquillement, se tenant près de la table alors qu'il plaçait le panier de fleurs du jardin sur la commode non loin de là.

— Je vais les apporter à Mrs Green, d'accord ? proposa-t-il.

Mrs Moore rit.

— Pourquoi pas, mon garçon ? C'est ce que tu fais toujours. Tu veux une tasse de thé ? En général, les jardiniers apprécient. Sers-lui une tasse de thé, Evie. On dirait qu'il s'est rétabli, lui aussi.

Elle leur adressa un regard complice.

Millie entra pour dresser la table. Evie s'affaira avec la théière, remplit la tasse de Mrs Moore et en apporta une à Simon, qui avait enlevé ses bottes dans le couloir pour ne pas se faire taper sur les doigts par Mrs Moore. Il sourit, ses doigts semblaient gigantesques autour de l'anse de la tasse.

— Regarde ces beautés, Evie. Que penses-tu des tulipes dentelées ? Ce sont les préférées du jardinier en chef.

D'un signe de tête, il indiqua le panier, avec un regard insistant. Perplexe, elle regarda le panier et vit, coincé entre les jonquilles et les tulipes, un morceau de papier.

— Elles sont belles, répondit-elle en levant les yeux vers lui.

Il acquiesça.

— Touche-les, on dirait du satin.

Elle s'approcha, souleva légèrement le papier et reconnut l'écriture de Jack. Elle sentit l'anxiété la saisir. Que s'était-il passé ? Quelqu'un était blessé ? Dissimulant ses mouvements, elle glissa le message dans son tablier et hocha la tête pour remercier Simon, au moment où Mrs Green pénétrait dans la cuisine depuis le couloir central. Elle frappa à la fenêtre.

— Apporte ces fleurs avant qu'elles ne se fanent, avec cette chaleur, dit-elle à Simon.

Il tendit à Evie la tasse vide.

— Merci pour le thé, mesdames. À plus tard !

Il gagna la porte sur la pointe des pieds et suivit Mrs Green dans la salle des fleurs, plus fraîche.

Il devrait repasser par la cuisine pour récupérer ses bottes.

— Je vais chercher la farine dans le garde-manger, n'est-ce pas, Mrs Moore ? demanda Evie.

— Bien sûr, Evie, tu pensais pouvoir faire un soufflé sans farine ? Pourquoi on doit faire un soufflé, ça je vous le demande. Le temps qu'Archie monte les escaliers, il sera aussi plat qu'une crêpe. Apporte aussi de la graisse de rognon, tu pourras faire des cakes en utilisant les restes du bœuf bourguignon. Hache le jambon et ajoute-le aussi. Ajoute quelques rognons, ça va renforcer la sauce, mais coupe-les en tranches et émince-les d'abord. On pourra finir les desserts de l'étage, mais fais aussi un riz au lait, au cas où.

Evie était déjà dans le garde-manger. Elle poussa la porte derrière elle et fit semblant de prendre les ingrédients, au lieu de quoi elle sortit le papier et s'obligea à le lire, même si elle n'en avait aucune envie, mais parce qu'il le fallait bien. Qui avait été blessé ? Était-ce son père ou Timmie ? Ça ne pouvait pas être Jack, sinon il n'aurait pas écrit.

Pendant un moment, elle ne comprit pas ce qu'elle lisait, et dut ralentir puis prendre une profonde inspiration.

« Il faut que je te voie. Miss Manton est passée nous donner des nouvelles du pasteur. Elle nous a aussi annoncé que notre rêve tombait à l'eau. On aurait dû s'en douter, non ? Quoi qu'il en soit, Miss Manton a une suggestion. On a dit non, mais elle prétend qu'on ne peut pas prendre de décision sans en parler avec toi. Retrouve-moi à trois heures à l'abri. Simon dit que c'est facile de s'éclipser à cette heure-là parce que vous avez tous un peu de temps libre.

Jack Anston. »

Quand il revint, Simon la fixa du regard. Elle acquiesça.

— Je le retrouve à trois heures à l'abri, chuchota-t-elle. Personne n'est blessé.

Il sourit et elle passa près de lui pour se rendre dans le grand garde-manger. Millie était dans le réfectoire des domestiques, les filles de cuisine dans l'arrière-cuisine, et Mrs Moore étudiait les menus pour le soir. Il tendit le bras et lui prit la main.

— J'essaierai d'être là, murmura-t-il. Tu m'as manqué. Je ne me sentais pas bien, j'étais de mauvaise humeur. Pardonne-moi.

— Toujours, dit-elle, voulant sentir ses bras autour d'elle.

Comment cela serait-il possible ? Son père et ses frères étaient les seuls hommes à la prendre dans leurs bras. Elle rougit. Il partit.

La matinée se déroula comme d'habitude. Evie prépara le bouillon pour la soupe. Elle vérifia le menu et fronça les sourcils en voyant de la mayonnaise pour la morue.

— Le petit faible de Monsieur, indiqua Mrs Moore. S'il y a un courant d'air, ton visage va rester figé, lui dit-elle.

Elles rirent en chœur.

— Je vais préparer la mayonnaise. Je pense que je peux y arriver, annonça Mrs Moore, en s'installant plus fermement sur le tabouret et en prenant un œuf.

Elle grimaça en essayant de séparer le jaune du blanc et le jaune se creva sur la coquille.

— Laissez-moi faire, proposa Evie.

Elle appela Millie.

— Nettoie les coquilles d'œufs et mets-les dans le bouillon s'il te plaît, et fouette-le vigoureusement. Tu verras que l'ajout de la coquille d'œuf va faire remonter l'écume à la surface. Tu pourras alors l'enlever à la cuillère.

Elle cassa un autre œuf et sépara le jaune du blanc en le faisant passer d'un morceau de coquille à l'autre.

Elle dit à Millie :

— Mets celles-ci aussi.

Elle obéit.

— Le suivant, c'est toi qui le fais.

Millie s'exécuta, les sourcils froncés par la concentration.

— Parfait. Ajoute la coquille et fouette rapidement, maintenant.

Mrs Moore lui sourit, en sirotant son thé qui était agrémenté de gin. Evie aurait préféré qu'elle en perde l'habitude, parce que quelqu'un allait finir par s'en rendre compte.

— Tu es une bonne professeure, Evie.

— C'est parce que vous l'êtes aussi.

Evie ajouta l'huile d'olive, une goutte à la fois. Qu'avait dit Miss Manton à sa famille ? Elle remua, gardant un œil sur l'horloge, voyant les aiguilles tourner en rond, essayant de ne pas prêter attention à Roger qui passait dans le couloir.

Elle prépara une soupe aux champignons pendant que Millie s'occupait des légumes et vérifiait les cakes qu'Evie avait confectionnés. Mrs Moore expliqua à Evie le séchage des champignons pendant que les cakes cuisaient. Evie passa ensuite les champignons au tamis métallique, puis au tamis en crin, ce qui revenait à faire passer un chameau par le chas d'une aiguille. Millie gémit :

— Je ne pourrai jamais faire ça.

— C'est juste un peu d'huile de coude, et c'est indispensable si tu veux une bonne soupe aux champignons, insista Mrs Moore.

Enfin, ce fut l'heure du déjeuner des domestiques. Evie goûta à peine le sien. Roger demanda à Mr Harvey s'il ne pensait pas que c'était le meilleur cake au bœuf qu'il ait jamais mangé.

— Pour une fois, je suis d'accord avec lui, concéda Mr Harvey.

Cela semblait lui écorcher la gorge de reconnaître qu'il partageait l'avis du valet. Ensuite, le déjeuner fut prêt à être porté à l'étage, avec le soufflé qui semblait encore vaillant lorsque le valet de pied empoigna le plateau. Cela n'avait pas duré longtemps, leur annonça Archie quand il revint avec les assiettes vides. Mrs Moore secoua la tête.

— Les assiettes vides parlent d'elles-mêmes. Il a peut-être perdu son panache, mais pas sa saveur. Pile la bonne quantité de fromage, Evie, c'est parfait.

Le poisson monta à son tour, et Evie ne quittait pas l'horloge des yeux. Tarte aux pommes, fruits et fromage puis café. Enfin, il était quatorze heures trente.

Mrs Moore se retira dans sa chambre. Evie avait déjà préparé les scones et les friandises pour le thé de l'après-midi. Mr Auberon ne serait pas là aujourd'hui car il était à la mine avec son père. Lady Veronica et Lady Brampton rendaient visite à des amis à Gosforn, mais reviendraient prendre le thé à quatre heures dans le salon. Evie dit à Millie :

— Je vais prendre l'air, je serai de retour à quatre heures moins le quart.

Elle sortit de la cuisine en hâte, gravit les marches et, une fois dans la cour, tomba sur Roger, adossé contre le mur. Il se redressa.

— Ah, j'espérais que tu viendrais.

Derrière lui, Simon apparut. Il avança en disant :

— Roger, je voulais te parler des devoirs d'un valet. Tu dois être très bon pour qu'on te confie les soins de Mr Auberon. J'aimerais bien apprendre davantage. Est-ce que tu pourrais m'aider, juste un instant ?

Roger hésita, manifestement agacé, mais continuait de sourire à Evie.

— On parlera tous les deux un peu plus tard, lui lança-t-il.

Il faudra me passer sur le corps, songea-t-elle en avançant dans la cour, souriant à Simon pour le remercier. Elle se dépêcha de longer le potager clos plutôt que de traverser la cour de l'écurie et prendre le chemin le long de la haie d'ifs, car avec Roger dans les parages, mieux valait dissimuler sa destination. Elle coupa ensuite à travers les bouleaux argentés et les primevères jusqu'à l'abri, vérifiant à chaque fois que Roger n'avait pas échappé à Simon pour lui filer le train.

Jack était là, debout à côté du vélo de sa sœur, fumant une Woodbine. Elle courut vers lui.

— J'ai eu tellement peur, murmura-t-elle. J'ai cru que tu étais blessé.

C'est alors qu'elle aperçut Miss Manton debout sous l'auvent de l'entrée, dans l'ombre. Elle fumait, elle aussi. Evie resta sans voix. Miss Manton montra sa cigarette.

— Un vice secret, expliqua-t-elle. Je résiste mal à la pression et Jack a bien voulu me dépanner.

Evie retourna inspecter les alentours. Personne. Il y avait juste le ciel bleu qu'elle n'avait pas remarqué auparavant et les cerisiers en fleur qui se mêlaient aux bouleaux argentés et devant lesquels elle avait dû passer en courant sans les voir. Elle les dévisagea l'un après l'autre.

— Qu'est-ce qui se passe ? Je dois rentrer bientôt. S'il vous plaît, dites-moi.

Elle fit un pas vers Jack, mais vit que son frère pleurait. Elle avait peur. Elle s'approcha de lui, mais Miss Manton lui dit :

— Evie, il faut qu'on te parle.

Elle écrasa sa cigarette sous sa botte.

— Edward et moi, nous avons besoin d'investir de l'argent. Nous avons un pécule depuis la vente de la boulangerie et nous avons décidé d'acheter les trois maisons de Froggett. Enfin, deux en fait. Nous avons l'intention de vous prêter suffisamment d'argent pour combler le déficit de vos économies afin d'acheter la dernière, celle avec trois chambres. Il faudra faire des travaux, mais celle que vous aviez visée est trop petite, et l'autre trop grande.

Miss Manton parlait si vite qu'elle s'essouffla et s'interrompit.

Evie tenta de comprendre ce qu'elle disait, et à ce moment-là seulement, elle sut pourquoi Jack était en larmes. On leur offrait une proposition qu'ils ne pouvaient pas accepter. C'était pire que de ne pas avoir d'espoir du tout. Miss Manton, qui avait repris son souffle, reprit de plus belle en agitant son modeste chapeau de feutre. Ses cheveux auburn tombaient sur ses épaules. Son chignon s'était dénoué.

— Vous avez sauvé la vie d'Edward. Nous voulons faire quelque chose en retour. Ne nous laissez pas vivre avec ce poids, ne soyez pas cruels. Le prêt sera sans intérêt. Ta famille appelle ça de la charité, Evie, mais tu peux voir que c'est différent, n'est-ce pas ? C'est une transaction. Une vie contre une vie.

Jack secoua la tête, s'essuya le visage d'un revers de manche et parla d'une voix rauque à cause de la fièvre et la poussière de charbon. Il avait dû travailler dans l'équipe de nuit pour être ici maintenant, et il était épuisé.

— Mais vous ne comprenez pas, Miss Manton, ce n'est pas seulement nous qui avons sauvé Edward, mais tous les mineurs. Ils ont fait barrage au clan de Lea End pour le sauver.

Evie pensait exactement la même chose. Miss Manton fit claquer son chapeau dans sa main.

— Timmie et toi, vous avez risqué vos vies, pas eux, et comme vous seriez égoïstes de priver vos collègues des deux autres maisons en continuant à refuser notre proposition. Pensez-vous que les Brampton vont utiliser ces maisons pour aider les mineurs, comme nous ?

Les larmes d'Evie s'arrêtèrent, ainsi que celles de Jack, et ils la regardaient tous les deux, à présent. Elle continua :

— Maintenant, écoutez, Easton a besoin de ces maisons et il est temps que nous fassions quelque chose. Edward et moi, on a compris qu'on avait fait une erreur hier soir en ne vous informant pas complètement de notre projet. Je voulais que tu sois là, Evie, parce que tu pèseras sur la bonne décision. Nous proposons d'utiliser les deux autres maisons comme maisons de retraite pour les mineurs d'Auld Maud, ou comme logement d'urgence s'ils sont expulsés, si les grèves causent des difficultés, ou s'ils ont besoin d'un lieu de convalescence. C'est notre devoir de chrétiens et cela nous rend heureux.

Pendant un moment, personne ne dit quoi que ce soit. Sur les collines, les moutons paissaient, les ajoncs brillaient au soleil. Miss Manton expliqua que l'achat de la propriété permettrait de briser la mainmise des Brampton et éviterait la peur de l'hospice à bien des gens. La décision revenait à Jack et Evie.

— Si vous dites oui, alors on y va. Si vous dites non, eh bien… Il faudra que je prenne une décision. C'est sans aucun doute du chantage et je ne m'en excuse pas. Je sais que tu as besoin de dormir, Jack, avant de retourner travailler à huit heures ce soir, mais j'ai bien peur que si nous remettons notre décision, il ne sera trop tard. Qui sait quand Mr Auberon arrivera chez les Froggett avec une offre alléchante ? S'il vous plaît, pensez à vous, aux autres et à Edward, et dites oui.

Jack se tenait à côté d'Evie maintenant, sa main serrant la sienne. Evie regarda la brise secouer les fleurs. Quelques pétales tourbillonnèrent vers le sol où poussaient les primevères. C'était si beau, absolument magnifique, et elle n'en avait jamais pris conscience auparavant. Elle ne s'était jamais sentie aussi heureuse de sa vie. Ils allaient être en sécurité. Ils allaient être libres. Ils devaient le faire pour les autres, ainsi que pour eux-mêmes. D'une voix si rauque et faible qu'elle était presque inaudible, Jack demanda :

— Qu'est-ce que tu en penses, ma jolie ? Est-ce qu'on peut dire oui ?

Elle serra sa main, sentant les callosités, les cicatrices striées.

— Si on a la maison, on pourra rembourser le prêt, sans problème. Tu te sentiras en sécurité même si tu n'es pas en accord avec la direction. Les personnes âgées, malades ou expulsées pourront aller dans les deux autres maisons, pas à l'hospice.

Elle s'arrêta.

— Mais comment tout ça sera-t-il financé, Miss Manton ?

Miss Manton rit et s'avança dans l'embrasure de la porte, elle aussi.

— Laisse-nous nous occuper de ce problème, Evie. Le poids du monde ne repose pas entièrement sur toi, tu sais.

Evie sourit et haussa les épaules. Miss Manton avait raison, et plus rien ne comptait s'ils avaient une maison. Rien. Elle pourrait continuer avec Mrs Moore et, dans quelques années, ils pourraient ouvrir un hôtel. Ils sortiraient de la mine, dans peut-être… Eh bien, dans cinq ans seulement. Oui, en 1914. Son cœur s'emballa, plein d'espoir. Elle serra son frère dans ses bras et chuchota :

— Oui, si on paie des intérêts. Tu es d'accord ?

— C'est ce que je pensais, ma jolie.

Elle le devina à son visage et à sa force quand il la souleva haut dans les airs.

— Exactement ce que je pensais !

— Je prends ça pour un oui. Tu dois retourner travailler, Evie. Et nous devons nous dépêcher.

Miss Manton ramassa son mégot de cigarette et Jack le sien.

— Il faut devancer Mr Auberon chez les Froggett.

Jack reposa Evie au sol et lui fit une bise sur la joue, puis demanda :

— Où sont les Brampton cet après-midi ?

— Archie a dit qu'ils étaient partis à Auld Maud. Tu sais que Mr Auberon vient pour diriger la mine ?

Jack hocha la tête.

— Simon me l'a dit.

— Tu savais qu'ils n'utiliseront que des supports de récupération, et qu'ils vont les espacer ? Je l'ai entendu de la bouche de Mr Auberon lui-même quand il est venu à la cuisine pour le thé. Il ne savait pas que j'écoutais, bien sûr.

Le regard de Jack était brouillé, puis il s'éclaircit.

— Il ne connaît pas l'espacement actuel entre les supports, et Davies non plus. Papa va parler aux porions et ils devront juste être malins. On ne peut pas faire autrement. Je vais le dire à Jeb, ne t'inquiète pas. Et merci, Evie, mais fais attention. Je ne veux pas que quelqu'un sache que tu écoutes tout ce qui se dit.

Miss Manton secoua le bras de Jack.

— Ça suffit, il faut partir. Allons à la calèche. Auberon pourrait rendre visite à Mr Froggett en revenant de la mine.

Evie courut jusqu'à la cuisine. Plus rien ne posait problème. Si Roger était là, elle l'ignorerait superbement. Il n'était pas là, mais Simon oui. Elle se précipita dans le couloir avec lui sur ses talons. Rapidement, elle raconta tout :

— C'est merveilleux. Rien que d'avoir les deux maisons pour les autres sera un vrai cadeau. Je m'inquiète pour mon père et ma mère quand ils seront vieux. J'aurai peut-être assez d'argent pour m'occuper d'eux, mais on ne sait jamais, n'est-ce pas ?

Il lui prit les deux mains et, pendant un moment, ils restèrent immobiles, puis Simon lâcha les mains d'Evie au moment où Millie sortait de la cuisine.

— Allez, Evie, Mrs Moore essaie de râper le suif pour les boulettes aux herbes de l'étage et elle a mal aux mains. Elle veut que ce soit toi qui l'aides, pas moi.

Simon sourit et dit :

— Je vais apporter des courgettes, Evie, ne t'en fais pas. On en a dans la réserve.

Millie repartit. Simon souleva la main d'Evie et l'embrassa. Elle resta immobile, elle avait envie qu'il la prenne dans ses bras. Il se rapprocha, ses yeux dans les siens, et souleva les bras, mais Mrs Moore lança :

— Evie, je t'attends !

Simon rit et elle pénétra dans la cuisine derrière lui, l'entendant monter les marches avec fracas. La vie était si belle, même quand il fallait râper du suif.

Jack saisit les rênes de Miss Manton à sa demande. Elle voulait une autre cigarette. Il lui tendit ses Woodbine et elle en protégea une du vent pour l'allumer.

— Vous en voulez une ?

Elle se pencha en avant, lui en mit une dans la bouche, puis posa sa cigarette contre la sienne. Il aspira, envahi d'un étrange sentiment. Il n'avait jamais côtoyé de femme qui fumait, il n'avait jamais conduit une calèche, seulement la charrette. Il avait l'habitude d'être assis face à la route, et non de côté, ni face à un autre passager. Il avait envie de lancer Sally au galop, mais il se contenta d'un trot rapide, tandis que le vent brûlait sa cigarette à un rythme effréné. Ils devaient être à l'heure. Tant qu'ils n'avaient pas conclu l'affaire, c'était trop douloureux d'y penser. Peut-être qu'ils auraient dû dire oui à Miss Manton hier. Et s'ils arrivaient trop tard et que le jeune Auberon était arrivé en premier ? Mais s'ils obtenaient cette maison, ses parents seraient ravis, et Timmie… Eh bien, il réclamerait une autre bière et papa ne pourrait pas l'en empêcher. S'ils ne l'obtenaient pas… Non. Il ne fallait même pas y penser.

— C'est encore loin ? demanda Miss Manton.

Jack revint au présent et tendit le doigt devant eux.

— Froggett vit au flanc de cette colline. On appelle cet endroit l'Arbre rabougri. Vous voyez pourquoi.

Il y avait une aubépine balayée par le vent au sommet. C'était une colline naturelle, pas un terril qui suintait la crasse et la chaleur, elle était couverte d'herbe et d'ajoncs, avec des moutons parsemés ici ou là jusqu'au sommet. La ferme de Froggett jouxtait les terres des Brampton, il ne permettait à personne d'arpenter sa propriété parce qu'il ne voulait aucun de ces fichus déchets de mine sur ou sous ses terres, disait-il toujours au club.

Les trois maisons étaient juste à l'intérieur de ses terres, une petite excroissance anormale qui courait presque jusqu'au village. Brampton avait déjà essayé de les acquérir quand il avait acheté la mine. Puis il avait réessayé quand il avait pris possession d'Easterleigh Hall. C'était une épine dans son pied. Cela l'empêchait de contrôler totalement les mineurs et le village.

Miss Manton réclama une autre cigarette.

— Allumez-en une pour moi aussi, ma belle, demanda Jack en se concentrant sur la piste, éloignant Sally d'un nid-de-poule.

Au rire de sa passagère, il prit conscience de ce qu'il venait de dire.

— Désolé, Miss Manton.

Il lui prit la cigarette allumée et tira dessus. Le bout était légèrement humide, là où elle avait posé ses lèvres. De la part d'Evie, cela n'aurait posé aucun problème, mais Miss Manton était une étrangère, et plus âgée.

Bon sang, elle devait avoir trente ans et avait été l'employeuse d'Evie. Il glissa un coup d'œil vers elle. Sa main tremblait en tenant la cigarette.

— Il faut qu'on arrive à temps, dit-elle.

— On verra bien. Essayez de vous détendre.

— Comment pouvez-vous être si calme ?

Miss Manton tira longuement sur la Woodbine, qui rougeoyait au vent. Au rythme où elle allait, elle en aurait besoin d'une autre dans une minute et son paquet devait lui durer la semaine, en plus, cela lui faisait toujours un drôle d'effet de la voir fumer.

Il haussa les épaules.

— Si je m'inquiétais pour tout, je ne pourrais pas passer une journée dans la mine. Il faut faire de son mieux, rester vigilant et espérer que la chance soit avec nous.

— On peut aussi prier, ajouta Miss Manton en s'accrochant à la poignée de la calèche alors qu'une roue s'enfonçait dans une ornière.

Les haies d'aubépines étaient presque en fleur et n'étaient pas bien taillées, ce qui signifiait qu'elles débordaient du terrain de Brampton pour pénétrer sur celui de Froggett. Jack savait que le fermier ne taillait pas ses haies avant la fin du mois de mai, et qu'il ne portait jamais de veste. Ses débardeurs étaient une fierté nationale, ou pas. De chaque côté du chemin, des moutons paissaient.

Il y avait quelques agneaux qui bondissaient. Jack aimait voir ça. Il aimait l'air frais, mais quand on était mineur, on était dans la fosse à huit heures du matin ou du soir et on y restait pendant douze heures, même si les piqueurs avaient des journées plus courtes.

Qu'apporterait la loi des huit heures ? Les heures supplémentaires seraient-elles payées, les taux de rémunération à la pièce augmenteraient-ils pour compenser les journées plus courtes ? Tellement de questions.

Il sentait que Miss Manton attendait sa réponse, mais sa foi ne regardait que lui, et il croyait en la chance, pas en l'Église. C'était une affaire entre l'autre et lui, quel que soit cet autre.

— Vous pouvez aussi m'appeler Grace, s'il vous plaît, je préfère. « Miss Manton » me donne l'impression d'être vieille. J'ai demandé à Evie, et si vous le faites, elle vous imitera. Vous devriez tous m'appeler comme ça parce que je suis votre amie et que vous m'avez rendu le plus grand service qui soit.

Au loin, Jack aperçut la ferme.

— Il doit être dans l'étable, avec les agneaux. Vous étiez son employeuse avant tout, donc elle ne se sentira pas à l'aise de vous appeler autrement que Miss Manton.

Miss Manton rit.

— Mais je ne le suis plus, donc dépassons cela. Essayez. Grace. Grace. Edward, Edward. Allez-y, c'est facile.

Ce n'est pas le cas, voilà le problème, pensa Jack, irrité.

— Grace, finit-il par dire alors qu'ils approchaient du premier des six portails, sans quitter des yeux le chemin qu'ils suivaient pour éviter de poser le regard sur elle, qui avait croisé les jambes et effleuré la sienne du bout de sa botte.

Si elle voulait l'égalité, alors elle allait l'avoir.

— Grace, pouvez-vous descendre et ouvrir le portail ? lui demanda-t-il en se tournant vers elle.

Elle fixa le portail, surprise, puis elle vit son sourire et éclata de rire. Elle bondit hors de la calèche et attendit qu'il passe pour refermer le portail. Elle lança :

— Il y a une corde sous votre siège. Passez-la-moi, s'il vous plaît.

Jack se pencha et tâta sous le siège. Il sentit plusieurs cordes enroulées. Il en sortit une et la lui jeta, perplexe. Elle attacha le portail pour le maintenir fermé, en faisant plusieurs nœuds.

— Ça devrait le retarder un peu.

Elle courut pour le rattraper, grimpant dans la calèche. Il tendit la main pour la hisser.

— Le prochain portail, c'est pour moi, annonça-t-il.

— Voilà !

Ils rirent, oubliant presque leur précipitation. Presque. Jack agita les rênes et Sally se mit à trotter. Grace consulta sa montre.

— Si Auberon est à la mine, il pourrait partir plus tôt. Est-ce qu'il est avec son père ? Parce que si c'est le cas, ils pourraient venir avec la Rolls-Royce et être ici en un rien de temps.

Jack secoua la tête.

— Il ne prendrait pas le risque de s'aventurer sur ces chemins en voiture. Ils viendront en calèche, mais est-ce que cette ordure…, dit-il avant de se reprendre : Est-ce que Brampton père va vraiment venir, je n'en suis pas sûr. Il pourrait juste envoyer son fils. Je crois qu'il essaie de l'endurcir, en tout cas, c'est ce qu'on dit à la mine. Envoie le petit jeune au fond de la mine, ça devrait l'endurcir bien assez vite.

Il secoua les rênes pour faire avancer Sally. Elle agita la queue.

— Elle n'est pas habituée à ce genre de terrain, expliqua Grace, ni à être guidée par un homme.

Jack sourit intérieurement. Elle l'avait qualifié d'homme et non de garçon. Il se redressa et dit :

— Peut-être qu'il est déjà là-bas. Nous n'avons aucun moyen de le savoir.

Le silence s'installa, et ils se relayèrent pour ouvrir les portails, jusqu'à ce qu'ils arrivent dans la cour de Froggett. Il n'y avait pas de cheval qui aurait pu appartenir à Auberon, ils échangèrent un regard complice, soulagés. Il se rendit compte qu'elle n'était pas vieille, pas du tout. Il ne l'avait juste jamais vraiment regardée avant. Ses yeux étaient presque verts, elle avait des taches de rousseur, et ses cheveux étaient si beaux et épais qu'ils pouvaient emprisonner les mains d'un homme sans que celui-ci veuille jamais s'échapper. Est-ce qu'il avait perdu la tête ?

Grace sauta à terre et resta debout, incertaine. Jack contourna la calèche et lui fit signe de se diriger vers la grange d'où provenaient le bêlement des moutons et le cri plus aigu des agneaux. Il frappa à la porte de la grange, mais il n'y eut pas de réponse. Il sourit à Grace.

— Est-ce qu'il pourrait nous entendre avec tout ce vacarme ? Entrons.

Les agneaux étaient enfermés en rangs derrière des lattes de bois, sur un sol couvert de paille. Samedi, au Club des ouvriers, Froggett avait dit qu'il aimait garder certaines des brebis à l'intérieur au cas où il y aurait une tombée de neige tardive, parce qu'il en avait assez de perdre les agneaux dans les congères. Jack lui avait tapé sur l'épaule et avait répliqué :

— On est en avril.

Les plus âgés l'avaient rabroué, en brandissant leur bière.

— Avant mai, faut toujours se méfier, mon gars.

Grace avança prudemment sur la paille éparpillée pour rejoindre Froggett, qui était dans l'enclos le plus éloigné. Son chien, Star, était couché dans le passage qui séparait deux rangées. Jack sentit l'odeur de la paille et la chaleur des animaux. Star se retourna au bruit de leurs pas et bondit vers eux, langue pendante. À ce mouvement, Froggett se retourna et lança :

— Au pied !

Star obéit instantanément, glissa vers le sol et se coucha de nouveau. Repoussant sa casquette, Froggett regarda alternativement Grace et Jack. Il enjamba la barrière et s'avança vers eux, en enlevant sa casquette.

— Eh bien, jeune Jack, surpris de te voir ici, et comment va le pasteur, mademoiselle ?

Tandis que Froggett les menait à travers la cour pour gagner la cuisine, Jack lui expliqua qu'ils souhaitaient acheter les trois maisons. Mrs Froggett préparait des légumes et une bouilloire frémissante sifflait sur la cuisinière. Elle était plus que bien portante, elle était bâtie comme un véritable cuirassé ; comme le disait régulièrement Froggett au Club, après quelques bières : le gouvernement aurait mieux fait d'arrêter sa bataille navale avec l'Allemagne et simplement envoyer sa femme. C'était une armée à elle seule.

Elle ne montra aucune surprise à leur arrivée, ni en entendant l'explication de Froggett, mais tint à ce qu'ils s'asseyent et mangent.

— On ne peut pas parler affaires l'estomac vide, ma petite, dit-elle en désignant fermement à Grace la chaise en bout de table.

Grace enleva son manteau qu'elle suspendit au dos de la chaise et posa ses gants sur la table. Jack se demandait si Mrs Froggett avait jamais eu l'estomac vide de sa vie. Froggett s'installa à l'autre extrémité et Jack resta là à tripoter son chapeau sans savoir où s'asseoir. Froggett se tourna vers lui.

— Arrête de tourner en rond, mon garçon. Assieds-toi. Le pasteur se remet bien, mademoiselle ?

Grace hocha la tête et sourit, puis redevint sérieuse.

— Il se remet bien, merci, Mr Froggett, mais nous avions besoin de venir pour vous parler, rapidement.

Jack sentit les mains de Mrs Froggett se poser sur ses épaules pour le pousser vers la chaise à la droite de son mari. Sur la commode à sa gauche se trouvait une photo de Danny, leur fils. Il avait choisi de descendre à la mine quand il avait treize ans, car son frère aîné voulait rester à la ferme, et cela ne suffisait pas pour subvenir à leurs besoins. Danny avait été tué dans un accident l'année dernière alors qu'il était en train d'ouvrir les portes pour faire passer les wagonnets. Son corps avait été mis dans un sac, puis hissé sur un chariot et enfin déposé ici, sur le sol de la cuisine, par des hommes choisis par Davies. Ce n'était pas inhabituel.

Jack s'efforça d'écouter Grace pour ne pas imaginer Timmie dans la même situation. Des scones furent déposés devant eux, ainsi qu'un beurre bien jaune. Les scones étaient encore chauds et le beurre fondait autant sur la pâte blanche et molle que dans sa bouche. Il s'essuya les lèvres et but son thé. En riant, Mrs Froggett poussa l'assiette vers lui.

— Je vais en mettre de côté pour ta famille. Comment va le petit Timmie ?

Ses yeux étaient sombres.

— Il est en pleine forme, répondit Jack, en essayant de ne pas prêter attention aux lèvres tremblantes et aux yeux pleins de larmes de Mrs Froggett.

Mais comment ne pas le voir ? Elle se détourna de lui et mit dans une casserole les légumes qui patientaient sur le côté de la cuisinière avant de s'asseoir. D'une voix aiguë et tendue, Grace demanda le prix des maisons. Jack consulta l'horloge sur le mur près de la cuisinière. Est-ce qu'Auberon était en chemin ? Les nœuds de la corde le retiendraient-ils ? Elle était rusée, cette Grace Manton.

Froggett observa ses mains et regarda son épouse. C'est alors que Jack ajouta :

— Nous devons vous dire que les Brampton veulent aussi ces maisons. C'est normal. On pense qu'ils vont arriver d'une minute à l'autre, et je parie qu'ils offriront un meilleur prix.

Il y eut un silence. Il savait que Grace le regardait tout comme Mrs Froggett regardait son mari. Le cœur de Jack se mit à battre parce qu'il venait peut-être de gâcher l'avenir de sa famille, mais aussi des autres mineurs. Cependant il devait être honnête, car quand les Brampton arriveraient – et ils allaient arriver –, les Froggett devaient être prêts. Ils avaient déjà perdu un fils, ils n'avaient pas besoin de difficultés supplémentaires.

Grace adressa un signe de tête à Froggett et dit :

— Jack a tout à fait raison.

Mrs Froggett poussa les scones vers Grace.

— Oui, les Brampton nous en parlent souvent. Mangez, ma petite, il faut qu'on y réfléchisse, et qu'on aille voir si les agneaux vont bien.

Ils se levèrent et sortirent, laissant Grace et Jack seuls avec les scones. Elle s'approcha et posa une main sur son bras.

— Tu as bien fait. J'aurais dû dire quelque chose et je ne l'ai pas fait. J'en ai honte.

Il regarda sa main : elle était si pâle et si douce. C'était parce qu'elle n'avait jamais travaillé, mais il ne pouvait pas lui en vouloir. Elle retira sa main et prit un scone.

— Vous n'avez pas à avoir honte. C'est juste une question d'honnêteté, c'est tout.

Elle se concentrait sur le scone, le garnissant de confiture. Peut-être qu'il allait en prendre un autre, lui aussi. Il était en train d'étaler la confiture quand la porte de la cuisine s'ouvrit et les Froggett revinrent, accompagnés de Star. Ce devait être une occasion spéciale pour que le chien soit autorisé à entrer dans la maison. Il se roula en boule devant la cuisinière, sur le tapis natté.

Froggett prit un crayon et deux feuilles de papier dans la commode et gribouilla quelques chiffres. Il montra une feuille à Grace et l'autre à Jack. Sur chacune figurait leur prix de vente. Jack avait du mal à rester tranquille. Le montant correspondait presque à ce qu'ils avaient déjà économisé, donc ils n'auraient besoin que d'un tout petit prêt. À l'évidence, Grace était aussi ravie, mais elle dit, de sa voix ferme et sérieuse :

— C'est plus que raisonnable et je dois vous dire que nous serions disposés à vous offrir davantage. N'oubliez pas les Brampton. Ils vous en offriraient certainement plus. Il faut penser à votre fils.

Les Froggett se tenaient en bout de table.

— Oui, vous avez tout à fait raison, ma fille, répliqua Mrs Froggett, il faut penser à notre fils. Nous devrions en avoir deux. Je veux que les Forbes vivent dans ce cottage et je veux qu'ils se battent pour de meilleures conditions de travail à Auld Maud, pour que plus personne n'ait à découvrir le cadavre mutilé de son fils, emballé dans un sac, au beau milieu de sa cuisine, sans même un mot d'excuse.

À ce moment-là, Star s'agita et se mit à aboyer, en bondissant sur ses pattes pour sortir dans la cour. Un cheval hennit. Froggett jeta un coup d'œil par la fenêtre.

— Tiens, quand on parle du loup…

Jack regarda à l'extérieur. C'était Auberon, descendant de son cheval. Il portait un fouet qu'il glissa sous son bras tout en observant la calèche de Grace. Le jour s'assombrissait et l'arbre rabougri était fouetté par le vent. Auberon lissa ses cheveux blonds et rajusta sa veste. Il avait dû ramener sa calèche au manoir avant de monter en selle pour venir jusqu'ici. Le cheval, luisant de sueur, remuait la tête tandis qu'Auberon l'attachait à un poteau d'attelage. Son visage était tuméfié, comme s'il avait foncé dans une porte, ou reçu des coups. *Son père*, se dit Jack.

Il regarda de nouveau les chiffres griffonnés sur le papier. Peut-être que Froggett changerait d'avis quand il serait réellement confronté au pouvoir et à la richesse. Le fermier se posta à ses côtés et cracha dans sa main.

— C'est bon, mon garçon ?

Jack jeta un coup d'œil à Grace par-dessus son épaule. Elle était près de la table, sur la pointe des pieds pour apercevoir ce qui se passait derrière la fenêtre.

— Vous êtes sûrs ?

Mrs Froggett hocha la tête.

— Avec plaisir, mon garçon.

Jack regarda Grace.

— Et vous, Grace ? J'achète la mienne et vous les vôtres ou bien vous devez demander au pasteur ?

Grace secoua la tête.

— Non, on les achète ensemble. Je vais voir le notaire et vous aurez votre argent d'ici deux semaines, Mr et Mrs Froggett.

Jack cracha dans sa main et serra celle de Froggett.

— Marché conclu, alors. C'est très bien, déclara Froggett.

Il se tourna vers Grace qui a eu l'air d'hésiter pendant un moment, leva la main et sembla sur le point de cracher dedans. Mrs Froggett rit en secouant la tête.

— Pas vous, Miss Manton.

Mr Froggett approcha et ils échangèrent une poignée de main.

— Marché conclu.

Mrs Froggett emballa des scones dans du papier sulfurisé et noua le paquet avec une ficelle. On frappa à la porte.

— Vous pouvez sortir par-derrière, jeune fille, dit Mrs Froggett.

Grace secoua la tête.

— La calèche est dans la cour et je ne vais pas partir comme une voleuse, n'est-ce pas, Jack ?

Elle avait du défi dans les yeux, ce qui montrait qu'elle ne le connaissait pas très bien.

— Je ne pars jamais comme un voleur, murmura-t-il.

Froggett rit.

— Venez donc, tous les deux. Je vais vous raccompagner et m'amuser avec Mr Auberon.

Il sortit de la cuisine, dans le couloir au sol de pierre. Mrs Froggett embrassa Jack.

— Dis à ta maman que je suis heureuse qu'elle ait une maison à elle. Nous serons presque voisines.

Il la serra dans ses bras, sans pouvoir s'en empêcher. Elle était douce et sentait le gâteau. Il se demanda ce qu'Evie était en train de faire. Est-ce qu'elle préparait des pâtisseries, ou cuisinait pour le petit morveux ? Peu importe, elle apprenait, elle était près de Simon, elle était heureuse et le serait encore davantage quand elle apprendrait la nouvelle.

Il se décala pour laisser Grace passer devant lui, mais elle secoua la tête.

— Je préférerais que vous passiez en premier, si ça ne vous dérange pas. J'avoue que je me sens un peu nerveuse. J'ai peur qu'il ne pique une crise. Qu'est-ce qui lui est arrivé au visage, à votre avis ?

Froggett ouvrit la porte et tomba sur Mr Auberon, la main levée pour frapper à nouveau. Il enleva ses gants en chevreau et tendit la main. Après une seconde d'hésitation, Froggett la saisit sans pour autant l'inviter à entrer. Il resta en retrait contre le mur alors que Jack et Grace atteignaient la porte.

— Je verrai mon notaire demain. Nous pourrons signer la vente en bonne et due forme.

Jack et Grace lui adressèrent un signe de tête, ainsi qu'à Auberon, qui restait planté là comme s'il venait d'être frappé par la foudre. Il avait pâli et son visage exprimait le désespoir. Pendant un moment, Jack s'arrêta. Les ecchymoses sur le visage du garçon étaient anciennes, mais encore nettes à cause de sa pâleur, et sa lèvre était fendue. Le pauvre bougre.

Derrière, Grace le poussa et Jack s'attarda encore un instant, mais que pouvait-il dire ? Il dépassa Auberon, baissant sa casquette et hochant la tête. Star l'accompagna et courut devant lui, aboyant et sautant, joyeux, la langue pendante. Jack se mit à rire.

— Quel imbécile.

Ils se hâtèrent vers la calèche, car ils devaient revenir avant la tombée de la nuit et le début de son service. Alors qu'il aidait Grace à grimper, Jack entendit Auberon dire :

— Mais nous vous proposons beaucoup plus, nous sommes prêts à tout.

Froggett dit quelque chose que Jack n'entendit pas. En revanche, il entendit la réaction d'Auberon :

— Forbes, Jack Forbes, vous voulez dire ?

Auberon attendait devant la bibliothèque que son père le fasse entrer. Il devait lui annoncer qu'il avait échoué ; il savait le prix qu'il allait payer, mais tout ce qu'il entendait, c'était le rire de Jack Forbes et ses mots :

— Quel imbécile.

Comment osait-il ? Comment cette canaille osait le traiter d'imbécile ? Ce n'est qu'en titubant dans l'escalier, plus tard, la bouche pleine de sang, le corps endolori par les coups, qu'il se demanda qui avait informé Froggett de ses intentions. Quelqu'un l'avait trahi, quelqu'un avait gâché sa vie. C'étaient les dernières paroles de son père qui lui avaient inspiré cette pensée :

— Tu dois apprendre à te taire. Quelqu'un avait connaissance de nos projets, espèce d'idiot.

Chapitre dix

Le lendemain matin, Auberon se tenait à la fenêtre de son immense penderie, les cheveux encore en bataille, à moitié habillé, ses bretelles pendantes, pieds nus. Il avait enfilé un costume pour aller à la mine, mais c'était vraiment ridicule, car l'atmosphère serait épaisse et chargée de poussière de charbon, et ses vêtements en seraient imprégnés en moins d'une heure. Il essaya de boutonner sa chemise, mais tremblait trop pour y parvenir.

Où était passé ce satané valet ? Comment s'appelait-il, déjà ? Il essaya de faire le vide dans sa tête qui était encore cotonneuse après les coups, les insultes, la douleur et la honte de l'échec. Il prit de grandes respirations et se concentra sur le valet. Son nom ? Comment s'appelait-il, bon sang ? Pour l'amour de Dieu, Roger, c'était ça, tous les valets de son père s'appelaient Roger. Il avait bien assez de soucis sans avoir à se préoccuper du prénom de ces foutus domestiques. Archie et James étaient les valets de pied, Roger était le valet, et les femmes de chambre s'appelaient Ethel, elles s'appelaient toutes Ethel, bien qu'il y ait aussi une Lil, n'est-ce pas ? Bon sang, il n'arrivait pas à réfléchir. Il secoua la tête et, peu à peu, retrouva ses esprits.

Il regarda dans le parc. Il était content que son appartement donne sur ce chemin, avec l'allée impeccable, soigneusement désherbée par les jardiniers. Et eux, comment s'appelaient-ils ? Il n'avait pas besoin de le savoir. Il s'appuya contre le cadre de la fenêtre, souffrant, avec la seule envie de s'accroupir et gémir, mais il se força à regarder par la fenêtre. Il se répéta qu'il était heureux de cette vue, et à cette idée il carra les épaules et releva la tête, car comment aurait-il pu vivre dans des pièces qui donnaient sur la terrasse d'où Wainey avait sauté ? Il eut un coup au cœur et s'en réjouit presque. Cela lui permettait de rester concentré. C'était la même douleur violente qui s'était emparée de lui quand sa mère, malade, avait succombé à la tuberculose.

Quand est-ce que cela s'estomperait ? La douleur du deuil semblait au contraire se renforcer. Il sentit ses épaules s'affaisser de nouveau et les sanglots le prendre à la gorge, mais quand on était un homme, on ne pleurait pas. Il se redressa, se forçant à relever la tête. Il était acceptable de pleurer uniquement à la fin d'un passage à tabac. Il avait appris cela le jour de l'enterrement de sa mère, quand il avait sangloté et que son père l'avait convoqué dans son bureau, le soir. Un jour, il ferait sauter ce fichu bureau, avec son père à l'intérieur.

Il avait besoin de prendre l'air, et il avait besoin d'enfiler ses chaussures. Il ouvrit la fenêtre avec précaution, pour ne pas réveiller la douleur. Pas de coups au visage cette fois, parce que les marques précédentes étaient trop visibles. C'était bon de savoir que même son père pouvait commettre des erreurs. Il lâcha un rire sec.

Le soleil était apparu et les fleurs s'agitaient au vent. Le cèdre projetait de longues ombres au centre de la pelouse. On racontait qu'il avait soixante ans et, vu sa hauteur, il pouvait le croire. Il avait été planté par le père du jardinier en chef actuel, apparemment. Il se demandait ce que leurs jardiniers pensaient de travailler pour un nouveau riche au lieu d'un vrai aristocrate au sang bleu.

Cependant, tant d'aristocrates avaient vendu ou même brûlé leurs maisons qu'ils ne pouvaient plus entretenir vu l'augmentation des impôts que les domestiques étaient peut-être heureux d'avoir des gens comme nous, songea-t-il. Il se pencha par la fenêtre et respira l'air frais du matin, remplissant ainsi ses poumons avant sa visite à la mine. Il soufflait une brise froide, mais le cèdre y restait indifférent. Auberon sourit. Cet arbre se balançait à peine, quel que soit le vent, et peut-être qu'un jour il atteindrait lui aussi ce niveau de solidité. Peut-être, mais en attendant, où étaient passées ses satanées chaussures ?

Il avança avec précaution jusqu'à la cloche à droite de la porte qui menait à sa chambre, protégeant ses côtes, essayant de ne pas prêter attention à la douleur suffocante, et il tira avant de se replacer devant le miroir en pied. Il essaya de fermer le bouton du haut, mais ses doigts tremblaient encore trop. Roger devrait être ici, pour l'amour de Dieu. Il devrait en avoir fini avec son père à l'heure qu'il était. À ce moment-là, il laissa retomber ses mains. Bien sûr. Mais oui, bien sûr. Il se regarda dans le miroir, comprenant enfin.

Il avait mentionné l'achat des maisons à Veronica juste avant le petit déjeuner, quand elle lui avait rendu visite dans son appartement, et elle ne l'aurait pas répété. Roger était en train de ranger la penderie, à ce moment-là. Son père avait dû arriver à la même conclusion, sinon pourquoi son valet serait-il en retard ? À ce moment-là, on frappa à la porte et Roger entra, affichant un sourire aussi rigide que l'architecture du manoir.

— Vous avez sonné, Mr Auberon ?

La journée d'Evie avait commencé à cinq heures et demie, comme toujours, et comme elle le souhaitait. Elle aimait être la première à descendre dans ce qu'elle considérait comme son territoire. Dans la cuisine, les souris se dispersèrent à son arrivée, comme d'habitude. Les choses semblaient se répéter éternellement, mais peut-être qu'aujourd'hui, elles allaient changer. Alors qu'elle allumait le fourneau, Annie, Sarah et Millie entrèrent. Millie commença à frotter la cuisinière à la mine de plomb, en lui disant :

— Tu es folle de sourire à une heure pareille, Evie. Tu es complètement folle.

Elle avait des poches sous les yeux, comme si c'était elle qui avait passé une nuit blanche. Evie n'avait pas voulu dormir, pour profiter de la joie qu'elle ressentait.

Sarah et Annie entassaient bruyamment des casseroles dans l'arrière-cuisine tandis qu'Evie secouait la tête.

— C'est le printemps, Millie, les primevères sont sorties, les coucous ont envahi les champs, je les ai vus aujourd'hui de la fenêtre de la chambre. Il y en a plein, tu n'as pas vu ?

— Oh, prépare donc le thé pour les domestiques de l'étage, et pour cette vieille ivrogne.

Evie était sur le point de soulever la bouilloire sur la cuisinière, mais la reposa violemment et approcha de Millie, qui était à genoux.

— Qu'est-ce que tu as dit ? Et lève-toi quand je te parle.

Millie la fixa du regard.

— Tu es qui, pour me parler comme ça ?

Evie l'attrapa par le coude et la força à se lever. Millie lâcha la mine de plomb et tenta de se libérer, pâlissant sous le choc. Négligeant sa gorge encore fragile, Evie cria :

— Je suis ton aînée et si jamais je t'entends encore parler de Mrs Moore comme ça, je te ferai renvoyer. Est-ce que c'est compris ? Tu sortiras par cette foutue porte sans recommandation.

Millie hocha la tête, les yeux pleins de larmes, comme cela lui arrivait souvent.

— Mrs Moore souffre constamment et, de temps en temps, elle boit un verre de gin et, je répète, c'est une fois de temps en temps. C'est ce que toute femme avisée ferait, et tu ne peux pas le répéter à tout le monde, c'est entendu ?

Elle la secouait. Des larmes coulaient sur les joues de Millie et tout à coup, la colère d'Evie retomba. Elle prit la fille dans ses bras, la serra contre elle, écrasant son bonnet.

— Je suis désolée, Millie, mais il faut être plus prudente. Ce qui se passe dans cette cuisine reste dans cette cuisine et on n'en parle pas, ni ici ni ailleurs. Et si on répétait tes erreurs à Mrs Green ? Combien de temps tu tiendrais, à ton avis ?

Car elles étaient nombreuses, les « erreurs de Millie », comme elles les appelaient. Millie cessa de sangloter et Evie la lâcha. Millie récupéra la mine de plomb et se remit à genoux.

Evie reprit :

— Je vais préparer le thé, et la cuisinière doit être briquée.

Le nez de Millie était rouge et ses yeux encore plus gonflés, mais il fallait bien qu'elle apprenne. Une fois le thé servi, Evie s'enroula dans son châle et annonça à Millie qu'elle allait chercher les œufs. Cette dernière se leva.

— Je peux y aller pour toi, Evie.

— Pas besoin, répondit-elle sèchement. S'il te plaît, prépare les ingrédients pour que Mrs Moore fasse le petit déjeuner. Aujourd'hui, c'est haddock, rognons braisés encore une fois, œufs brouillés et bacon et, pour une raison quelconque, Monsieur veut également du *kedgeree*, donc il en aura. Il part pour Leeds immédiatement après, donc on sera tranquilles pendant un moment. Quand vous aurez fini de préparer la table, prenez connaissance du menu du déjeuner. Vous le trouverez au début du livre de Mrs Moore.

Son ton était vif parce que l'irritation et l'inquiétude commençaient à prendre le dessus sur elle. S'était-elle réjouie trop tôt ? Que s'était-il passé avec la maison ? Est-ce que Millie avait répété à d'autres que Mrs Moore buvait ? Grands dieux, dans la vie, on n'en avait jamais terminé avec les « si », les « cependant » et les « peut-être ».

Elle alla jusqu'au poulailler, ramassa les œufs tout chauds dans le panier garni de paille et se dirigea ensuite vers la réserve de légumes, espérant que Simon aurait des nouvelles pour elle, qu'il soit là, parce qu'elle avait juste besoin d'être avec lui. Il attendait à l'intérieur, dans l'ombre.

— Jack m'a déposé ça, à l'abri. Je ne l'ai pas lu.

Elle sourit quand il prit le panier d'œufs en échange du mot.

« Ma petite Evie,

On l'a. Il ne reste plus que la paperasse à terminer. Grace va parler à son notaire. Mr Auberon n'est pas content. Il est venu quand on partait, donc il pourrait y avoir de la colère dans l'air. N'oublie pas de tenir ta langue si on mentionne la famille Forbes. Pas besoin de nous défendre : on est grands et féroces ! Grace veut qu'on l'appelle tous par son prénom. Elle dit qu'elle est notre amie. Je sais que ça paraît un peu dramatique, mais détruis ce message.

Ton frère. »

Elle sourit à Simon.

— On l'a, chuchota-t-elle en glissant le mot dans la poche de son tablier, avant de récupérer le panier d'œufs qu'il lui tendait. Il faut que je me dépêche, c'est le dernier petit déjeuner de Brampton avant un moment, et je n'ai pas encore aperçu Mrs Moore. Je ne sais pas quoi penser de Millie, tu sais, Simon. Tantôt c'est une petite chose fragile, tantôt elle est rancunière, ou peut-être juste idiote.

Simon sourit.

— Pense à la maison et oublie le reste, elle va trouver ses marques. Je suis vraiment content pour toi, Evie.

Il y avait cependant dans sa voix une tristesse qu'elle reconnut, parce que ses parents à lui étaient toujours dans une maison appartenant à la mine, mais quand elle posséderait son hôtel…

Elle lui rappela son projet et précisa qu'il y aurait une place pour ses parents, et il secoua la tête.

— Tu es merveilleuse, Evie Anston. Tu ferais plier le cèdre si tu y mettais toute ton énergie. Maintenant file, et va rapporter ces œufs avant de faire une omelette.

Il ne tenta pas de lui baiser la main quand elle partit, mais elle sentait qu'il la regardait tandis qu'elle remontait le chemin, et elle l'entendit dire doucement :

— Je suis si heureux de te connaître, ma belle.

Elle se retourna et, en avançant à reculons, répondit :

— Et savoir ça, ça m'aide à passer la journée, mon beau.

Il rit et se hâta vers le jardin clos, sa veste claquant au vent.

Elle courut à moitié sur le chemin et faillit se heurter à Roger alors qu'il sortait de la réserve du haut, celle qui était la plus proche de l'arrière-cour. Il souriait, mais c'était un sourire étrange, dur. Elle fit un pas vers la droite, sur le bord du chemin, et il l'imita. Elle en avait marre de ses jeux. Derrière lui, elle pouvait voir les outils, dans la réserve. Il lui dit :

— Viens voir, Evie Anston.

Elle montra son panier.

— Je dois rapporter ça à Mrs Moore.

Roger tendit la main vers elle, elle fit un pas en arrière, mais il fut trop rapide et lui saisit le bras.

— Ce n'était pas une invitation, c'était un ordre.

Il s'approcha si près qu'elle sentit son haleine chargée d'alcool alors qu'il n'était même pas huit heures. Qu'est-ce qui se passait, est-ce que les problèmes d'alcool étaient contagieux ? Elle savait bien que non, mais que se passait-il ? Il lui cramponna le bras et, soudain, il se posta derrière elle, lui tordant le bras dans le dos. La douleur lui coupa le souffle. Elle tenait toujours le panier d'œufs dans son autre main, mais ne savait pas quoi faire. *Crie, espèce d'idiote*, pensa-t-elle. *Simon viendra.* Elle s'apprêtait à appeler à l'aide, quand la main de Roger se posa sur sa bouche tandis qu'il la poussait dans l'obscurité de la réserve. Il lui chuchota à l'oreille :

— Tu as entendu ce que j'ai dit à Len ce jour-là, n'est-ce pas ? Tu étais la seule assez proche, et il était le seul à qui je l'ai dit, lui et ses foutus chiffons tout gras. Tu es arrivée au coin du chemin trop brusquement après notre dispute, et juste avant, j'ai entendu un bruit. Tu étais là, à écouter. Tu as parlé à quelqu'un de l'achat de la maison. Comment as-tu osé ? J'ai reçu un avertissement maintenant, et je suis chassé d'ici, me voilà de nouveau voiturier pour Monsieur qui est d'une humeur massacrante, et à ton avis, qui va en faire les frais ? Il va me pourrir la vie et je ne pourrai pas m'échapper car il ne me donnera pas de recommandation.

Il retira sa main de sa bouche. Que pouvait-elle dire ? Il savait que c'était elle, mais il ne devait pas savoir pourquoi. Elle répondit :

— C'est ce que tu voulais, n'est-ce pas, retourner servir Monsieur ? C'est une promotion.

Il serra un peu plus son bras dans son dos. Elle haleta de douleur et se pencha en arrière pour relâcher la tension.

— Espèce d'idiote. C'est une punition. Il va m'épuiser et je reviendrai quand il aura fini de s'amuser. Tout est ta faute. Tu leur as fait perdre les maisons, n'est-ce pas ? Je veux savoir à qui tu en as parlé, et je veux savoir pourquoi.

Evie secoua la tête.

— Je ne sais pas de quoi tu parles. Je ne l'ai dit à personne, pourquoi j'aurais fait ça ? Ça n'a rien à voir avec moi.

Elle le sentit relâcher son emprise et, prenant appui sur sa jambe droite, elle frappa violemment du pied avec le talon de sa botte gauche.

— Aïe !

Il la lâcha, elle se retourna, mais il fut plus rapide et bloqua la porte. Il secoua la tête, le visage rouge, la bouche tordue en un rictus sinistre.

— Tu n'aurais vraiment, vraiment, pas dû faire ça.

Il avança et elle interposa le panier à œufs entre eux, voulant crier, mais sans oser le faire. Et si quelqu'un venait et qu'il annonçait qu'elle avait répété ce qu'elle avait entendu ? Elle aurait beau nier, on lui poserait des questions et on découvrirait peut-être des réponses. Non, elle était Evie Anston et elle devait le rester.

Il tendit la main vers elle. Elle fit un pas en arrière. Il bondit de nouveau. Elle esquiva sur le côté, mais son pied buta sur une houe. Elle leva la main, en disant :

— Tu vas être en retard pour Monsieur, ou Mr Auberon, enfin celui que tu sers.

Il secoua la tête, s'élança de nouveau et la prit à la gorge, les doigts d'un côté, le pouce de l'autre. Il lui faisait mal.

— Il est encore tôt. J'ai vu Monsieur et Mr Auberon, qui a eu le plaisir de me passer un autre savon.

Il lui serrait la gorge.

— Alors, une dernière chance : à qui as-tu parlé ? Parce que ça s'est répandu tellement vite que c'est parvenu aux oreilles de quelqu'un qui n'aurait pas dû le savoir.

Il aimait ça, elle le voyait sur son visage, mais il ignorait qu'elle était allée le répéter directement à l'intéressé. Le soulagement l'envahit. Elle secoua la tête.

— Laisse-moi partir.

Sa voix était si faible que cela rappela le froid de Fordington et le sauvetage de Jack. Jack. Elle se concentra sur tout ce qu'il lui avait dit.

Roger était tout proche d'elle maintenant, costume immaculé, lèvres pincées, puis il posa la bouche sur la sienne, et sa langue tenta de pénétrer entre ses lèvres. Elle s'étouffa. Sa main était toujours posée sur sa gorge ; elle pouvait à peine respirer. Il releva la tête et lui lécha la joue. De sa gorge, sa main descendit plus bas pour lui caresser la poitrine tandis que l'autre, posée sur son dos, la maintenait contre lui. Elle tenait toujours le panier à œufs. Il ne fallait pas les casser.

Il l'embrassa dans le cou et la poussa contre le mur. Sa cheville buta de nouveau contre la houe, qui tomba lourdement par terre. Quelque chose s'enfonça dans son dos. Elle le repoussa de toutes ses forces. En riant, il lui attrapa le bras. Elle tourna la tête pour échapper à sa bouche. Il y avait des outils de jardinage sur l'étagère qui longeait le mur de la réserve. Il agrippait ses vêtements, tentait de les enlever. Mon Dieu, il pouvait trouver la lettre. Jack. Jack, j'attends une bonne occasion, comme tu me l'as conseillé.

Elle arrêta de se débattre, se détendit, et il rit.

— C'est ça que tu es, hein, une putain qui joue avec les hommes. Je savais que tu en avais envie, mais ça ne sera pas suffisant. Tu vas payer, Evie Anston, pour ce que tu as fait.

Il avait la bouche collée contre sa gorge. Elle tâtonna le long de l'étagère, sentit un seau, trouva l'anse, et alors qu'il tirait sur son corsage, elle le saisit et le balança sur lui. Elle ne lui toucha que l'épaule, mais il fut sous le choc. Elle lui écrasa le pied puis lui asséna un coup de genou à l'entrejambe, et elle savait que ça faisait mal.

Elle le gifla puis lui lança :

— Espèce d'ordure, pose encore une fois la main sur moi et c'est pas avec un foutu seau que je te frapperai, tu entends ? La prochaine fois, je te castre.

Il gémissait, plié en deux. Elle sortit de la réserve en courant, traversa la cour et dévala les marches jusqu'à la cuisine, ses œufs encore intacts bien que sa manche soit déchirée. Mrs Moore lui demanda ce qu'elle avait fait. Elle répondit qu'elle s'était accrochée sur la porte du poulailler.

— Ah bon, tiens, tiens, pourquoi pas, commenta Mrs Moore, en versant le thé avant d'aller remuer le *kedgeree*. Tu en as mis du temps, je dois dire. Recoiffe-toi, et d'où viennent ces marques sur ton cou ?

Evie ne dit rien. Moins il y avait de questions, mieux c'était et, d'ailleurs, elle méritait sa punition. Elle avait nui à Roger en répétant ce qu'elle avait entendu, mais maintenant ils étaient quittes, et mieux valait éviter les questions. Elle se contenta de hausser les épaules.

— C'est ce froid et la poussière du poulailler qui m'ont fait tousser, j'ai dû poser ma main sur ma gorge.

Elles se mirent à préparer le petit déjeuner, mais avant tout, Evie alluma le fourneau et y jeta le message de Jack. Ce n'est que lorsqu'elles commencèrent à préparer le déjeuner qu'elle se mit à trembler. Cela continua jusqu'à ce que Roger arrive, une fois le repas du midi terminé. Il la trouva dans le grand garde-manger, vint se placer à côté d'elle sans honte et murmura :

— Si tu me repousses, je m'en prendrai à ta copine Millie, comme je l'ai fait avec Charlotte. Penses-y, Evie Anston, c'est à toi de décider.

Il fit un pas en arrière dans la cuisine et s'inclina devant Mrs Moore.

— Adieu, mesdames. Je ne sais pas quand je reviendrai pour de bon, mais je serai de retour.

Il fit une autre révérence en direction de Millie.

— Restez aussi belle que vous l'êtes aujourd'hui, mademoiselle Millie, et nous aurons peut-être la chance d'apprendre à mieux nous connaître à mon retour.

Mrs Moore ricana, regardant Evie et Millie qui avait rougi et souriait. Evie fixa des yeux ses mains tremblantes. Elle ne pouvait pas le laisser faire, Millie était trop fragile, trop idiote. Toute la journée et la soirée, elle repensa aux paroles de Roger et, à l'aube, elle décida d'avertir Millie et de veiller sur elle, parce qu'il était hors de question de se vendre pour quelqu'un d'autre, quelles que soient les circonstances.

Chapitre onze

À plusieurs reprises pendant cette semaine et la suivante, Mrs Moore et Mrs Green mirent en garde leur personnel contre Roger, car elles ne voulaient pas qu'une de leurs filles apprenne à mieux connaître ce « petit sournois en costume » à son retour. Mrs Moore s'inquiétait pour Evie.

— Je ne suis pas une idiote, je sais parfaitement qui était le renard dans le poulailler, lui dit-elle, comme revigorée par l'indignation.

Au bout de quelques jours, ses gonflements et ses douleurs avaient diminué, et elle ne versait plus de gin dans son thé. *Comme quoi, c'est un mal pour un bien*, songea Evie.

Dans le réfectoire des domestiques, l'atmosphère était plus légère sans Roger, tout comme la météo de ce mois de mai.

— Je n'arrive pas à croire que je suis arrivée depuis un peu plus d'un mois seulement, commenta Evie en commençant à confectionner la croûte de sel pour le rôti de veau.

Et cela faisait dix jours que Roger l'avait attaquée.

— Oui, le temps file, murmura Mrs Moore alors qu'elles travaillaient ensemble à la préparation du dîner, le mercredi après-midi. Tout va se calmer un peu maintenant que Lord Brampton est parti, et j'ose penser qu'on n'aura plus à préparer le thé des enfants pour un moment. Ils auront moins besoin de soutien, et Mr Auberon aura un peu de répit.

Evie s'arrêta dans sa préparation. Elle avait de la farine jusqu'aux coudes. Elle émietta encore un peu de sel. Mrs Moore regarda à travers les fenêtres du couloir et ajouta doucement :

— Je n'aurais pas dû dire ça. Il faut qu'on soit prudentes. Quelqu'un a répété à quelqu'un d'autre que les Brampton voulaient acheter les maisons des Froggett, en tout cas c'est ce qu'on raconte, et regarde le bazar que ça a créé.

Evie lui jeta un coup d'œil en coin et se concentra sur la préparation de la croûte de sel.

— Je ne vois pas qui ça peut être.

Mrs Moore laissa échapper un petit rire.

— C'est étrange, n'est-ce pas, mademoiselle Evie Anston ? Maintenant, c'est ton après-midi de libre, alors enlève-moi ce tablier. Je vais finir ça.

Elle étudiait son livre de recettes, faisant courir son doigt sur la page tout en formulant des commentaires.

— Ils ont demandé de la crème glacée. Quelle plaie.

Evie enleva son tablier et l'accrocha à la patère, en passant derrière Mrs Moore qui dit doucement :

— Je vais déverrouiller la fenêtre du garde-manger, juste au cas où, et tu transmettras mes salutations à Miss Manton.

Evie descendit en trombe les chemins de campagne jusqu'à l'abri, concentrée sur l'heure, sur sa bicyclette et sur la beauté des coucous sauvages, sans oublier les primevères. Bientôt les jacinthes des bois sortiraient et embaumeraient. Tout allait bien, et elle ne repensait que ponctuellement à la bouche et à la langue de Roger, à ses mains qui la tripotaient.

Alors qu'elle approchait de l'abri, elle aperçut Simon à l'intérieur qui taillait une longue et fine branche pour en faire un bâton de marche. Il l'attendait. Elle hésita, sachant qu'elle l'avait évité pendant plus d'une semaine, depuis l'agression de Roger, au point que Millie lui avait fait remarquer, un soir qu'elles étaient couchées :

— Tu l'as quitté, n'est-ce pas ? Pauvre garçon, il t'aime bien. Tu ne sais pas la chance que tu as, Evie. Je n'aurai jamais tout ça.

Sa voix était dure et trahissait sa colère. Evie avait fait semblant de dormir, regrettant une nouvelle fois qu'Annie ait demandé à partager sa chambre avec Sarah, lui laissant le plaisir mitigé de partager celle de Millie.

Simon leva les yeux, la bouche pincée en un sifflement silencieux.

— Bonjour, Evie Anston. Je me demandais si j'étais devenu un monstre à deux têtes ou quelque chose comme ça ?

Il sourit, mais ses yeux étaient cernés, comme s'il n'avait pas dormi. Elle savait qu'il en était de même pour elle. Elle s'arrêta un moment, elle avait envie de s'enfuir, mais Miss Manton l'attendait, et elle n'allait pas se comporter comme Millie, pour l'amour du ciel.

Elle carra les épaules et rit. Même à ses propres oreilles, ce rire sonnait faux.

— Tu n'as qu'une tête, et elle est jolie.

C'était sincère.

Elle entra dans la cabane, mais ne pouvait pas atteindre son vélo parce que Simon était dans le passage et ne paraissait nullement décidé à bouger. Il plia son couteau et le mit dans sa poche. Il souffla sur le bâton. Des copeaux de bois s'envolèrent, tourbillonnant par terre comme des graines de sycomore. Il inspecta son travail de haut en bas.

— J'ai travaillé là-dessus pendant que je t'attendais dans la réserve, mais c'est Millie qui est venue. Et ce n'est pas Millie que j'ai envie de voir, dit-il d'une voix ferme. Regarde tout ce que j'ai fait alors que j'aurais pu bavarder avec toi à la place.

Il laissa tomber la canne et enleva sa casquette, passant sa main dans ses cheveux roux. Il ne s'approcha pas d'elle, mais attendit, et elle savait qu'il attendrait toute la journée s'il le fallait. Il était comme Jack, solide, féroce, fort, gentil, compréhensif.

Elle s'approcha. Son guidon était presque à sa portée. Il était rouillé et devait être poncé avec de la toile émeri. Elle allait le polir jusqu'à ce qu'il brille comme le garde-boue. Il croisa les bras.

— Tu ne m'aimes plus, Evie ?

Elle ne pouvait pas supporter la douleur dans sa voix. Elle secoua la tête et il se redressa pour attraper sa canne, mettre sa casquette et se diriger vers la porte, mais elle lui cria :

— Non, ce n'est pas ce que je voulais dire. Arrête, s'il te plaît, Simon.

Il obéit, se tournant dans l'embrasure de la porte. Elle ne pouvait pas voir son visage à contre-jour, mais derrière lui les derniers pétales de fleurs s'accrochaient aux branches et les nuages s'envolaient vers l'Arbre rabougri.

— Qu'est-ce que tu voulais dire alors, Evie ? Si les choses ont changé, elles ont changé et c'est comme ça, mais j'ai besoin de savoir.

Elle parla de Roger et lui expliqua qu'elle n'avait pas les idées suffisamment claires pour être avec lui, Simon. Elle débita son récit par saccades, et il resta silencieux tout du long. À la fin, il se tourna face au soleil, leva son bâton de marche et le cassa en deux sur sa cuisse. Il resta là. C'était ainsi. Comme tout le monde, il pensait que la femme était responsable. Pourquoi le lui avait-elle raconté ? Pourquoi ?

Elle saisit son guidon et dégagea son vélo. Tout irait bien. Elle allait s'en sortir. Elle allait peindre des pancartes, écouter l'oratrice, s'inquiéter qu'on fasse passer le droit de vote avant les impôts, et rien de tout cela n'aurait d'importance. Elle allait cuisiner, un jour elle aurait son hôtel, et sa famille sortirait de la mine, c'était ce qui comptait. Elle fit rouler son vélo vers l'entrée, mais Simon restait toujours debout, dos à elle. Elle lui dit :

— Excuse-moi.

Il secoua la tête, puis fit un pas de côté, à moitié dehors, à moitié dedans. Quand elle passa devant lui, il tendit le bras pour lui barrer le chemin. D'une voix rauque, il s'emporta :

— Ne me demande plus jamais de t'excuser, Evie Anston, tu m'entends ? On ne s'excuse devant personne, on demande de l'aide. Voilà ce qu'on fait. Tu aurais pu m'appeler, je serais venu. Comment quelqu'un a-t-il osé te faire du mal ? Comment ose-t-il poser ses mains sur toi ?

À ce moment-là, il la prit dans ses bras et, le visage dans ses cheveux, poursuivit :

— Je vais le tuer. Bon sang, s'il s'approche de toi encore une fois, je vais le tuer.

Lâchant son vélo qui glissa sur le sol, elle le prit aussi dans ses bras et, pour la première fois depuis l'agression de Roger, elle se sentit en sécurité. Alors, Simon l'embrassa, sur le front et la joue, mais pas sur la bouche, et elle était heureuse de cela, car même si c'était Simon, tout ce qu'elle voyait, c'était Roger.

La réunion avait déjà commencé quand Evie et Grace Manton arrivèrent. Elles étaient convenues de se tutoyer et de s'appeler par leurs prénoms. Elles frappèrent à la porte, selon le code qu'on leur avait donné, et la porte s'ouvrit. On la referma juste derrière elles.

— Pour repousser les intrus, chuchota la portière en souriant.

Sur la pointe des pieds, elles allèrent s'installer au dernier rang. Une jeune femme était sur scène et parlait de la force du sexe féminin, de la nécessité de pouvoir voter afin de contribuer à façonner le pays, en rappelant le prix que les femmes avaient payé jusqu'à présent. Elle raconta qu'elle avait été arrêtée et emprisonnée avec de nombreuses autres personnes, après avoir manifesté et jeté des briques dans des vitrines de magasins. Elle expliqua que l'une de ses amies avait même mis un chiffon en feu dans la boîte aux lettres d'un bureau de poste. Tout en arpentant la scène, elle expliqua que, malgré les condamnations sévères en réaction à la violente campagne de Pankhurst, cela avait amené Asquith à reconsidérer la question du vote des femmes. Grace murmura :

— Quel beau chapeau. Des plumes d'autruche, non ? Je suppose qu'il coûte l'équivalent du salaire mensuel d'un ouvrier.

La femme à côté d'elle se retourna, la surprise visible sur son visage fatigué et buriné.

— Plus que ça, à mon avis. On dit que contrairement à sa sœur et à sa mère, Sylvia Pankhurst est du côté des travailleurs. Elle a ses priorités.

L'assistance applaudit poliment, et leur présidente de séance monta sur scène pour annoncer qu'un membre du parti libéral prendrait la parole à Newcastle pour défendre le Budget du peuple.

— Il faut qu'on se rende sur place, qu'on manifeste et qu'on perturbe les discussions. Nous devons insister pour que le droit de vote soit discuté avant les impôts. J'ai noté à la craie sur le tableau l'heure du train que nous prendrons et il nous faut le plus de monde possible. Je connais toutes les excuses : vous risquez de perdre vos emplois, vos maris, vos enfants, mais pensez à la cause que nous défendons, pensez aux femmes qui viendront après vous.

Au fond de la salle, l'enthousiasme était plus réservé, notamment de la part de Grace et d'Evie et de leur nouvelle amie, Betty Clark. Grace marmonna :

— J'imagine qu'elle n'a pas besoin de travailler, elle ne l'a jamais fait et ne le fera jamais. Qu'est-ce qui cloche ici, on est en train de perdre le sens commun, n'est-ce pas ?

Mrs Dale, la nouvelle présidente de séance, demanda le silence à la salle.

— J'invite l'assemblée à formuler ses commentaires.

Une à une, les femmes se levèrent pour approuver les propos de Mrs Dale. Grace chuchota :

— Est-ce que l'une de nous deux va risquer de se faire lyncher en se levant pour dire ce qu'on pense ?

Evie sourit.

— Je vais le faire. Le pasteur n'apprécierait peut-être pas que je vous ramène chez vous rouée de coups.

Mais, à ce moment-là, quelqu'un à l'avant de la salle se leva, et Mrs Dale fit signe de se taire. Ce n'est que lorsque cette personne commença à parler qu'elles comprirent qu'il s'agissait de Lady Veronica. Evie saisit le bras de Grace.

— Il ne faut pas qu'elle me voie, sinon je vais être renvoyée.

— Chut, répondit Grace.

Lady Veronica dit :

— C'est une attitude irresponsable. Et est-ce que cela montre qu'on est dignes du droit de vote ? Il faut donner davantage aux pauvres, il faut se concentrer là-dessus et soutenir Lloyd George, et non perturber…

Des huées et des exclamations éclatèrent dans la salle, noyant le reste de ses paroles. Evie se leva pour mieux voir, mais à côté de Lady Veronica, quelqu'un la tirait pour qu'elle se rasseye. Qui ça ? Malgré leurs efforts, elles ne purent pas en distinguer davantage.

Grace fit de même avec Evie, en disant :

— Je l'ai vue ici une fois, mais je pensais qu'elle était venue pêcher des informations, pour avoir quelque chose à raconter à ses amis, de quoi rire un peu. On a été polies et on a fait semblant de ne pas se reconnaître. Il faut que tu sortes avant qu'elle ne t'aperçoive, mais elle est impressionnante, non ?

Elle se remit à applaudir et Evie l'imita. En fait, tout le dernier rang affirmait son soutien à Lady Veronica. Par-dessus le brouhaha, Evie demanda :

— Elle devrait avoir une chaperonne, non ? Qu'est-ce que dirait sa famille ?

Mrs Dale et le comité, assis sur des chaises à l'arrière de la scène, appelaient au calme avec des gestes de la main, comme si les suffragettes étaient une meute de chiens enragés, et peut-être bien que c'était vrai, songea Evie, qui commençait à se moquer de l'absurdité de tout cela.

Grace était toujours en train d'applaudir, yeux brillants, visage rougi.

— Peut-être qu'elle en a une, mais pas le genre de chaperonne qu'approuverait Lady Brampton. Une amie peut-être ? Elle me surprend beaucoup, mais en même temps ce n'est pas si étonnant, parce que Miss Wainton était une grande partisane du vote des femmes. J'aurais dû m'en douter.

Evie regrettait de ne pas avoir connu Miss Wainton. Easterleigh Hall devait être un endroit plus heureux, avec elle. C'est à ce moment-là que la première brique brisa une fenêtre dans un fracas de verre. Les femmes se turent. La brique avait touché une femme assise à deux chaises d'Evie. Des hommes tambourinèrent à la porte en hurlant. Pendant un instant, Evie ne pouvait plus penser ni réagir, et il semblait que tout le monde était dans le même cas. Et puis les chaises raclèrent le sol. Les femmes bougèrent. Des huées s'élevèrent. Une autre brique brisa une fenêtre, cette fois plus près de la scène. Davantage de verre brisé, davantage de cris. Cette fois-ci, tout le monde se précipita, mais dans des directions différentes. C'était la panique générale.

Mrs Dale lança :

— La sortie du fond ! Dirigez-vous vers la sortie du fond !

Ce n'était pas la première fois qu'une réunion était perturbée, c'est pourquoi les portes étaient toujours verrouillées et qu'elles n'utilisaient que des salles possédant une seconde issue. Pour Evie, cependant, c'était la première fois et, pendant un moment, elle resta figée sur place, regardant autour d'elle, impuissante, alors que les briques continuaient de pleuvoir.

— Au fond ! cria Grace.

Alors les portes s'ouvrirent et les hommes déboulèrent, le visage rougi par l'alcool, écharpes autour du cou, casquettes de travers, et ils foncèrent sur les femmes qui se dispersaient en hurlant, lançaient des chaises pour leur faire barrage, se précipitant en masse vers la sortie pour celles qui le pouvaient. De petits groupes étaient isolés, encerclés.

À toute vitesse, Evie et Grace se faufilèrent par une ouverture, avec Betty Clark, mais Evie aperçut Lady Veronica sur la gauche, près de la scène, face à un groupe d'hommes aux poings levés.

— Les ordures ! cria-t-elle par-dessus le brouhaha. Il faut la faire sortir, il ne faut pas qu'ils sachent qui elle est. Imagine que son père en entende parler.

Grace prit un instant pour réfléchir à la situation pendant que Betty continuait vers la sortie, puis Evie se fraya un chemin dans la mêlée. Grace la rejoignit, et ensemble elles enjambèrent des chaises renversées, des sacs éventrés, tandis que tout le monde les bousculait, les femmes en prenant la fuite, les hommes en se moquant d'elles. Le bruit les empêchait de réfléchir et elles agissaient par instinct. Des briques volaient toujours à travers les fenêtres, et elles les évitaient alors qu'une pluie de verre leur tombait dessus et qu'elles écrasaient les débris.

Lady Veronica avançait, en tirant avec elle l'oratrice. Leurs chapeaux étaient de travers, les plumes flottant inutilement. Evie et Grace échangèrent un regard, incapables d'imaginer que c'était la fille de Brampton qui venait de défendre ses opinions devant tout le monde.

— Si son père savait, il l'étranglerait à mains nues, cria Grace au-dessus du bruit.

— Oui, et pourtant elle a osé prendre la parole.

On n'entendit pas la réponse d'Evie, parce qu'un homme la tira par le manteau pour la faire tomber, brandissant un pic à la main. Elle se sentit plaquée au sol. Son haleine fétide était chargée de bière. Ce n'était pas un mineur, parce qu'il ne portait pas de cicatrices et n'avait pas de taches sur la peau. Grace le frappa sur le dos. Il desserra sa prise. Evie se remit debout et lui écrasa les pieds, mais ses bottes avaient des renforts en acier. Il lui donna un coup de pied dans le tibia. La douleur lui coupa le souffle, mais seulement un instant, puis elle visa ses yeux avec ses ongles et il lâcha un juron en balançant son pic dans sa direction, mais Grace lui attrapa le bras. Evie lui arracha le pic. Il était trop lourd et tomba par terre. Elle le ramassa par une extrémité et asséna un grand coup dans le ventre de l'homme, lui coupant le souffle. Il s'effondra en gémissant.

Grace laissa échapper un rire sauvage et hautain.

— Je devrais tendre l'autre joue, mais j'ai plutôt envie de gifler la sienne.

Elle fit signe à Evie d'avancer, en indiquant Lady Veronica, qui avait été séparée de son amie par un flot de femmes se dirigeant maintenant vers l'entrée principale ; apparemment, tous les hommes étaient désormais à l'intérieur et s'orientaient vers la sortie arrière. Certaines femmes avaient ramassé des chaises et chargeaient les hommes, qui reculaient vers la scène, les bras en l'air pour se protéger.

Lady Veronica avait perdu son chapeau et ses cheveux blonds étaient en bataille. Evie s'accrochait à son pic, le maintenant par la tête, et se fraya un chemin en le brandissant devant elle. Grace avait attrapé une chaise qu'elle agitait comme un dompteur de lions. Elles attrapèrent Lady Veronica, qui balançait maintenant une chaise vers un groupe d'hommes. Grace cria :

— Partez, maintenant ! Sortez ! Il ne faut pas qu'on vous reconnaisse.

Les yeux de Lady Veronica étaient furieux et elle se dégagea, mais Grace l'attrapa de nouveau en la secouant :

— C'est moi, Grace Manton. Venez avec nous.

La folie dans son regard se dissipa et la jeune femme hocha la tête.

— Vous êtes ici ?

— Plus pour longtemps, répliqua Grace alors que deux femmes, qui frappaient les mains des hommes tirant leurs jupes, les bousculaient.

Grace en tête, elles se frayèrent un chemin vers la sortie principale, Evie dissimulant toujours son visage. Il y avait peu de chances que Lady Veronica la reconnaisse, de toute façon, vu qu'elle était cachée dans l'arrière-cuisine quand elle était descendue prendre le thé avec son frère. Une femme annonça à la cantonade :

— Les journalistes sont là et la police aussi. Couvrez-vous le visage.

Lady Veronica semblait partagée entre excitation et peur. Evie la vit porter une main à sa tête, où son chapeau avait disparu, et la peur l'emporta. Elle hésita. Elle ôta le sien et se couvrit la tête avec son châle. Elle enfonça son chapeau sur la tête de Lady Veronica. Son amie les rejoignit, tête nue elle aussi, et se plaça à l'avant.

— Marchez derrière moi. Je me fiche de la publicité, c'est pour la bonne cause.

Ensemble, elles avancèrent et finirent par déboucher à l'air libre, dans la nuit. Evie et Grace encadraient Lady Veronica, bousculées par la foule qui les raillait. Evie lança aux policiers :

— Vous devriez être à l'intérieur en train d'arrêter toutes ces brutes, au lieu de rester en sécurité ici. Ça pourrait être votre mère, là-dedans !

L'un d'eux rit et lui donna un coup de matraque.

— Ma mère est pas si stupide.

Evie se prépara à riposter, mais Grace l'attira vers elle.

— Non, il faut partir d'ici.

Tout à coup, une femme se jeta sur le policier à la droite d'Evie. C'était l'amie de Lady Veronica, qui n'était plus là pour protéger cette dernière. Les appareils photo crépitèrent. Evie enfonça davantage le chapeau sur la tête de Lady Veronica et avança avec elle à travers la mêlée. Un œuf s'écrasa sur sa joue, un homme lui fit un croche-pied. Elle l'évita d'un bond. Grace riposta, chargeant les hommes, puis rattrapant un groupe de femmes et restant dans leur sillage. Elles finirent par atteindre une rue sombre. Le silence les entourait. Un silence total. Evie se dissimula dans l'ombre.

Grace demanda où se trouvait la voiture de Lady Veronica.

— Le palefrenier attend aux écuries du Lion Rouge. Il pense que Lady Margaret et moi rendons visite à des amis de Lady Esther.

La voix de Lady Veronica était tremblotante.

Grace la mena aux écuries, mais Evie resta sur la route pour éviter le palefrenier. Elle essuya les traces d'œuf sur son visage.

— Bon sang, j'aurais pu le garder pour le petit déjeuner, dit-elle à haute voix, sans réussir à sourire.

Le voyage de retour se fit dans le silence, mais elles évoquèrent tout de même, à voix basse, la haine des hommes envers les femmes. Et les désaccords qui régnaient, même au sein du groupe.

Evie avait très mal au tibia quand Grace la déposa au carrefour. Elle rentra à vélo lentement ct, quand elle atteignit le mur du jardin potager, elle sentit un bras l'entourer.

— Longue journée, jeune fille.

C'était Simon et il l'embrassa dans les cheveux pendant qu'elle lui racontait ce qui s'était passé, sans mentionner Lady Veronica. Il valait mieux que personne ne soit au courant.

Chapitre douze

C'était novembre à Easterleigh Hall et si Evie avait trouvé que son premier mois là-bas avait filé, ce n'était rien comparé à l'été où le soleil avait asséché la terre aride. Inlassablement, les jardiniers avaient puisé de l'eau dans les puits puis dans le lac pour arroser les légumes et les fruits. Les visites d'Evie à Simon avaient continué, ainsi que les dimanches à ramasser le charbon de mer et, chaque semaine, elle ressentait plus d'amour pour ce jeune homme, et plus de plaisir à voir la maison dont les Forbes étaient désormais propriétaires ; certaines choses avaient changé, mais pas toutes. Voilà qu'elle se retrouvait une nouvelle fois cachée dans le garde-manger, parce que Auberon et Veronica étaient venus manger une part de gâteau dans la chaleur de la cuisine.

Elle faillit déchirer le papier en cochant les sacs de farine, les raisins de Corinthe, et les blocs de sel, établissant une liste de produits à réapprovisionner. Mrs Moore avait décidé qu'elle devait apprendre la procédure d'inventaire et toutes les étapes intermédiaires jusqu'à ce que cela devienne une seconde nature, car si

Evie avait l'intention de diriger sa propre cuisine, sans parler d'un hôtel, cela serait nécessaire.

Tout en travaillant, elle pensait aux champs sur lesquels donnait la maison des Forbes. Elle était plus loin de la mine, mais au moins son père et ses frères étaient libres et conservaient leur pouvoir de décision. Quand elles se rendaient aux réunions qui étaient désormais plus apaisées, Grace la tenait au courant de l'avancée des travaux des deux autres maisons.

Cette attaque avait soudé le groupe de femmes, pour l'instant du moins, situation favorisée par l'adoption de la loi de Lloyd George sur le Budget du peuple à la Chambre des communes, de sorte que tous leurs efforts pouvaient désormais se concentrer sur l'obtention du droit de vote. Mais tous ces événements avaient révélé des scissions au sein du mouvement des femmes qu'Evie n'avait pas imaginées auparavant.

Elle examina les étagères et réprima son agacement. On répétait sans arrêt à Millie qu'elle devait recharger les étagères méthodiquement. Cela entrait par une oreille et ressortait par l'autre, car cette fille pouvait anéantir le système d'organisation le plus efficace en un rien de temps, et un jour Evie allait perdre patience. Le problème, c'était que dès qu'on réprimandait Millie, elle se mettait dans tous ses états, tremblait et pâlissait à tel point qu'Evie se demandait si elle ne faisait pas du chiqué. Donc, pour ne pas perdre trop de temps, Evie et Mrs Moore finissaient par lui donner un thé et la réconforter, avant de lui confier une tâche subalterne qui ne nécessitait guère d'attention.

Bientôt, ce bon vieux père Noël descendrait dans la cheminée, donnant aux femmes de ménage plus de saletés à ramasser, et elle se dit qu'elle pourrait lui demander d'aider cette fille à faire son travail. D'ici 1910, elle aurait sûrement appris à travailler.

Evie prit un moment pour passer en revue les repas à venir tout en comptant les boîtes de thé.

Il y avait encore une partie de chasse prévue, dont les invités arriveraient le vendredi, mais c'était la dernière, pour le plus grand soulagement de tous. Archie et James étaient fatigués de porter les paniers, en particulier James parce qu'il était non seulement valet de chambre de Mr Auberon, mais aussi de Lord Brampton quand il revenait pour les parties de chasse, car Roger restait à Leeds.

Mr Harvey, en particulier, avait hâte que novembre et ses parties de chasse touchent à leur fin, parce que la lande était pleine de courants d'air, disait-il. Il avait pris l'habitude de porter deux paires de caleçons longs sous son pantalon, du moins c'est ce que Mrs Moore avait confié à Evie le matin, et celle-ci préférait ne pas imaginer comment elle le savait. Ses pensées devaient se lire sur son visage, parce que Mrs Moore lui dit :

— Cette grimace n'est pas jolie à voir, Evie Anston, alors va t'occuper des toasts.

— Mon visage ne peut pas être plus laid à voir que Mr Harvey avec deux paires de caleçons longs.

Mrs Moore rit à gorge déployée. Ses rhumatismes s'étaient bien arrangés pendant l'été, mais ce n'était pas bon pour elle de se priver de sa sieste de l'après-midi pour rester avec les rejetons Brampton, comme les appelait Jack.

Comme toujours, Evie avait laissé la porte entrouverte, si bien qu'elle entendait et apercevait les deux

« rejetons » discuter du blocage du Budget du peuple par la Chambre des lords, adoptant parfois le français pour évoquer la détermination de leur père à stopper cette mesure qui faisait l'apologie des classes ouvrières. Que penseraient-ils s'ils savaient qu'ils contribuaient à améliorer le français d'Evie ? Ils ne seraient sans doute pas contents, les bougres, songea-t-elle.

— J'espère qu'il ne va pas se ridiculiser, et nous par la même occasion, ce week-end, en voulant continuer la chasse à tout prix, commenta Lady Veronica.

Auberon prit la dernière friandise pendant que sa sœur secouait la tête.

— Non, vas-y, tu en as plus besoin que moi. Comment ça se passe à la mine ?

Mr Auberon répondit en français, la bouche pleine. Bon sang, pensa Evie, la nappe devait être constellée de miettes.

— J'apprends avec Davies, tu sais, Ver, et je suis plus lucide quand papa n'est pas là. Toutes ces économies qu'il faut faire, c'est horrible. Je déteste ça. Mais je ne peux pas supporter qu'il me frappe encore une fois. Pas tout de suite. Il faut que je laisse à mes côtes le temps de se remettre.

Il passa à l'anglais :

— C'est remarquable quand on y pense, Ver. Le charbon est indispensable. C'est un matériau magique, c'est la base de l'Empire, et des aciéries de papa. C'est un matériau vivant.

Elle répondit en français :

— Oui, mais ça tue, et encore plus quand on ne pense pas à la sécurité. Il y a une énorme différence entre essayer et faire, Aub.

Evie vit Mr Auberon se lever, le visage rougi.

— Merci, Mrs Moore. Veronica, j'ai du travail.

Il se dirigea vers la porte, la tête haute, mais alors qu'il quittait la cuisine pour gagner le couloir, Evie ressentit un élan de pitié, une pitié qui était née lentement pendant l'été, à force d'écouter ces conversations. Qu'est-ce que cela devait être d'avoir un père comme le sien ? C'était facile pour Lady Veronica d'être si droite, mais qui venait au secours d'Auberon quand il en avait besoin ?

Elle arrêta de réfléchir, son crayon en l'air, se demandant d'où lui venaient toutes ces pensées. Bientôt, on la verrait prendre la parole devant des foules ! Mais elle commençait à entrevoir que tout n'était pas noir ou blanc. La plupart des gens faisaient de leur mieux, et Mr Auberon ne semblait pas avoir le même cœur impitoyable que son père.

Elle avait expliqué à Jack qu'Auberon rechignait à faire des économies, mais son frère n'avait pas voulu entendre un tel discours. Quand elle en avait parlé à Simon, il s'était contenté de rire et de l'embrasser, et lui avait dit de ne pas s'inquiéter, que tout allait s'arranger. Avec ses baisers, tout le reste s'était évanoui. Elle souriait à présent, et avait envie d'être avec lui.

Lorsque Lady Veronica quitta les lieux à son tour, Evie ressortit. Assise à table, Mrs Moore poussa un soupir.

— Je vais devoir te passer le flambeau, Evie. Je suis trop fatiguée pour continuer à les recevoir comme ça. J'ai besoin de repos, surtout avec Noël qui approche. Tu pourras te débrouiller ? Est-ce que Lady Veronica sait que tu assistes à ces réunions ? Ça ne te mettra pas dans une situation délicate ? Sinon je devrai demander à Millie et je ne pense pas que nous soyons prêtes pour ça.

Lady Veronica s'asseyait toujours à l'avant lors des réunions, plus récemment à côté de Lady Esther. Elles faisaient croire qu'elles rendaient visite à la tante de Lady Esther, qui était aussi une suffragette, ce que la famille ignorait. Lady Margaret Mounsey, qui s'était jetée sur les policiers, était en prison, même si ses parents, des amis de Lady Brampton, avaient fait en sorte que cela ne soit pas annoncé dans les journaux ni dans leur cercle de connaissances. Lady Brampton pensait que Margaret était en voyage avec une tante en Italie, c'est ce que Veronica avait dit à Auberon pendant le goûter. Est-ce qu'elle faisait une grève de la faim ? Evie frissonna à cette idée.

Lady Veronica avait envoyé à Grace un message de sincères remerciements pour son aide. Elle ne regardait jamais dans leur direction quand elles étaient assises dans la salle de réunion. Evie avait dépensé cinq shillings pour un nouveau chapeau.

Evie tendit à Mrs Moore la liste des provisions nécessaires et la serra dans ses bras.

— Elle ne me reconnaîtra pas, nous sommes invisibles, n'est-ce pas ? On ne va pas leur donner le choix, je leur dirai simplement que vous êtes trop occupée à préparer les menus pour le bal des domestiques, et quand le bal sera passé, ils auront pris le pli.

Mais il se trouva que Lady Veronica envoya un message à Mrs Moore le lendemain pour lui annoncer qu'ils ne reviendraient pas prendre le thé avant le début de la nouvelle année, car ils étaient trop occupés. Mrs Moore replia le message et le jeta dans le seau à charbon.

— Ils se sont brouillés, plutôt, après leur discussion d'hier. Ils s'en remettront, c'est comme ça entre frères et sœurs. Maintenant venez, les filles, nous avons beaucoup de travail.

— Comme toujours, gémit Millie.

En décembre, il gelait beaucoup la nuit et le matin, si bien qu'Evie se blottissait sous sa couverture sur laquelle elle avait ajouté ses châles et son manteau, mais les fenêtres étaient couvertes de givre à l'intérieur. Dans la maison des Forbes, il y avait des cheminées où on pouvait vraiment faire du feu, avait-elle raconté à Mrs Moore alors qu'elles se réchauffaient devant la cuisinière. Le traditionnel bal des domestiques devait avoir lieu le 4 décembre dans le réfectoire et la famille y assisterait, mais tout le monde espérait qu'ils ne resteraient pas longtemps. La tension avait monté d'un cran quand Asquith avait annoncé qu'en vue des prochaines élections générales, il battrait la campagne pour obtenir un mandat obligeant les Lords à soumettre et à approuver le budget. Brampton était hors de lui et prêt à exploser.

La nuit précédente, dans son lit, Evie s'était demandé si le vote des femmes aurait permis de faire passer la loi. Ou bien la majorité d'entre elles se rallierait-elle aux conservateurs ? Une fois de plus, elle ne savait que penser et se réjouissait d'avoir du travail pour s'occuper l'esprit.

Durant les deux jours précédant le bal, elles cuisinèrent comme des folles, préparant les repas des Brampton tout en confectionnant des plats à petit budget pour la soirée, financés avec réticence par Lady Brampton.

Cela faisait partie des attributions des employeurs, et certains le faisaient avec plaisir, mettant même à disposition de leurs domestiques la salle de bal de l'étage. Ce n'était pas le cas des Brampton, et la somme allouée était minime, donc la cuisine acceptait volontiers que les fermes environnantes lui donnent de la crème, des œufs, des steaks, et que celle du manoir fournisse un demi-cochon.

Cette fois, ce fut au tour de Mrs Moore de se plaindre, tandis que Millie et Evie déroulaient la pâte pour les tartes qui figuraient au menu.

— C'est bien joli, mais qui cuisine, comme d'habitude, pour que les jardiniers mangent davantage que nous toutes réunies ?

Evie lui donna un petit coup dans les côtes, qui étaient bien cachées sous les bourrelets de graisse.

— Allez, vous avez hâte de danser avec Mr Harvey, vous le savez bien.

Mrs Moore éclata de rire.

— J'aimerais bien voir ça ! Bon, comment tu vas t'habiller ?

— J'ai soudoyé Lil pour qu'elle reprenne les robes que Grace m'a données pour nous quatre. Maman m'a donné du ruban à mettre dans mon chignon et il en reste assez pour Sarah, Annie et Millie.

Lady Veronica leur prêtait son phonographe, leur annonça Mr Harvey au déjeuner la veille du bal, et ils ne s'étaient pas attendus à autant de la part des Brampton.

— Ils ont également précisé que Lord Brampton serait présent avec le reste de la famille, et j'ai été informé qu'il fallait nous préparer au retour de Roger.

Evie posa son couteau et sa fourchette, subitement nauséeuse. Mrs Moore la regarda et se leva.

— Venez, les filles, il est temps de se mettre au travail. Sarah, Millie, Annie, sortez les plats.

Alors que les filles s'activaient, elle poussa Evie dans la cuisine tout en resserrant son tablier, puis indiqua la bouilloire.

— Mets ça en route pour nous, ma fille. Tu n'es pas la première ni la dernière à te fâcher avec ce sournois de Roger, alors ne t'en fais pas. Laisse Simon t'aider.

Mrs Moore se jucha sur son tabouret, attirant vers elle son livre de recettes. Il était couvert de traces de gras, comme celui d'Evie à présent. Elle les considérait comme des trophées. Mrs Moore roula les épaules.

— Allez, on a du travail, et je veux rappeler aux filles encore une fois que Roger n'est pas le genre de garçon avec qui fricoter.

Le réfectoire était baigné d'une lumière tamisée, diffusée par les bougies disposées sur les tables. Des chrysanthèmes orange et jaunes décoraient les coins de la pièce et leur parfum se mêlait à celui de la cire fondue. Mr Harvey et Mrs Green firent entrer les domestiques. Il n'y eut pas d'exclamations émerveillées, parce qu'ils avaient tout fait eux-mêmes, mais il y eut un soupir général de satisfaction. Lord et Lady Brampton attendaient d'un côté du poêle, le long du mur de droite, et de l'autre côté se tenaient Lady Veronica et Mr Auberon. Evie se glissa derrière Mrs Moore, ne voulant pas voir Lord Brampton de près et encore moins lui parler, mais il avançait vers les domestiques, sourcils froncés comme à son habitude, les lèvres si minces qu'elle se demandait comment, ou si, Lady Brampton pouvait se résoudre à l'embrasser.

Lady Brampton, Mr Auberon et Lady Veronica approchèrent à leur tour, chacun visant une partie du personnel comme s'ils fonçaient sur un ennemi. C'était peut-être le cas. Quand Lady Brampton s'approcha de Mrs Moore, Evie fit une révérence.

— Je suis ravie que la qualité de la cuisine s'améliore mois après mois, Mrs Moore. Vous êtes un vrai trésor.

Le sourire de Lady Brampton était aimable, son regard froid.

— J'ai une excellente équipe, surtout Evie Anston, Madame.

D'un geste, Mrs Moore indiqua Evie, qui ne savait plus où se mettre. Elle ne voulait pas se faire remarquer, et elle n'avait pas confiance en cette famille non plus. Ils étaient tout à fait capables de renvoyer Mrs Moore et de la remplacer par Evie parce qu'elle coûterait moins cher.

— Pardonnez-moi de prendre la parole, Madame, mais Mrs Moore est trop gentille. Ses conseils sont essentiels pour moi. Je fais ce qu'elle dit et, sans elle, je serais perdue.

Alors qu'elle parlait, elle vit Lady Veronica faire une brusque volte-face et eut envie de se couper la langue, mais Lady Brampton répondit :

— Oui, je vois bien que vous êtes trop jeune pour être aussi douée.

Elle continua son chemin. Evie rougit de colère, mais fut soulagée. Mrs Moore était en sécurité, mais l'était-elle vraiment ? Elle jeta un coup d'œil à Lady Veronica, qui paradait devant eux comme si elle était la reine Alexandra. Elle arriva à la hauteur d'Evie, et rien n'indiqua qu'elle la reconnaissait. Mr Auberon la suivait, hochant la tête et souriant à tout le monde, disant qu'il était agréable de les voir, mais tous les domestiques savaient que la famille se demandait combien de temps il allait falloir côtoyer ces affreux malpropres qui devaient rester invisibles, et pourquoi ils avaient droit à une fête par an.

Mr Harvey demanda le silence et remercia Lord et Lady Brampton pour leur générosité. À ce moment-là, Evie sentit le contact de la main de Simon sur la sienne. Il lui chuchota, hors d'haleine :

— On est tous en retard, on n'arrivait pas à mettre nos cols et à faire nos cravates.

Peu importait son retard, tant qu'il était là. Elle serra sa main et avait envie d'enlever ses ridicules petits gants d'organza pour sentir sa peau.

— Tu es magnifique, murmura-t-il.

Elle portait une robe de taffetas vert foncé. Comme toutes les autres filles, elle avait un peu plus serré son corset, et même si elles pouvaient à peine respirer, ça valait la peine de souffrir. Simon portait un costume avec un col raide arrondi et une cravate bleu foncé. Il avait l'air différent, mais c'était une bonne différence.

Enfin, les formalités furent terminées, mais la famille resta là. Archie et James s'occupaient du phonographe, mais, comme on n'entendait pas la musique par-dessus les conversations, personne ne dansait. Simon et Evie circulaient dans la pièce, prenant garde à ne pas se toucher sans trop s'éloigner l'un de l'autre non plus. Millie restait sur leurs talons. Simon chuchota :

— Elle a toujours l'air aussi nerveuse.

Evie aimait qu'il se penche si près d'elle et sentir son souffle effleurer sa joue et son cou.

— Je n'arrive pas à la cerner, murmura-t-elle alors qu'ils évitaient Mrs Green, en pleine conversation avec Mrs Moore. Elle est tantôt timide tantôt rancunière, et totalement désœuvrée. Cela vient peut-être du fait qu'elle n'a pas de père, ou qu'elle a dû vivre avec d'autres membres de la famille. Je ne sais pas, j'essaie d'être patiente, mais je n'y arrive pas toujours.

D'une main, il lui caressa le bras, profitant d'être cachés au milieu de la foule, et elle avait envie qu'ils parlent d'eux, de leur avenir, de leur présent. Il lui dit :

— Cette musique est affreuse, je vais demander à Bernie et Thomas de venir avec moi récupérer nos violons, ce sera mieux.

Elle ressentit une déception si forte qu'elle ne put répondre. Il poursuivit :

— Après ça, je pourrai prendre le temps de danser avec toi, parce que je ne l'ai pas encore fait, Evie Anston.

Elle se sentit subitement beaucoup mieux.

En son absence, elle resta avec Lil, qui avait relevé ses cheveux au sommet de sa tête, les maintenant à l'aide d'un peigne en os, et ensemble elles regardaient les petits groupes qui s'étaient formés. Elles se donnaient des coups de coude tandis que Lady Veronica s'efforçait de faire la conversation avec le jardinier en chef, qui était déjà peu bavard en temps normal, et particulièrement mal à l'aise dans ce genre de situations.

Elles virent Mr Harvey demander à Monsieur s'il était possible de remplacer le phonographe par les violonistes. Lord Brampton haussa les épaules, fronçant encore un peu plus les sourcils. Il répondit sèchement. Mr Harvey s'inclina légèrement lorsque Lord Brampton s'éloigna, et adressa un signe de tête à Mrs Green.

Les garçons revinrent et les deux valets de pied s'éloignèrent du phonographe, visiblement soulagés. Les violonistes se lancèrent et, bientôt, tout le monde se mit à danser. L'agitation des danses faisait vaciller la flamme des bougies, les quadrilles succédant aux valses, et Evie en dansa quelques-unes avec Simon. Elle était aux anges, et ne voulait pas que la soirée se termine, elle aimait son sourire, ses cheveux roux qui brillaient dans la lumière, ses mains qui tenaient les siennes et la serraient contre lui pendant les valses. Ils se tenaient tout proches, peut-être trop, mais elle s'en fichait.

Mr Harvey réclama une pause, le temps de dîner, et Evie se détacha de Simon pour rejoindre le personnel de cuisine ainsi que les valets de pied. Le temps qu'ils disposent les plats sur la table, une queue s'était formée et des tables avaient été installées dans la pièce. Mr Harvey déclara que les musiciens devaient être servis en premier, ce qui sembla déplaire à Lord Brampton. Les domestiques se retinrent de rire en voyant la famille prendre place à sa table pour attendre son tour.

Après que les Brampton eurent été servis par Archie et James, la file d'attente progressa rapidement. Evie s'assit avec Simon, Bernie et Millie, qui buvait les paroles de Bernie parlant de son oncle irlandais, qui était aussi violoniste. Simon prit la main d'Evie sous la table et elle ne fit même pas attention à ce qu'elle était en train de manger, à la nourriture qu'elles avaient longuement préparée, mais quoi qu'il en soit leurs assiettes furent bientôt vides. Bernie se pencha vers Simon.

— Simon, que dirais-tu qu'on les divertisse pendant qu'ils finissent de manger ? Tu as envie de chanter ?

Simon se leva.

— Seulement si Evie m'accompagne. Elle chantait à l'école, si je me souviens bien.

Evie rit en penchant la tête en arrière.

— Vas-y et fais-toi plaisir si tu veux, mais laisse-moi en dehors de ça.

Simon secoua la tête.

— Tu n'es pas du genre à reculer devant un défi, Evie.

Elle accepta, et ils chantèrent ensemble. Simon avait une voix magnifique, et la sienne s'y accordait plutôt bien. Ils chantèrent ce qu'on leur réclamait, puis pendant que les autres dansaient, et ce jusqu'à ce que leurs gorges soient sèches. Elle avait envie de desserrer son corset. C'est au moment où ils chantaient du ragtime qu'elle vit Roger entrer, et sa voix faiblit un instant.

Simon se tourna vers elle, perplexe, mais elle avait repris le rythme, ne regardant que lui. Ses yeux étaient fixés sur elle, sa main serrant ses doigts. La chanson terminée, il se pencha vers elle en disant :

— Je suis là. Tu sais que je serai toujours là, à tes côtés.

— Je sais, répondit-elle.

Roger se fraya un chemin jusqu'à eux, applaudissant avec les autres, mais avant qu'il ne les atteigne, Lady Veronica et Mr Auberon s'étaient placés devant les violonistes et les chanteurs. Lady Veronica dit :

— J'ai trouvé cela délicieux. Vous êtes tous très doués.

Mr Auberon leur donna une pièce à chacun.

— Excellent, vraiment excellent.

Roger examinait ses ongles. Les Brampton s'éloignèrent, et avant qu'Evie ne puisse vérifier combien elle avait reçu, Simon dit :

— Attends ici, je vais parler à Roger.

Elle le retint.

— Je t'accompagne.

Ils s'approchèrent et Roger les dévisagea successivement, son costume fraîchement repassé, une petite rose à sa boutonnière. Evie lui lança :

— Quel dommage que tu sois revenu. C'était si agréable, pendant ton absence. Voilà qui répond à la proposition que tu m'as faite avant ton départ ; quant à Millie, elle est bien trop futée pour écouter tes bêtises. Elle a suivi le conseil des domestiques de l'étage à ton sujet.

Elle poursuivit son chemin, Simon à ses côtés, tandis que tout le monde les applaudissait pour leur performance, voyant Mrs Moore s'entretenir fermement avec Millie, Sarah et Annie qui acquiesçaient craintivement. Elle leur parlait de Roger, elle le savait. Cela avait été la meilleure soirée de sa vie, surtout maintenant que les Brampton étaient partis pour les laisser célébrer entre eux. Mr Auberon leur avait donné à tous une guinée.

— C'est généreux, commenta-t-elle.

— Il peut se le permettre, ma belle, répliqua Simon.

Le dimanche suivant, c'était le jour du *cavil*, et Jack sirotait sa bière dans le salon du club, attendant son tour de tirer au sort, même si, cette fois, il laisserait son coéquipier s'en charger. Plusieurs d'entre eux avaient déjà tiré une mauvaise pioche, mais il n'y avait rien d'autre à faire que l'accepter. Jusqu'à présent, Alec, le père de Simon, avait hérité d'une place dans le filon du haut, qui était du bon charbon et facile à tailler, mais Ben, l'ancien collègue de son père, était mal tombé, ce qu'il avait accepté en hochant la tête, philosophe. Il songeait probablement au prochain tableau qu'il allait peindre, et non à sa place dans la mine. Jack ne pensait pas au tirage au sort, mais aux négociations autour de la loi sur la journée de huit heures, dont les résultats devaient être annoncés dans environ un mois. Jeb n'avait pas entendu d'information intéressante de la part des syndicats. Il sentit son estomac se nouer. Les hommes devaient être tenus informés, ce n'était que justice.

On appela Jack et Martin, lequel fredonnait comme à son habitude et embrassa sa patte de lapin porte-bonheur avant de tirer son ticket. Thomas, qui contrôlait, annonça :

— Numéro 13.

Jack tapa sur l'épaule de Martin.

— Tu as de la chance, mon garçon. Depuis toujours.

Timmie attendait près de lui, mais, en tant que trappeur, il n'avait pas besoin de piocher. Son père s'approcha de lui :

— Les bonnes nouvelles vont vite, Jack. C'est un bon filon.

Cela avait moins d'importance maintenant qu'ils possédaient la maison, mais ils devaient encore rembourser Grace et Edward et mettre de l'argent de côté en cas de grève ou de baisse de salaire.

Jack regardait au loin, sentant l'anxiété le tenailler, car ils ne gagneraient pas une grève à moins qu'elle ne soit nationale et seulement s'il n'y avait plus de charbon en stock. Or il y en avait beaucoup en ce moment à Hawton et Easton. Il avait essayé d'expliquer son point de vue à Jeb, lui conseillant d'attendre que la Fédération nationale des mineurs accepte de les soutenir et appelle tous les mineurs à la grève.

Il sourit à Timmie qui arrivait vers lui, une bière à la main. Jack lui ébouriffa les cheveux.

— Comment est la bière ?

— Très bonne, Jack.

Il avait une cicatrice bleu foncé sur le front, et plusieurs sur les mains. Il allait s'habituer.

— Reste prudent, tu m'entends, lui conseilla Jack en saisissant l'épaule de son frère.

Derrière lui, son père toussa. Il fallait qu'il sorte de la mine tôt ou tard. Dieu merci, Evie avait sa perspective d'hôtel et elle acquérait de l'expérience. Dieu merci, ils garderaient leur maison si son père devait prendre sa retraite.

Timmie regarda son père se diriger vers le bar et il dit :

— Est-ce qu'on va encore aider Grace dimanche prochain ? Elle aura besoin de quelqu'un pour gérer les maisons, n'est-ce pas, quand elles seront terminées, si elle veut accueillir des mineurs retraités. Tu crois que… ?

Il désigna son père.

Jack eut envie d'embrasser son frère.

— Eh bien, tu as cogité, n'est-ce pas ? Je pensais pas que tu aurais réfléchi à ça. Oui, il ferait un très bon gérant.

Timmie lui donna un coup de poing dans le bras et Jack le chahuta en retour avant de l'attirer vers lui.

— Tu es malin, tu sais. Je vais demander à maman d'en parler à Grace quand elle la verra.

Timmie secoua la tête.

— Tu sais bien qu'elle ne voudra pas lui en parler, elle verra ça comme de la charité. Demande à Grace toi-même, tu es assez souvent là-bas.

Jack fit un pas en arrière, hésitant.

— Nous leur sommes redevables, et elle a besoin d'aide, répliqua-t-il sèchement avant de tourner les talons pour aller vers le bar, entendant à peine Timmie ajouter :

— Je ne voulais pas être blessant, tu es souvent là-bas, c'est tout. Elle a besoin d'un coup de main pour tout mettre en ordre, alors je pourrais aider aussi, comme ça on irait plus vite.

En attendant sa bière, Jack prit conscience qu'il ne voulait pas que ça aille plus vite. Il voulait être le seul à l'aider. Elle était gentille, calme et douce, elle fumait des Woodbine, ses yeux verts étaient magnifiques. Elle écoutait quand il parlait.

Ben s'approcha et lui tapa dans le dos.

— Je vais te servir cette bière moi-même. Peut-être qu'un peu de ta chance rejaillira sur moi.

— Non, c'est bon, Ben, j'ai besoin de me vider la tête. Je rentre à la maison. On se verra au jardin partagé demain.

Il sortit et, à l'extérieur, tout était couvert de givre. Il allait encore geler cette nuit. Il passa par le presbytère. Les lumières étaient allumées et il crut la voir passer derrière la fenêtre. Il s'arrêta un instant, imaginant ses cheveux fous s'échapper de son chignon, ses taches de rousseur. Comment quelqu'un de cet âge-là pouvait lui paraître aussi proche de lui ?

La grève commença le 1er janvier 1910 parce que les agents n'avaient pas eu le bon sens d'associer les hommes à leur décision. En attendant qu'elle prenne fin en avril, ils passèrent leur temps à ramasser du charbon sur les terrils ou les plages, à vendre ce qu'ils pouvaient et à tenir le coup. À ce moment-là, une élection générale avait eu lieu, mais n'avait pas donné à Asquith une majorité suffisante pour faire voter le budget nécessaire aux réformes. Il y eut donc une autre élection, et les Lords continuèrent de bloquer le processus. Pour Jack, tout cela semblait lointain et n'était pas comparable à l'humiliation de se retrouver les poches vides, debout devant Davies et Mr Auberon, casquettes à la main.

Jack sentit sur lui, et lui seul, le regard du rejeton et entendit son rire quand Jeb admit sa défaite.

— Alors, Jack Forbes, dit Auberon. Vous n'êtes qu'un agitateur, vous l'avez toujours été, vous le serez toujours, et vous êtes un profiteur, en plus, qui essaie de s'arroger des biens destinés à vos supérieurs, alors que pouvons-nous faire pour vous mettre au pas ?

Jack eut l'impression d'avoir reçu un coup. Bien sûr, la maison. Quel prix allait-il payer ? C'était la première fois qu'il ressentait la peur en dehors de la mine. Auberon continua :

— Alors, Jack, qui est l'imbécile, maintenant ? Je n'ai pas l'impression que ce soit moi.

Jeb se tourna vers Jack, l'air interrogateur. Jack secoua la tête. L'imbécile ? Mais de quoi parlait-il ? Jeb haussa les sourcils et dit à Mr Auberon :

— Le comité soutient la lutte des grévistes, et personne ne pense que vous êtes un imbécile. Pourquoi dites-vous cela ? Mr Davies, de quoi s'agit-il ?

Mr Davies regarda au loin comme s'il souhaitait être ailleurs. Mr Auberon se contenta de rire de nouveau :

— Eh bien, Jack, pourquoi est-ce que je dis cela ?

Jack ne comprenait pas, mais à cet instant, il sut qu'il allait être renvoyé, quelle qu'en soit la raison. Est-ce que ça allait avoir des répercussions sur les hommes, sur Evie ?

Auberon se détendit, sachant maintenant ce que c'était que d'avoir quelqu'un à sa merci et, pour la première fois, il comprit son père.

— Je ne vais renvoyer personne, parce que vous êtes des hommes expérimentés et nous avons besoin de vous.

Il prit un crayon sur le bureau et le fit rouler entre ses doigts, voyant leur surprise et leur soulagement. Il poursuivit :

— Je n'ai pas l'intention de couper la branche sur laquelle je suis assis, donc vous reprendrez le travail selon les horaires déterminés par Mr Davies et moi, conformément à la loi sur la journée de huit heures. En guise de dédommagement pour les désagréments que cette grève stupide a occasionnés, je vais m'occuper de la désignation des postes. Il n'y aura plus de *cavil* dans cette mine, c'est compris ?

Le soulagement fut remplacé par le choc, puis la colère. Jeb prit la parole :

— Vous ne pouvez pas faire ça. C'est notre droit de décider où nous travaillons. Ça s'est toujours passé comme ça, c'est un processus démocratique.

Jack avait serré ses poings et se balançait sur ses orteils. La réponse d'Auberon fut immédiate :

— Vous vous trompez. Je peux le faire et je vais le faire. Il n'y a pas de législation concernant le *cavil*, c'est juste une tradition et, de plus, je suis conscient de l'importance qu'a la démocratie pour vous tous, c'est pourquoi je vous donne le choix. Vous, le comité, vous démissionnez et les hommes continuent avec le *cavil*, ou vous restez et ils le perdent. Dans l'intérêt de la démocratie, j'insiste pour que vous le soumettiez au vote général.

Le silence était pesant. Jack dit :

— Je démissionne.

Les autres suivirent, mais avec plus d'hésitation.

Auberon posa le crayon avec précaution sur le buvard qui était sur son bureau.

— Eh bien, je refuse vos démissions. C'est facile pour vous, Jack Forbes, avec votre maison. Si ces hommes démissionnent, ils seront expulsés. Ils ne peuvent pas tous s'entasser dans la petite maison du pasteur, n'est-ce pas ? Alors, je le répète, vous devez la soumettre au vote.

C'est ce qu'ils firent, pendant les deux jours suivants, en attrapant les hommes au fur et à mesure de leur arrivée. Le vote eut lieu dans le club. Ils votèrent pour la suppression du *cavil*. Chaque membre du comité reçut une mauvaise place et, de trappeur, Timmie devint hercheur, mais dans le secteur désavantageux de Jack. Leurs revenus seraient réduits, leur sécurité non assurée. Son père, qui était resté porion sur insistance des collègues, avait le bureau le plus proche des mauvaises places, y compris celle de Jack.

Auberon rentra chez lui à cheval le mardi, courut se changer, était sur le point de se rendre au salon pour annoncer sa réussite à Veronica, mais à mi-chemin il remarqua l'heure. Son père l'attendait dans la bibliothèque. Auberon entra.

— Eh bien, dit son père les dents serrées. Tu les as renvoyés, comme je te l'avais suggéré ?

Auberon secoua la tête, les jambes flageolantes, et répondit d'une voix suraiguë :

— Non, je ne l'ai pas fait.

Son père avança d'un pas. Auberon campa sur sa position, se balançant sur les orteils comme l'avait fait Forbes, et trouva que cela lui donnait du courage. Il expliqua ce qu'il avait fait. Il y eut un silence et son père s'approcha de la fenêtre, fixant le cèdre. Ce panorama lui apportait-il un sentiment de paix, comme à Auberon ? Cet homme avait-il jamais désiré quelque chose d'aussi doux que la paix ?

Auberon reprit la parole :

— Vous voyez, ils ont été pris à leur propre piège. Ils voulaient la démocratie, ils l'ont eue, et ils sont maintenant un exemple de notre pouvoir. S'ils avaient été renvoyés, nous les aurions remplacés et ils auraient été oubliés. C'est ce qu'on appelle mettre du sel sur une plaie.

Les épaules de son père tremblaient et un bruit étrange s'éleva dans la pièce. Auberon comprit qu'il riait.

— Tu prends de la graine, mon garçon. Bon sang, tu deviens enfin un Brampton. Un brandy s'impose.

Il désigna les canapés de part et d'autre de la cheminée. Auberon n'avait jamais été autorisé à s'asseoir dans la bibliothèque. C'était étrange. Il obéit, et son père vint lui apporter un cognac avant de s'asseoir en face de lui, en levant son verre.

— À toi, mon garçon.

Son sourire était effroyable et Auberon ne l'avait jamais vu jusqu'à ce jour. Auberon but une gorgée de brandy qui lui brûla la gorge.

Il avait trop bu au cours des deux dernières années et cela ne l'avait pas aidé à surmonter la disparition de Wainey, ni sa solitude. Est-ce que quelque chose pourrait un jour l'en consoler ? Il s'autorisa à s'installer confortablement comme son père, jambes croisées. Le feu était allumé, les flammes vacillantes procuraient une sensation apaisante. C'était étrange d'être en présence de son père sans douleur. C'était bon, c'était sacrément bon.

— Bois le brandy, mon garçon.

Il s'exécuta et en accepta un autre. Son père se tint au-dessus de lui et il se sentit amoindri, mais se redressa. Quand il sortit dix minutes plus tard, étourdi, il monta les escaliers jusqu'à sa chambre. Une fois arrivé, il s'appuya contre la porte. Il avait été intelligent, il avait été terriblement intelligent, et c'était le seul moyen pour éviter d'expulser les membres du comité et de mettre des familles sur le carreau.

Mais était-il vraiment obligé de placer toute la famille Forbes au même endroit, de tous les exposer en cas d'explosion ou d'inondation ? Il connaissait la réponse à cette question et le pire, c'est qu'il recommencerait, parce que Jack Forbes s'était moqué de lui, avait dit à cette femme Manton qu'il était un imbécile et qu'il était l'un des piliers de la grève, même si Davies l'avait défendu comme étant un modéré. Il était connu comme agitateur et il recevait la monnaie de sa pièce.

Veronica frappa et il alla s'installer sur son canapé. Le feu n'était pas allumé, il faisait froid. Elle entra. Il lui fit signe de s'asseoir. Elle resta debout, à la porte.

— Bien joué, le félicita-t-elle. Wainey et maman seraient fières de la façon dont tu t'es débrouillé avec papa, sans pour autant licencier le comité. Mais je ne comprends pas pourquoi tu t'en prends à la famille Forbes comme ça, d'autant plus que Jack Forbes les a tous mis en garde contre la grève. Le Dr Nicholls nous l'a raconté un soir pendant un dîner, tu sais. Sois juste, Aub, et fais tourner les postes, par équité, puis tu pourras réintroduire le *cavil* d'ici un an ou deux. D'ici là, papa sera trop impliqué dans les contrats de cuirassés qu'il a presque décrochés. Une fois que l'aciérie sera en pleine production, il ne pensera plus à la mine.

Il sortit son étui à cigarettes et en prit une. Il l'alluma et la fixa à travers la fumée.

— Forbes s'est moqué de moi dans la cour de Froggett, il m'a traité d'imbécile, alors n'en parlons plus. Viens t'asseoir.

Elle le rejoignit, l'air fatigué.

— Tu ne peux pas laisser ce genre de choses guider tes choix. Je suppose qu'il le regrette, s'il s'en souvient seulement.

Auberon tira sur sa cigarette et resta silencieux un moment. Puis il lui demanda :

— Comment se passent tes réunions ?

Veronica soupira, les lèvres pincées comme lorsqu'elle était en colère, mais ses sentiments n'étaient pas son problème.

— Les Pankhurst soutiennent le projet de loi de conciliation proposé par Asquith qui ouvre le droit de vote aux femmes mariées ayant des biens et de la richesse uniquement. Ils appellent ça un pied dans la porte, moi j'appelle ça une mauvaise idée, une très mauvaise idée. Il faut que le droit de vote soit étendu à toutes les classes. Pendant ce temps, j'ai cette satanée conversation sur mon « entrée dans le monde » matin, midi et soir avec notre belle-mère, tant qu'elle est là.

Elle se pencha en avant, fixant le tapis indien.

— Rien n'est sûr, n'est-ce pas ? Il y a tellement de divisions, tant de richesse, tant de pauvreté. Parfois je me demande s'il va y avoir une révolution. Je me révolterais, si j'étais à leur place, pas toi ? lui demanda-t-elle en indiquant la direction d'Auld Maud.

— Mais on n'est pas à leur place.

Que pouvait-il dire de plus ?

Composition et mise en pages
Nord Compo à Villeneuve-d'Ascq

Imprimé en France par CPI
en avril 2023
N° d'impression : 2070968

#lisez! engagé
www.lisez.com
Pour plus d'information :
Imprimé sur du papier issu de forêts gérées durablement.

Pocket – 92 avenue de France, 75013 PARIS

S32898/03